Desde Londres con amor

Desde Londres con amor

Jenna Petersen

Esencia/Planeta

Título original: *From London with love*

Publicado de acuerdo con Avon Books, un sello de HarperCollins Publishers

Avda. Diagonal, 662-664, 08034 Barcelona (España)

Primera edición: marzo de 2010

ISBN: 978-84-08-09138-7
Fotocomposición: Víctor Igual, S. L.
Depósito legal: NA. 338-2010
Impresión y encuadernación: RODESA (Rotativas de Estella, S. L.), Villatuerta, Navarra

Impreso en España - Printed in Spain

El papel utilizado para la impresión de este libro es cien por cien libre de cloro y está calificado como papel ecológico.

Agradecimientos

Quiero dar las gracias a Miriam Kriss por ser mi amiga y mi animadora particular, además de mi «barracuda». También a Susanna Carr, que dice: «¿Qué hay de los Ángeles de Charlie?». Estabas de guasa, pero ¡cuánta razón tenías! Y no puedo olvidarme de Shelley Bradley, siempre con esas preguntas cuya respuesta yo debo saber. Aunque me queje, lo aprecio. Y por último, darle las gracias a Joely Sue Burkhart, por prestarme su delicado peine cada vez que se lo pido.

Este libro es para Michael, por escucharme hablar y hablar y hablar, sin salir corriendo de la habitación... todavía.

Prólogo

Londres, 1808

—Deja que yo me ocupe de convencer a la Corona, Charles.

Charles Isley se reclinó en el cómodo asiento del palco que su acompañante tenía en el teatro. Apenas vislumbraba su rostro en la penumbra, aunque lo conocía bien. Después de todo, era una de las damas más influyentes y mejor consideradas de la buena sociedad londinense. Si sus padres supieran el temerario proyecto que se proponía llevar a cabo, no darían crédito.

Y ésa era la clave, por otra parte.

—Como usted quiera, milady —respondió él haciendo un gesto de asentimiento con la cabeza—. Confiaré en su mayor influencia en este tema. Pero aún nos quedan otros detalles por resolver. Quiere crear un grupo de mujeres espías: viudas, para que no se escandalicen de las actividades que tienen lugar en los bajos fondos, y damas de la alta sociedad, para que tengan acceso a las personalidades más influyentes del imperio. ¿Tiene a alguien en mente?

—Necesitaremos más de una dama, por supuesto. Trabajarán en equipo y así podrán ayudarse una a otra. Pero quiero que las aborde de forma individual, con discreción. Ya he decidido quién será la primera.

Su señoría alargó la mano para coger la pequeña bolsa que sostenía su doncella, de pie justo detrás de ella, y el tejido de su falda emitió un frufrú al hacerlo. Sacó del bolsito una lista con los nombres que Charlie había recopilado para ella en las últimas semanas, desdobló la hoja y le echó un vistazo. A la tenue luz, el hombre vio que había hecho anotaciones al lado de muchos de los nombres, aunque no podía leer las palabras.

—No me mantenga más en suspense. ¿Quién será esa primera mujer espía?

—A partir de los datos que has recabado para mí, Meredith Sinclair me parece una buena candidata —dijo ella y Charles percibió la sonrisa en su voz.

Él asintió.

—Estoy de acuerdo. Es muy popular e inteligente. Y perdió a su marido hace unos meses.

—Siempre ha sido una resplandeciente joya en sociedad. Posee cierta gracia y una ligereza de movimientos que me llevan a creer que podría encarar bien el entrenamiento físico al que tendrá que someterse.

Charles sacó un pequeño cuaderno de notas del bolsillo y anotó el nombre de la dama en cuestión. Una ola de excitación lo invadió al hacerlo.

—Me pondré en contacto con ella de inmediato, milady —dijo con una sonrisa.

—Muy bien, Charlie. —Su señoría alzó una mano en señal de despedida mientras él se levantaba dispuesto a irse del teatro—. Muy bien.

1

1812

Meredith Sinclair se arrodilló delante de la caja fuerte y contuvo la respiración, con una ganzúa entre los dientes y en el suelo una vela de llama temblorosa, mientras daba un tirón a la portezuela. Sus labios esbozaron una sonrisa cuando ésta cedió y se abrió dejando a la vista dos cajas de terciopelo idénticas.

Cogió ambas cajas y, a continuación, se sacó una pequeña lupa del bolsillo del ceñido pantalón de hombre que llevaba como parte de su disfraz y extrajo de su caja el primer collar. Apenas pudo contener una exclamación de placer al contemplar la hermosura de la pieza. Los diamantes brillaban a la débil luz de la vela y las amatistas tenían un tono violeta tan intenso y profundo que la convertían en una joya digna de un rey.

Bajó la cabeza y examinó el collar. Al no hallar lo que buscaba, abrió la segunda caja. En su interior había otro idéntico al primero en todo.

—En todo menos en una cosa —murmuró para sí con una sonrisa cuando descubrió la diminuta marca en una de las piedras, que indicaba que era una falsificación. Colocó el collar auténtico en su caja y se la metió en la bolsa que llevaba. Acto seguido, se puso de pie.

Salió de la habitación con cuidado, sin hacer ruido, y recorrió el pasillo en penumbra hasta la entrada del servicio que un lacayo descontento le había dejado abierta, previo soborno. La casa estaba silenciosa como una tumba, pues sus ocupantes estaban en una fiesta en la otra punta de Londres, acechando sin duda la próxima joya que iban a robar. Los sirvientes tenían la noche libre o estaban en sus habitaciones.

Todo demasiado fácil.

Meredith reprimió una sonrisa de suficiencia conforme se abría paso por el jardín que rodeaba la propiedad. Unos pocos pasos más y estaría en el carruaje que la esperaba oculto a la vuelta de la esquina para devolverla a casa. Otro caso resuelto.

No pudo pensar más, pues oyó unos gritos a su espalda. Miró por encima del hombro y vio salir a tres hombres de la casa corriendo en dirección a ella.

—Maldita sea —murmuró al tiempo que echaba a correr. Aún le quedaban unos buenos seis metros de distancia hasta la puerta que separaba el jardín de la calle.

Fue entonces cuando el primer disparo le pasó rozando la oreja. Sin aminorar la marcha, Meredith miró hacia atrás y vio a uno de los hombres levantar su pistola mientras otro se retrasaba un poco para recargar la suya.

Se inclinó hacia adelante y viró bruscamente hacia la izquierda al alcanzar la puerta del jardín, justo cuando una segunda bala impactaba contra la madera, arrancándole astillas que volaron en todas direcciones. Agarró el pomo y tiró...

Nada. Al parecer, la habían cerrado con llave desde que ella entrara en la casa, hacía menos de una hora.

Una amplia variedad de imprecaciones y reniegos cruzó por su mente, pero no las dijo en voz alta. Por una parte, porque necesitaba ahorrar fuerzas para correr, y por otra, porque iba disfrazada de hombre, y no quería que sus perseguidores se diesen cuenta de que era una mujer. Eso sólo complicaría las cosas.

Corrió a lo largo del muro del jardín, confiando en encontrar alguna manera de salvarse. Y entonces la vio: una carretilla apoyada contra la pared, que habría dejado allí algún jardinero servicial.

—Gracias, santo patrón de los espías —murmuró ella mientras se subía a la carretilla. Tras balancearse durante un breve instante sobre la inestable superficie, apoyó las manos en lo alto del muro y se dio impulso.

Cayó sobre el adoquinado de la calle con tanta fuerza que le repiquetearon los dientes, pero en un pispás estaba otra vez en movimiento. Su carruaje la esperaba a la sombra de un edificio cercano, y el conductor se había dado la vuelta, buscándola. Seguramente había oído los disparos, porque tenía el rifle listo para cubrirla en caso de necesidad.

Meredith abrió la portezuela del coche con brusquedad y se precipitó al interior.

—¡En marcha, Henderson! —gritó mientras una bala hacía añicos el cristal de la ventana de la portezuela. Alargó la mano y la cerró, echándose a continuación al suelo por si sus perseguidores abrían fuego otra vez—. ¡Adelante, vamos!

Los caballos ya estaban en movimiento antes de que la segunda orden saliera de sus labios. Se lanzaron al galope bajo el látigo experto de Henderson, dejando atrás a sus atacantes, cuyas sonoras imprecaciones resonaron en las silenciosas calles.

Huir de unos hombres armados por la noche y asistir a una reunión de caridad a la hora del té. Así era la vida de una dama espía. Meredith sonrió. No sabía por qué, pero dudaba mucho que los caballeros que protegían el imperio fueran capaces de hacer lo mismo.

—Eso era todo lo que teníamos pendiente —dijo Anastasia Whittig, una de las otras damas, mientras se quitaba las gafas de montura metálica—. Como siempre, el baile benéfico organizado por las Hermanas de la Sociedad Corazón para Viudas y Huérfanos fue todo un éxito.

La tercera dama presente, Emily Redgrave, se encogió de hombros.

—Estos eventos siempre lo son. Pero ¿a quién le importa un baile estirado y pomposo? —Dirigió su chispeante mirada azul hacia Meredith—. Tienes un nuevo asunto entre manos, ¿verdad?

Meredith no pudo contener una sonrisita maliciosa. Llevaba reprimiéndose las ganas de pavonearse un poco desde que llegó.

—Así es.

Ante la mirada de sus dos amigas, metió la mano en su bolsita y sacó la caja que había robado la víspera. Ana y Emily se inclinaron hacia ella con expectación cuando levantó la tapa y les mostró el collar sobre la suave almohadilla de terciopelo. El sol de media tarde arrancaba destellos a las piedras preciosas.

Un pesado silencio se adueñó de la habitación por un momento, pero entonces Emily soltó un suspiro de deleite y, con sumo cuidado, tomó la joya de manos de Meredith.

—¡Dios mío, Merry, es precioso! Más exquisito que lo que sugerían los dibujos que hemos visto —chilló excitada mientras se volvía hacia el espejo situado encima de la chimenea para contemplar el efecto de los diamantes sobre su cuello.

—Sí. Me quedé sin aliento cuando lo saqué de la caja fuerte —dijo Meredith con un suspiro.

Anastasia observaba a las otras dos mujeres con un mohín de desagrado.

—¿Os parece buena idea haber traído aquí la joya? Va contra el protocolo.

Meredith la miró con una sonrisa irónica. Su amiga era una mujer hermosa y con talento, pero siempre muy estricta con las normas.

—He decidido saltarme las normas y el protocolo por esta vez. —Al oír el ahogado gemido de horror de Ana, Meredith se apresuró a añadir—: Charles me ha dado permiso para enseñaros los frutos de nuestro último trabajo. Pasará por aquí a recoger el collar dentro de unos momentos, y luego lo devolverá a la Guardia.

Emily se dio la vuelta con el cejo fruncido. Dejó la joya en su caja y se cruzó de brazos con expresión de desagrado.

—Me parece tremendamente injusto que nosotras hagamos todo el trabajo duro y pongamos en peligro nuestras vidas, para que un ridículo oficial de la Guardia, que seguramente no es capaz de encontrarse su propio...

Meredith enarcó una ceja.

—Emily.

Ésta negó con la cabeza.

—Vulgar o no, sigo pensando lo mismo. Ellos se llevarán el mérito de haberlo recuperado. ¡Por el amor de Dios, Meredith, si te viste involucrada en un tiroteo y todo! ¿No te parece que mereces algún reconocimiento?

Su amiga se cruzó de brazos.

—¿Y tú cómo sabes que me dispararon?

—Poseo dotes para la investigación, ¿recuerdas? —Cuando Meredith levantó las cejas en señal de incredulidad, Emily se encogió de hombros—. Vale, vale. Henderson mencionó algo sobre que tenía que cambiar el cristal de la puerta del carruaje. Pero ¡no intentes eludir la pregunta!

Meredith suspiró.

—Emily, cuando nos eligieron para unirnos a la Sociedad sabíamos que espiar sería un trabajo duro y peligroso, y que otros se llevarían el mérito de nuestros esfuerzos.

La otra alzó las manos con un gesto de frustración y se alejó.

—En cualquier caso —continuó Meredith—, lo que importa es que la joya le será devuelta a lady Devingshire.

Ana le dio la razón con un gesto de la cabeza y añadió:

—Y si nos lleváramos el mérito por lo que hacemos, Lady M no podría darnos nuevos casos, sería el fin de nuestra vida como espías. Eso no te gustaría, ¿verdad que no?

Emily dejó escapar el aire por lo bajo.

—No, Ana, no me gustaría. Estoy siendo una necia, como de costumbre. Hacemos lo que tenemos que hacer.

—Ya lo creo que lo hacen, señoras, y muy bien —dijo una voz masculina cuando se abrió la puerta del salón—. Y

Lady M les da las gracias. Ella es mucho menos reticente a hacerlo que la Corona.

Meredith se volvió hacia la puerta con una enorme sonrisa mientras observaba al caballero de mediana edad que entraba por la puerta. Charles Isley tenía barriga, unas mejillas rosadas y se peinaba el escaso cabello hacia un lado, de manera que le cubriera la reluciente calva. Sonrió con afecto a Meredith y a sus compañeras.

—¡Charlie! —saludó Meredith al tiempo que se ponía en pie y atravesaba la estancia con las manos tendidas hacia él.

El hombre las tomó y le dio un cariñoso apretón.

—Muy buen trabajo, Merry —dijo con una media sonrisa—. Aunque podríamos haber prescindido de los elementos dramáticos.

Ella se encogió de hombros al tiempo que sonreía a sus amigas por encima del hombro.

—No me quedó más remedio que saltar por encima de la verja. Era eso o que me disparasen.

—Ya.

El hombre intentó mostrarse severo, pero el brillo de sus ojos distaba mucho de serlo. Meredith se acordó de la primera noche en que se acercó a hablar con ella cambiando para siempre el rumbo de su vida. Le ofreció colaborar con el pequeño equipo de mujeres espía que estaba formando una misteriosa e influyente dama de la alta sociedad.

Al cabo de unas semanas, las reunieron a ella y a las otras dos mujeres que iban a ser sus compañeras en aquella misma casa en la que se encontraban entonces. Habían tenido que entrenar mucho y muy duro durante los dos siguientes años para poner a punto sus capacidades físicas y mentales.

Y después empezaron los encargos: investigar casos de traición durante la guerra con Napoleón. Asesinatos. Robos. Incluso impedir un atentado contra la princesa Charlotte. Habían sido cuatro años llenos de emociones, y todo gracias a Charles Isley y a su misteriosa benefactora, a la que conocían sólo como Lady M.

—¿Meredith? —Charles arqueó una ceja—. He preguntado que si tienes el collar.

Ella sacudió la cabeza para ahuyentar sus pensamientos y habló:

—Discúlpame, Charles, estaba pensando en las musarañas. Claro que lo tengo.

Se dirigió hacia la mesa y le entregó la caja que habían dejado allí antes. Charlie la abrió para echarle un vistazo rápido y lo aprobó.

—Muy bien. Gracias.

—No me las des sólo a mí —contestó ella abarcando con un gesto a sus amigas—. Sin los inventos de Ana no podría haber encontrado la caja fuerte correcta ni forzar la cerradura. Y tampoco sin las meticulosas investigaciones previas de Emily, gracias a las cuales pude determinar cuál de los dos collares era la imitación.

Él asintió.

—Sabéis que mi agradecimiento es para las tres. Pero me temo que esta vez no voy a poder dejaros descansar.

—¿Ya tienes un nuevo caso para nosotras? —preguntó Meredith inclinándose un poco hacia él con aquella excitante anticipación que siempre sentía. Detestaba los períodos de inactividad entre misión y misión.

Ana negó con la cabeza.

—Lo siento, Charlie, yo no puedo aceptar un trabajo de campo en estos momentos. Estoy ocupada con un nuevo proyecto y, además, tengo que pasar a limpio todas las notas sobre este último caso para los archivos...

Charles la interrumpió con un gesto de la mano.

—No te preocupes, Ana. Meredith será quien haga el trabajo de campo.

Anastasia dejó escapar un suspiro de alivio mientras que Emily fruncía los labios.

—¡Eso no es justo! A Merry le tocó también el último trabajo de campo.

Meredith le sacó la lengua juguetona y recibió el mismo gesto de mofa por parte de su amiga.

Charlie puso los ojos en blanco ante su infantil exhibición.

—Justo o no, es la única manera posible. ¿Queréis conocer los detalles?

Meredith asintió.

—Adelante, Charlie. ¿De qué se trata?

El hombre se sacó su pipa y se sentó junto al fuego mientras cargaba la cazoleta de tabaco.

—Estoy seguro de que todas habéis oído hablar de la subasta que se celebrará próximamente en el Genevieve Art House.

Meredith lo admitió.

—Por supuesto. Promete ser todo un acontecimiento. En el baile de la Sociedad de la semana pasada, no se habló de otra cosa.

—Últimamente ha habido dos incidentes en la galería. El segundo se saldó con el robo de un cuadro.

—¿Eso es todo? —preguntó Emily con un resoplido de exasperación, levantando los brazos en señal de desagrado—. ¿Qué ha pasado con lo de defender la Corona y al país? Creía que ésa era nuestra obligación, no devolver las joyas robadas de una duquesa mimada o buscar una estúpida pintura para que la subaste una galería.

Charlie negó con la cabeza.

—¡No se trata sólo de una pintura robada, Emily!

Meredith lo miró a los ojos.

—¿Qué ocurre?

El hombre la observó con calma.

—Creemos que la persona que robó el cuadro es un hombre con rango y título. Un hombre con quien tuviste cierta relación en el pasado.

Ella tomó aire entre dientes y preguntó:

—¿Quién?

—Tristan Archer.

Meredith sintió como si el suelo desapareciera bajo sus pies, mientras intentaba poner buena cara y no mostrarse afectada. Tuvo que echar mano de todo su entrenamiento para no retroceder físicamente ante el golpe.

—¿El marqués de Carmichael? —preguntó con la voz tensa por el esfuerzo de mostrarse indiferente.

—El mismo. —Charlie la miró detenidamente, escrutando la más mínima reacción y tratando de comprobar hasta qué punto estaba afectada.

Ella reaccionó en consecuencia dejando escapar una ligera carcajada que no dejaba ver su torbellino emocional interno.

—Charlie, eso es una locura. Tristan Archer gana veinte mil libras al año como mínimo, y es el dueño de más de cinco prósperas fincas. No tiene motivos para robar un cuadro.

El hombre dio una calada a su pipa.

—Es posible, pero éste no es el primer incidente que sufre la casa de subastas. Hace una semana, Genevieve bajaba de sus aposentos privados, situados en el piso superior de la galería, cuando se encontró con que alguien había movido de sitio el mismo cuadro que ahora ha desaparecido, y lo había dejado apoyado contra una pared. En ese momento, creyó que lo habría hecho alguno de los empleados y que se habrían olvidado de colocarlo en su sitio. Pero cuando la pintura desapareció se dio cuenta de que nadie tenía motivo para haberla movido de sitio.

Meredith asintió mientras colocaba otra prueba más en su rompecabezas mental.

—¿Es posible que la primera vez interrumpiera el robo?

Charlie negó con la cabeza.

—No. No se encontraron pruebas de que se tratara de un robo frustrado. Lady M cree que esa primera vez tenía como único objetivo mover el cuadro.

Meredith pensó en las posibilidades, reflexionando sobre los motivos que tendría un ladrón para sacar una pieza de arte de su sitio y no llevársela, pese a tener la oportunidad.

Lo que se le ocurrió la dejó boquiabierta.

—Quienquiera que tocase la pintura la primera vez, lo hizo para poner algo en ella, no para llevársela. Y quienquiera que la robase, estaba recogiendo la información que el primer ladrón había dejado allí, posiblemente porque el cuadro ya estaba vendido y no podía comprarlo abiertamente.

—Eso es lo que creemos —dijo Charlie con un breve gesto de asentimiento.

—Dios mío —exclamó Emily detrás de ella.

Meredith dio un respingo. Había estado tan inmersa en sus reflexiones que se había olvidado de sus amigas.

Ana sonrió.

—¡Eres brillante, Merry! ¿Y qué es lo que dejaron en el cuadro, en opinión de Lady M?

Charlie se quitó la pipa de la boca y se levantó para acercarse a la chimenea.

—Puede tratarse de cualquier tipo de información. Se ha estado conjeturando sobre contraespías traidores que utilizan ese tipo de métodos. Pero sea lo que sea, tiene que ser algo lo bastante delicado como para que los implicados quisieran hacerlo de forma subrepticia.

Meredith asintió. El corazón le latía con fuerza, pero no debido a la expectación del nuevo caso. Lo que sentía no tenía nada que ver con la exaltación del descubrimiento o el entusiasmo de elaborar un plan de ataque detallado.

Lo que sentía era miedo.

—¿Por qué sospecháis de Tristan Archer? —preguntó en voz baja.

Charles ladeó la cabeza al percibir su tono.

—La elección de Carmichael no ha sido un capricho, Meredith. De hecho, la reacción de Lady M al enterarse fue de estupefacción, igual que te ha ocurrido a ti. Ese hombre se ha mostrado siempre como un perfecto caballero. Pero Genevieve dice que el día siguiente de la venta del cuadro, Carmichael apareció en la galería con una exorbitante oferta de dinero por él.

Emily enarcó una ceja.

—¿Y Genevieve no quiso vendérselo?

Charlie negó con la cabeza.

—No quiso faltar a la palabra dada al comprador a quien ya se lo había vendido. Al parecer, lord Carmichael se enfadó mucho y se fue de la casa de subastas hecho una furia.

Meredith sintió que el alma se le caía a los pies.

—¿Qué más?

—Algunos testigos vieron el coche con el emblema de Carmichael partir de la casa de subastas la noche del robo. Ante las preguntas de otros investigadores sobre su paradero, su señoría no mostró disposición alguna a cooperar y al final nos dio una coartada que después demostró ser falsa. Pero lo peor es que últimamente se lo ha visto en malas compañías. Es un hecho insoslayable: Carmichael oculta algo. Es necesario llevar a cabo una investigación.

Meredith irguió los hombros. El deber. No podía olvidar el deber. Había hecho un juramento y no podía romperlo. Por nadie. Ni siquiera por el hombre que le había salvado la vida una noche oscura hacía mucho tiempo.

—Sí, Charlie. Por supuesto.

Éste asintió.

—Carmichael celebra un baile mañana por la noche. He conseguido una invitación para Emily y para ti. Mientras ella lleva a cabo una rápida inspección de la casa, tú te encargarás de relacionarte con el marqués y determinar la próxima acción.

Charlie cogió la caja de terciopelo con el collar que Meredith ya había olvidado por completo.

—Entretanto, os haré llegar una lista de las personas con las que Carmichael mantiene relaciones de negocios para que Ana investigue un poco. Sé que las tres descubriréis la verdad e interceptaréis cualquier transferencia de información valiosa. Ahora, si me disculpáis, tengo que devolver esto a la Guardia. Buenos días, señoras —se despidió con una sonrisa para las tres.

—Buenas tardes, Charles —respondieron Emily y Ana.

Meredith no se sintió capaz de responder, y se levantó y se dirigió hacia la ventana para mirar fuera y tranquilizarse.

Cuando Charles se hubo marchado, Emily se le acercó

—Merry, ¿de qué conoces a Carmichael? Nunca nos has hablado de él, pero está claro que este trabajo y la posibilidad de que su señoría resulte ser un traidor te ha alterado mucho.

Ana asintió con la cabeza cuando Meredith se volvió hacia las dos. Los azules ojos de Emily estaban fijos en ella con la intensidad que normalmente reservaba para el objeto de sus investigaciones, y Ana se había quitado las gafas. A Meredith se le encogió el estómago. Sus amigas la conocían demasiado bien para su gusto a veces.

—Incluso Charlie se ha dado cuenta de tu conflicto —dijo Ana—. ¿Qué es Tristan Archer para ti?

Meredith utilizó lo aprendido en su entrenamiento para ocultar el caos emocional que bullía en su interior.

—Lord Carmichael era amigo de mi primo cuando yo era jovencita, nada más.

Ana frunció el cejo y Emily abrió la boca como para señalar algo, pero Meredith la interrumpió diciendo:

—Si mañana vamos a asistir a un baile, tengo que prepararme, y tú también, Emily.

—Pero... —comenzó a replicar ésta, observando a Meredith con creciente suspicacia en su mirada de hielo.

Tenía que salir de la casa antes de que Emily y Ana le

sonsacaran la verdad. Una verdad sobre la que no estaba preparada para pensar, y menos aún, hablar.

—Buenas tardes —les gritó por encima del hombro mientras se dirigía apresuradamente al vestíbulo con manos temblorosas. Le hizo un gesto con la cabeza al mayordomo al salir y se subió al carruaje que la esperaba junto a la acera. Pero una vez dentro, sus emociones regresaron atropelladamente, haciéndole latir el corazón, órgano que, normalmente, ella era capaz de mantener controlado. Y eso era muy, pero que muy peligroso. Porque lo último que necesitaba era sentir ternura por un hombre.

Y menos aún hacia uno que tal vez fuera un traidor de la peor especie.

2

Cuando atravesó las grandes puertas de caoba por las que se accedía al salón de baile de lord Carmichael, Meredith sintió que el estómago le daba un vuelco. Frunció el cejo y se obligó a relajarse. ¿Por qué se sentía tan alterada? Si Tristan era realmente un traidor, el hecho de que una vez le hubiese parecido un hombre elegante y apuesto carecería de toda importancia. Y lo mismo ocurriría con el hecho de que le hubiera salvado la vida primero para evitarla después a toda costa, como si estuviera apestada.

¡Era una espía, maldita fuera! Una buena espía. No podía dejar que el recuerdo de unos estúpidos sentimientos le nublara el juicio.

Miró a Emily de reojo. Ésta sonreía con dulzura al tiempo que escudriñaba a los invitados. Costaba trabajo distinguir a nadie en el atestado salón. Hacía tiempo que no veía tanta gente, pero los últimos acontecimientos sociales de la Temporada solían ser los más concurridos.

—¿Te ha dado Ana la lista de la gente que tienes que buscar? —preguntó Meredith al tiempo que abría el abanico de un golpe seco y se abanicaba con él para darse un poco de aire en aquella asfixiante atmósfera. Sólo ella y Emily sabían que el inofensivo accesorio guardaba una navaja en el mango que se liberaba con facilidad accionando levemente un mecanismo oculto. Tenían que agradecer la práctica ocurrencia a la inventiva mente de Ana.

—Sí —contestó Emily mientras se adentraban en el salón—. Es una pena que no logremos convencerla para que trabaje sobre el terreno. Su inteligencia es apabullante.

Meredith le dio la razón. Ana era un genio elaborando y descifrando códigos, y había inventado la mayor parte de las armas y artilugios que después ellas dos utilizaban en sus misiones. Sin embargo, Ana prefería trabajar en la oficina a poner su vida en peligro. Meredith no se imaginaba a sí misma sentada cómodamente tras un escritorio, analizando la información que otros recogían. No, a ella la excitaba la emoción de la búsqueda, la euforia de la caza y el ir reuniendo las pruebas que determinarían si un sospechoso era culpable o inocente.

—Hay tanta gente que me va a ser muy difícil reconocer a nuestros objetivos.

Meredith suspiró.

Echó un nuevo vistazo a la multitud allí reunida y se iba deteniendo a saludar a unos pocos amigos, como exigía su papel de la viuda favorita de la buena sociedad. Ser popular y solicitada le permitía acceder a sitios que después resultaban cruciales en su trabajo.

Emily hizo un sutil gesto en dirección a los invitados.

—Ahí está lord Carmichael. Éste es el momento perfecto para renovar vuestros lazos de amistad, ¿no te parece?

Ella se volvió hacia donde Emily le indicaba y casi se quedó sin aliento. Tristan estaba de pie a un tiro de piedra, apoyado contra una columna, solo.

Se lo comió con los ojos. Estaba más elegante que nunca, tan moreno y apuesto como en las imágenes que de vez en cuando seguían invadiendo sus sueños. Pero no se trataba de ninguna visión. Tristan deslizaba sus verdes ojos por la estancia y saludaba de vez en cuando a algún conocido. Era una mirada penetrante incluso a distancia.

Se apartó de los ojos un mechón de pelo oscuro, un poco demasiado largo, antes de dar un sorbo de su copa y entonces dio media vuelta. Meredith se estremeció. ¿Cómo podía estar aún más guapo después de los años que habían transcurrido?

—¿Merry? —susurró Emily.

Ella se sacudió de encima el ensimismamiento.

—Sí, estoy de acuerdo contigo en que es el momento perfecto. —Echó un vistazo al reloj de pie situado junto a las puertas dobles del salón—. Nos vemos en la terraza dentro de tres cuartos de hora.

—Eso me dará tiempo más que suficiente para hacer una primera inspección del terreno. Ten cuidado. —Y tras decir eso, Emily se dio la vuelta y se mezcló con los demás invitados, desapareciendo en la marea de vistosos trajes y gente risueña.

Meredith inspiró profundamente y se centró de nuevo en Tristan. Lo vio dirigirse sonriente a un criado que pasó por su lado, y el corazón le dio un vuelco al recordar, una vez más, lo amable que siempre había sido con ella cuando era pequeña. No quería creer que pudiera ser un vil traidor, a pesar de las pruebas que apuntaban directamente a su implicación en el robo del cuadro. Pero si de alguna manera estaba involucrado en el delito, Meredith tenía que dar por hecho que él estaba al tanto de lo que se ocultaba tras el robo.

Sólo había una manera de averiguar la verdad. Con sonrisa insegura se dirigió hacia él.

El caso, oficialmente, acababa de comenzar.

Tristan Archer dio un sorbo a su copa, pero ni con la áspera quemazón del alcohol consiguió aplacar su desasosiego. No recordaba haber disfrutado de verdad de ninguna de aquellas fiestas en toda su vida. Ni siquiera antes de que ésta se convirtiera en la maraña de complicaciones que era en la actualidad había logrado encontrarle gusto al frívolo regocijo y a la charla insustancial que reinaba por doquier. No le costaba especialmente pasar la velada hablando con un centenar de personas, aunque luego no recordara una sola conversación interesante o simplemente coherente con ninguna de ellas.

Si por él fuera, habría dejado de celebrar ese tipo de fiestas, así como también habría reducido su asistencia a otras muchas. Pero entre lo que se esperaba de un hombre de su rango estaba ofrecer veladas como aquélla. Era una de las cosas que su padre le había inculcado a lo largo de interminables peroratas sobre su comportamiento cuando fuera marqués. Aún podía oír su voz después de tantos años. Resonaba en sus oídos muy a menudo.

Sin embargo, aunque no se esforzara al máximo por cumplir con las expectativas familiares, tampoco podría librarse de la vida social, pues ese tipo de fiestas se había convertido asimismo en el nexo de unión con elementos poco atractivos pero desafortunadamente necesarios.

Con un suspiro, alzó la vista y se encontró con Meredith

Sinclair. El corazón empezó a latirle a toda velocidad, como si acabara de correr una legua, igual que le había ocurrido siempre. La vio dirigirse hacia él, abriéndose paso entre la bulliciosa multitud con aquella amplia sonrisa suya que era su más encantador atributo. Él la había contemplado en incontables ocasiones a lo largo de los años, en bailes y reuniones por todo Londres, pero hacía mucho que sus sonrisas ya no estaban dedicadas a él. De lo que Tristan era el único culpable, por supuesto. Había hecho todo lo posible por evitar el contacto con ella.

No cabía duda de que aquella sonrisa era un poderoso imán para la gente. Mientras la mayoría de las mujeres de su círculo se ocultaban tras abanicos y pañuelos o volvían recatadamente la cabeza, Meredith sonreía con toda el alma. Era un gesto inapropiadamente amplio y sincero, y, con frecuencia, le iluminaba el rostro en ocasiones en que la mayoría de la gente de la buena sociedad no osarían mostrar diversión.

Y ahora, aquel rostro franco y lleno de una luz que casi había olvidado que pudiera existir se detuvo justo delante de él. Tuvo que inspirar hondo para calmar un poco la inesperada oleada de emoción y deseo que se apoderó de él al tiempo que la saludaba con una muda inclinación de cabeza.

—Buenas noches, lord Carmichael —dijo ella con una leve reverencia—. Le ruego perdone mi impertinencia al abordarlo de esta manera, sin las presentaciones de rigor, pero estaba impaciente por felicitarlo por esta maravillosa fiesta.

Tristan parpadeó confundido. ¿Fiesta? Ah, sí, aquel irritante zumbido del que había conseguido olvidarse. Como era de prever, a ella le gustaba, puesto que eran polos opuestos. Meredith había sido siempre muy popular, aun más si cabía desde que reapareció en sociedad tras guardar luto por su difunto esposo.

Tristan a duras penas logró recordar sus modales y correspondió a su sonrisa con otra bastante oxidada, a decir verdad. Hacía tanto tiempo que no la empleaba que se le antojó un gesto extraño. Sólo esperaba que no pareciera tan fúnebre como se sentía por dentro.

Carraspeó antes de hablar y por fin dijo:

—No tiene de qué disculparse, milady. A fin de cuentas, ya nos conocemos. No es necesaria una presentación formal cuando se trata de viejos amigos.

Nada más decirlo, deseó poder borrar cada una de las palabras. Después de tanto tiempo, probablemente ella no se acordara ya de que se habían conocido de niños; puede que no recordara siquiera la oscura noche en que había estado a punto de producirse una tragedia. Un músculo de su mandíbula comenzó a vibrar al recordar el acontecimiento enterrado en su memoria hacía largo tiempo, pero desechó la angustia que todavía acompañaba aquel recuerdo. Esas poderosas reacciones eran precisamente el motivo por el que se había esforzado por mantenerse alejado de Meredith.

El rostro de ella se suavizó y su sonrisa se desvaneció al oírlo.

—Oh, pero eso fue hace mucho tiempo. No estaba segura de que lo recordara. No habíamos vuelto a hablar desde... —Se interrumpió y, por un momento, Tristan fue testigo de la intensa emoción que reflejaron sus ojos—. Desde su última visita a la finca de mis tíos —terminó Meredith con una beatífica sonrisa con la que se esforzó por borrar cualquier reacción previa.

Tristan bajó el mentón. Recordaba aquellos días despreocupados con cierta amargura. Por entonces no tenía verdaderas responsabilidades, y aún menos expectativas. Y ningún secreto. Si hubiera sabido la prisión en que habría de convertirse su vida poco después, tal vez hubiera saboreado más su juventud.

No pudo evitar pensar en ella en aquellos días. Parecía estar siempre sola y lo seguía a todas partes. Llegó a jugar con él a muertos y a piratas, y soldados.

—Por supuesto que lo recuerdo, lady Northam. Usted tenía un gran espíritu deportivo.

Ella se echó a reír, pero a pesar de la melodiosa belleza del sonido, Tristan no vio alegría en sus ojos. Belleza, sí. Pero eso había sido una constante en ella ya desde muy joven. Se había fijado en los cambios que la niña había experimentado la última vez que él fue a visitar a su primo, antes de que marcharan juntos a la escuela. En la luz que tenían sus ojos y que lo intrigaba. Y en su sonrisa, que rara vez mostraba por entonces, pero que a Tristan lo tenía cautivado.

La noche en que se la descubrió sola en aquella decrépita taberna, justo un año después de su última visita, le dejó claro que otros hombres también habían reparado en su deslumbrante belleza. Cuando él entró, la joven estaba siendo atacada por un bruto que la tenía agarrada por la fuerza, dispuesto a obtener de ella lo que le apeteciera en contra de su voluntad. Verla de aquel modo, con los ojos arrasados en lágrimas suplicando que la soltara, provocó en él tal acceso de furia que a punto estuvo de matar al bastardo que se había atrevido a tocarla. Tristan se olvidó de todo, del deber con su familia, del autocontrol que su padre le exigía... y se dejó llevar por las emociones. Cuando más tarde se calmó, se dijo que no podía dejar que algo parecido volviera a ocurrir. Lo que significaba evitar a Meredith Sinclair. Evitar a la única persona que le había hecho sentir algo tan intenso. De modo que decidió apartarla de su vida y volver a sus responsabilidades.

Le había resultado casi imposible dejar de pensar en ella. Su recuerdo lo atormentaba. Incluso había ido a buscarla una vez, al cumplir la mayoría de edad, pero para entonces ella ya estaba casada. Y Tristan decidió que aquello era lo mejor. Limitarse a verla desde lejos en alguna que otra fiesta, evitando siempre acercarse demasiado.

De repente se dio cuenta, sobresaltado, de que Meredith le estaba hablando, y prestó atención a lo que le estaba diciendo.

—Me parece que era usted el que tenía suficiente espíritu deportivo como para tratar con una niña, milord. Debí de ser un tormento, con mis preguntas y presencia constantes.

—Nunca fue una molestia —respondió Tristan con voz queda.

Ella se sonrojó, tan sólo un toque de rubor que proporcionó calidez a su piel cremosa. ¿Haría lo mismo si se atreviera a besarla? El inesperado pensamiento lo sobresaltó. ¿De dónde había salido?

—Me alegro de que tenga usted tan mala memoria —dijo ella, riéndose—. He de decir que, de todos los amigos de mi primo, usted era mi favorito. ¿Qué ha sido de usted todo este tiempo? Me enteré de la muerte de su padre, hace cinco años, y del fallecimiento de su hermano menor más recientemente. Lo lamento mucho.

Él se lo agradeció con un asentimiento de cabeza, pero apenas la escuchaba. No podía apartar la vista de sus labios mientras hablaba. Unos labios muy tentadores.

—¿Milord? —dijo ella ladeando un poco la cabeza.

Un nuevo sobresalto.

—Lo siento, milady. Gracias por sus amables condolencias.

—Imagino que para usted habrá sido una gran responsabilidad. Y tan joven... —continuó ella.

Tristan hizo una mueca. Ella sólo quería ser amable, pero no tenía idea de lo hondo que le estaban llegando aquellas palabras. Casi hasta el hueso; a lugares que él intentaba ignorar, pero que siempre acababan emergiendo.

Como le ocurría siempre que salía ese tema, no pudo dejar de preguntarse cómo habría sido su vida si no tuviera todas aquellas interminables responsabilidades; si no tuviera tan oscuros secretos.

Desechó la idea y enderezó los hombros. Tenía ambas cosas, por lo que lo mejor sería alejarse de la mujer que tenía delante, en vez de lamentar lo que no podía tener, aunque Meredith fuese ahora viuda y libre.

—Ha sido un placer volver a hablar con usted, milady. Espero que disfrute del resto de la velada. Si me disculpa...

Meredith entreabrió los labios sorprendida ante su súbita partida. Tristan, por su parte, necesitó de toda su fuerza de voluntad para girar sobre sus talones y alejarse de ella. Después de dar unos pasos, se permitió mirar atrás. Entre las cabezas de los invitados, la vio parada en el mismo sitio, con los ojos muy abiertos y los puños apretados a los costados.

Suspiró y se obligó a apartar la vista. Meredith era realmente hermosa, pero para él una fruta prohibida. Entonces más que nunca era de vital importancia que no se dejase llevar por los sentimientos, que era lo que le ocurría siempre que estaba cerca de ella. Tenía que sofocar como fuese aquella renovada atracción. En aquellos momentos, su vida estaba dominada por asuntos demasiado importantes y peligrosos como para permitirse distracciones, por placenteras que éstas fueran.

Meredith miró cómo Tristan desaparecía entre la multitud, agitada por dos sentimientos encontrados pero igualmente intensos.

Aunque sólo habían intercambiado unas pocas palabras, había disfrutado enormemente del breve encuentro. En general, aquellas fiestas se le hacían insoportables, a pesar de su risa falsa y su popularidad.

Con Tristan, incluso una breve conversación sin trascendencia se destacaba en su mente. Había una conexión entre ellos. Un vínculo que poco tenía que ver con sus mutuas evocaciones del pasado. Bajo las palabras superficiales que habían intercambiado se ocultaban emociones mucho más profundas.

En cualquier otra circunstancia se habría permitido confiar en que volverían a encontrarse, en que podrían continuar charlando en alguna otra ocasión. El deseo que tenía de dejarse llevar por la atracción que sentía por aquel hombre le daba pavor.

Sobre todo cuando la segunda reacción a su conversación había sido igualmente poderosa.

Tristan Archer ocultaba algo. Le daba la impresión de que había algo que no cuadraba. Sonreía, asentía y decía las cosas adecuadas, pero ella había visto un atisbo de desesperación en sus ojos. Un brillo que casi siempre se daba en los que eran culpables. Los hombres que guardaban secretos no solían ser felices y les costaba mucho mostrar serenidad, ni siquiera con aquellos a quienes conocían y querían.

En cuanto ella había tocado el terreno de su vida privada, Tristan había abandonado sus modales y había huido. Tal vez se debiera al dolor por la muerte de su padre y su hermano, pero no lo creía así porque Meredith no había visto pena en sus ojos al evocar esos recuerdos. Lo que había visto había sido más bien una sombría determinación. Un destello duro que decía que no tenía intención de hablar de nada que pudiera estar remotamente relacionado con su verdadera forma de ser o con los secretos que tan denodadamente se esforzaba en ocultar al mundo.

Se le cayó el alma a los pies.

Con un profundo suspiro, irguió los hombros y echó a andar entre los invitados. Quedaba menos de un cuarto de hora para encontrarse con Emily en la terraza. En ese tiempo, tenía que eliminar cualquier resto de emoción de su rostro, si no, su amiga se percataría de los miedos y el pesar que pudiera reflejar, y Emily ya estaba como un sabueso tras la pista del zorro en lo que se refería a la relación que había mantenido con Tristan.

Meredith apretó la mandíbula, cogió una copa de champán que le ofreció un criado y se dirigió a la terraza. Sólo podía confiar en que Emily hubiera descubierto algo que desmintiera la implicación de Tristan en el robo del cuadro.

Y que lo que fuera que hubiese descubierto le sirviera a ella para comprender si la reacción de él a sus preguntas podía deberse a la melancolía, en vez de a los remordimientos de conciencia de un traidor a su rey y a su país.

Respiró el aire al fresco de la terraza rezando por que así fuera.

Y sabiendo, en lo más hondo de su corazón, que no lo era.

3

El rostro de Emily reveló todo lo que Meredith necesitaba saber sin necesidad de que su amiga dijera nada. Sus ojos azules destellaban con la emoción de la caza. Por primera vez en cuatro años, Meredith lo observó con terror.

—Has encontrado el cuadro —susurró, apartando la vista del semblante excitado de su amiga y miró a través del ventanal del salón de baile.

Tristan estaba de pie, alejado del bullicio del centro del salón, hablando con un hombre que ella no alcanzaba a ver con claridad entre tanta gente.

—No —contestó Emily—. Aún no estoy segura, pero no creo que esté aquí.

Meredith reflejó una inoportuna alegría antes de poderla controlar.

No había pruebas concluyentes sobre la culpabilidad de Tristan. Se estremeció de angustia al notar el alivio que la recorrió. En su profesión no había lugar para las emociones.

—¿En qué estás pensando? —preguntó Emily en tono quedo.

Ella apartó la vista del rostro serio de Tristan para mirar a Emily. Se topó con sus perspicaces ojos mirándola fijamente.

—¿A qué te refieres? —preguntó a su vez con una sonrisa inocente.

Emily arqueó una ceja y sacudió la cabeza.

—Estás... no sé, te comportas de forma rara. ¿Has podido hablar con lord Carmichael?

Meredith asintió mientras repasaba mentalmente la breve conversación, atormentándose con las preguntas que le había suscitado.

—Sí. Hemos mantenido una breve charla.

—¿Ha dicho o hecho algo que te haya molestado?

Ella se detuvo a meditar en la pregunta. Era evidente que Emily vislumbraba parte de la verdad, pero Meredith no estaba segura de hasta dónde le podía contar, algo que le molestaba tanto como el comportamiento de Tristan. ¿Por qué quería ocultarle datos importantes a su compañera y mejor amiga?

Carraspeó antes de hablar.

—Sus palabras han sido irreprochables —dijo encogiéndose de hombros—. Es su actitud lo que es cuestionable.

Emily le tocó el brazo con delicadeza.

—Y eso te preocupa.

—Más de lo que debería.

Meredith suspiró al tiempo que miraba hacia el salón. Tristan estaba ahora fuera de su vista, pero desde luego no fuera de su pensamiento.

Emily vaciló un momento antes de hablar, pero finalmente le dijo:

—Quieres creer que es inocente.

Ella asintió. No estaba dispuesta a mentir.

—Sí, lo admito. No debería abordar un caso con ideas

preconcebidas respecto al sospechoso, pero es que yo conozco a Tristan Archer. —Vaciló antes de continuar. ¿De verdad lo conocía?—. Y no me gusta pensar que haya sido capaz de traicionar todo aquello que quiero.

Emily suspiró.

—Pues esto no te va a gustar. Según venía hacia aquí, he localizado a varias de las personas de la lista de Ana.

Meredith hizo una mueca. Tristan había sido visto recientemente en compañía de algunos de los más peligrosos sospechosos de la sociedad. Saber que esas personas despreciables se encontraban en ese preciso momento en su casa la llenó de pesar.

—¿Y? —preguntó—. Por tu tono, es evidente que hay algo más.

Emily asintió con un rictus de amargura.

—Lord Carmichael estaba teniendo una seria conversación con Augustine Devlin.

Meredith abrió tanto los ojos que hasta le dolieron. Devlin. Ese hombre era el segundo al mando de una peligrosa organización criminal. Un hombre que estaba metido en tantos asuntos turbios que iba dejando un rastro de escándalo y ruindad a su paso.

La agencia para la que ellas trabajaban entre muchas otras, llevaba años siguiéndole la pista, pero hasta la fecha nadie había logrado reunir pruebas suficientes en su contra, ni determinar la identidad del líder de la banda. Era muy posible que fueran los responsables de las muertes y las heridas causadas a muchos hombres honrados que trabajaban al servicio del rey, tanto entre los militares como entre los espías.

—¿Estás segura de que era Devlin? —preguntó sin poder disimular el temblor de su voz.

—Después de llevar tanto tiempo detrás de él, creo que reconozco a ese bastardo —dijo Emily con los dientes apretados—. Carmichael no parecía muy complacido de verlo, pero tampoco sorprendido. Y desde luego no le hizo ningún desplante.

Meredith estaba desolada, pero irguió los hombros.

—Me cuesta creerlo, pero no hay manera de ignorar la verdad —contestó—. He de llevar la investigación hasta el final. Es posible que Tristan esté realmente implicado en alguna conspiración que pueda poner en peligro a nuestros compatriotas. Y, de ser así, hay que detenerlos a él y a sus amigos antes de que puedan enviar la información que pueda estar oculta en el cuadro.

Se frotó los ojos. ¿Cómo habían llegado las cosas a ese extremo? Y en caso de que fuera culpable, ¿qué era lo que había transformado en un traidor al honorable Tristan que una vez la defendió?

Emily le dio unas palmaditas en el brazo en señal de apoyo.

—Lo siento, Merry. Sé que no querías creer algo así de un buen amigo.

Ella se encogió de hombros y contestó:

—Si de verdad ha hecho aquello de lo que se le acusa, ya no es amigo mío.

Emily asintió, aunque no parecía muy convencida de su determinación.

—He oído algo más. Al parecer, los Carmichael abandonan Londres a principios de la próxima semana. Tristan y su madre se trasladan a su finca del campo, donde celebrarán su fiesta campestre anual. Los festejos durarán una quincena. Después, suelen ir a Bath o a algún otro sitio. No sé cuándo regresarán a Londres.

Meredith apretó los labios conviertiéndolos en una delgada línea.

—Tendré que hacerme un hueco en la lista de invitados. Si el cuadro no está aquí, es posible que lo tenga allí. Bien podría ser que utilizara la reunión campestre para pasar la información.

Emily asintió con la cabeza.

—Estoy de acuerdo. ¿Te ha mencionado él algo de la fiesta?

Ella negó con la cabeza.

—No, y me parece que abordarlo nuevamente lo haría sospechar algo, pues hace mucho que no hablamos. Pero lady Carmichael está aquí y creo que podría ser mi mejor baza para obtener una invitación.

Emily la observó detenidamente con el cejo fruncido.

—¿Quieres que vaya contigo?

—¿A la fiesta en Carmichael? —preguntó Meredith. Al ver que su amiga asentía, retrocedió sorprendida—. ¿Y por qué demonios iba a querer que vinieras? Tú tienes que quedarte en Londres para registrar la casa cuando la familia deje la ciudad. Y Ana querrá que la ayudes a descifrar la información que yo os vaya enviando desde allí.

—Sí, sí, ya lo sé —replicó Emily con un gesto de la mano—. Pero es que estoy preocupada por ti. Nunca te había visto abordar una misión con tanto desaliento. Tienes una expresión torturada. Tal vez fuera mejor que te acompañara.

—¡No! —Meredith se dio la vuelta con intención de entrar en el salón. Las astutas observaciones de Emily la habían dejado estupefacta. Su amiga había logrado expresar con palabras sus dudas y preocupaciones respecto al conflicto que aquella investigación suponía para ella—. No seas ridícula. Sé cuál es mi deber.

—Pero ¿lo sabe tu corazón? —preguntó Emily.

Meredith se detuvo, apretando los puños a lo largo de los costados al tiempo que se daba la vuelta para enfrentarse a su amiga, negando con la cabeza muy despacio.

—Mi corazón no tiene nada que ver con esto, Emily. Nada en absoluto. Y ahora, discúlpame, tengo que ir a hablar con lady Carmichael.

Pero mientras huía de la terraza, no pudo pasar por alto que ese corazón que ella afirmaba que no tenía nada que ver con todo aquello le latía tan fuerte que casi lo podía oír.

Constance Archer, la marquesa viuda de Carmichael, seguía tal como Meredith la recordaba. Tristan había heredado su cabello oscuro y sus ojos penetrantes. Pero al contrario que su hijo, lady Carmichael era una mujer de risa fácil, que parecía disfrutar con las exigencias y solicitudes de la fiesta. Conforme Meredith se acercaba a ella, la vio rodeada de un nutrido grupo de jovencitas acompañadas por sus madres. Al parecer, la marquesa las tenía embelesadas con la historia que les estaba contando.

Meredith pudo ver por qué. Lady Carmichael hablaba con semblante animado. Sus ojos destellaban y acompañaba sus palabras con gestos de sus manos, ágiles como colibríes. Al contrario que le ocurría a Tristan, no había ni rastro de melancolía en ella, y tampoco parecía aplastada por el peso de los secretos.

Meredith enderezó los hombros preparándose para el encuentro. Conseguir una invitación a una fiesta por parte de una mujer que probablemente no se acordara de ella se le antojaba todo un desafío. Pero no podía olvidar lo que era y lo que estaba en juego. Si Tristan se ausentaba durante tanto tiempo, podía deshacerse fácilmente del cuadro antes de que ella pudiese impedirlo. Y con ello, perdería la oportunidad de demostrar su inocencia... o su culpabilidad.

Se deslizó cuidadosamente entre el fascinado grupito de mujeres sin apartar la vista de la madre de Tristan a medida que se le acercaba.

No había pensado aún la manera de interrumpir el relato cuando su señoría posó la vista en ella y, con un gritito ahogado de emoción, se llevó las manos a las mejillas.

—¡Oh, Dios mío! Pero si es lady Northam —exclamó, con una sonrisa amplia y acogedora que a Meredith le encogió el corazón—. Mi querida, querida lady Northam, cuánto tiempo ha pasado.

Ella apartó mentalmente el inesperado placer que le había causado que la recordase.

—Lady Carmichael, qué amable por su parte acordarse de mí. Han pasado muchos años desde la última vez que disfruté de su agradable compañía.

La mujer asintió sin dejar de sonreír, negando con la cabeza acto seguido.

—Oh, qué modales los míos. Estoy segura de que conoce a todas estas damas.

Meredith miró al grupo. Para su sorpresa, las conocía a

todas. Había coincidido con ellas en más de una fiesta y se había reído bastante de su frivolidad. Eran las debutantes de aquella Temporada, acompañadas en todo momento por sus madres.

Enarcó una ceja mientras miraba alternativamente al grupo y a lady Carmichael. Las hijas de su señoría estaban ya casadas, de modo que no conocía a todas aquellas jóvenes porque fueran amigas de sus hijas. ¿Por qué le estaban haciendo corro entonces?

A menos que...

Tristan. Lo localizó con un rápido vistazo a la multitud. Él no estaba casado.

Era evidente que lady Carmichael estaba haciendo de casamentera.

Un intenso y por completo sorprendente acceso de celos se hizo presa en ella antes de que pudiera darle tiempo a apartarlo de sí con decisión.

—Por supuesto, milady —contestó, haciendo un gesto de saludo al grupo—. Buenas noches a todas.

Las mujeres correspondieron educadamente con idéntico gesto acompañado de fórmulas de saludo. Meredith centró de nuevo la atención en lady Carmichael.

—Lamento mucho no haber tenido ocasión de hablar con usted desde hace tanto tiempo, milady. Creo que no nos habíamos visto desde la muerte de mi esposo.

—Y de eso hace ya muchos años, ¿no? —preguntó lady Carmichael—. Me parece como si hubiésemos sido dos barcos solitarios. Nos hemos cruzado, pero siempre en sentidos opuestos.

Meredith asintió.

—Así es. Pero me alegro mucho de que esta noche nuestros rumbos hayan coincidido.

Su señoría suspiró quedamente.

—Más de una vez le he dicho a Tristan lo mucho que he pensado en usted en estos últimos años. En cómo le iría.

Meredith se preguntó qué le habría dicho Tristan al respecto, dado que había sido él quien había puesto distancia entre los dos, pero sonrió, y ni siquiera tuvo que esforzarse para ello. Guardaba un recuerdo muy grato de lady Carmichael. Siempre se había mostrado muy amable con ella cuando iba de visita, casi maternal.

—No me puedo quejar, milady —dijo ella.

—Me alegra oírlo.

Meredith ladeó la cabeza. Lady Carmichael la miraba fijamente, con una expresión rara, como si la estuviera evaluando. De pronto, se dio cuenta de que eso era exactamente lo que estaba haciendo.

La marquesa había estirado sus tentáculos de casamentera para acogerla a ella también en su seno, a pesar de que tenía ya veintiséis años y era viuda. Era un pensamiento insólito, pero Meredith trató de recobrar la compostura lo mejor que pudo.

Le gustara o no, podía utilizar el deseo de lady Carmichael de ver a su hijo casado, a su favor... y contra Tristan. La idea le dejó un regusto amargo en la boca, pero se lo tragó.

—He tenido ocasión de disfrutar de una breve pero agradable conversación con su hijo hace un rato —dijo, agachando la cabeza con timidez, un gesto que iba totalmente en contra de su personalidad. Nunca se le había dado bien el juego del flirteo que se veía obligada a representar cuando estaba en sociedad. Ella prefería la franqueza, algo que rara vez podía mostrar en su profesión de espía—. Tiene buen aspecto. Sigue tan apuesto como lo recordaba.

Los ojos de lady Carmichael se iluminaron, súbitamente interesados, y se acercó un paso a Meredith, abandonando la conversación que estaba manteniendo con las jóvenes casaderas a su llegada. La tomó del brazo y se la llevó de allí sin siquiera mirar atrás.

—Me alegro —dijo mientras recorrían lentamente el perímetro del salón, guiadas con destreza por lady Carmichael—. De pequeños, eran amigos ¿no es así? A menudo habla de aquellos días despreocupados pasados en el hogar de sus tíos. —Una sombra cruzó momentáneamente el arrugado rostro de la mujer—. Por entonces se reía más.

Meredith ladeó la cabeza. Así que su señoría también se había dado cuenta de que su hijo andaba inquieto. ¿Qué sabría de los asuntos del marqués? Lady Carmichael podría ser una valiosa fuente de información, pero para beneficiarse de ello antes tendría que conseguir la preciada invitación.

—Creo que todos nos reíamos más cuando éramos niños —contestó—. No teníamos responsabilidades, ni preocupaciones que nos apesadumbraran. Ahora que su hijo es el nuevo marqués, supongo que sus numerosas obligaciones lo privarán de disfrutar de muchas veladas como ésta.

La marquesa se encogió de hombros.

—No se permite una sonrisa ni siquiera cuando está con gente. Yo intento animarlo a que asista a eventos como éste.

Meredith asintió. Tristan siempre había sido serio y callado. No le sorprendía que aquellas fiestas apenas le interesasen. Aun así, tenía que hurgar un poco más.

—¿Tal vez no le gusta demasiado la vida social de Londres, milady?

El truco consistía en ir dirigiendo poco a poco la conversación hacia la fiesta campestre. Entonces podría maniobrar para conseguir la invitación. Pero era como pilotar un enorme barco. Había que hacerlo con cuidado y determinación.

Lady Carmichael se echó a reír.

—La vida social del campo le importa tan poco como ésta —contestó—. Ni siquiera la fiesta anual que celebramos en nuestra finca logra animarlo.

—¿Celebran una fiesta anual en Carmichael? —preguntó ella con fingida sorpresa—. Qué encantador. He oído que esa zona de la campiña inglesa es preciosa. Estoy segura de que a él le hará mucho bien. Yo desde luego adoro el aire del campo. —Observó a lady Carmichael por el rabillo del ojo, conteniendo el aliento.

La marquesa dirigió un rápido vistazo a Meredith con sus resplandecientes ojos verdes.

—Será bienvenida si quiere acompañarnos, querida. Saldremos para allá el próximo lunes. Después de tanto tiempo, será un placer renovar nuestra amistad.

Meredith tuvo que ahogar la triunfante explosión de júbilo que sintió. En vez de eso, se obligó a mostrar una expresión dubitativa mientras se llevaba un dedo enguantado a los labios.

—¿El próximo lunes? No estoy segura. Como sabe, colaboro con las Hermanas de la Sociedad Corazón para Viudas y Huérfanos.

Lady Carmichael asintió.

—Y tengo que decir que están haciendo un excelente trabajo, pero nuestra fiesta campestre sólo dura dos semanas. Estoy segura de que podrán sustituirla en sus buenas obras durante tan corto período de tiempo.

Ella guardó silencio un momento, como si estuviera pensándolo un poco más antes de aceptar.

—Supongo que tiene razón. Si estoy censurando a su hijo, aunque sólo sea en broma, por su actitud demasiado seria ante la vida, yo no puedo pasarme el tiempo sólo trabajando. Creo que voy a aceptar su invitación.

Lady Carmichael dio unas palmaditas.

—¡Excelente! Oh, Tristan se va a alegrar mucho.

—¿De qué me voy a alegrar, madre?

Meredith se puso rígida. Estaba claro que sus habilidades de espía necesitaban una urgente puesta a punto. Él se les había acercado por detrás sin que ella se diera ni cuenta, y en ese momento estaba de pie justo detrás. Le costó un gran esfuerzo no volverse hacia él con un movimiento defensivo en vez de hacerlo con sutileza.

—Milord, me ha asustado —dijo con risa entrecortada... demasiado entrecortada para su gusto.

—Tristan, lady Northam ha aceptado unirse a nuestra pequeña fiesta de la semana que viene en la finca de Carmichael —explicó la mujer con una enorme sonrisa—. ¿No te parece maravilloso?

Las palabras de su madre lo pillaron desprevenido, y se quedó momentáneamente desconcertado. Durante ese breve instante, Meredith pudo leer cada una de sus emociones en su rostro. Sorpresa que le oscureció los ojos, y ansiedad, que despertó los recelos de la joven.

Pero eso no fue lo único que vio en él. En lo más profundo de sus ojos, en un lugar tan oscuro que casi la asustó, vislumbró deseo. Ardiente y desenfrenado deseo de ella.

Un anhelo al que su traicionero cuerpo respondió, muy a su pesar. Era inesperado descubrir que Tristan se sentía de esa manera. Jamás se le habría ocurrido pensar que pudiera sentirse atraído por ella, ni siquiera en aquellos tiempos en los que ansiaba atraerlo; pero su forma tan patente de evitarla había terminado por disipar toda esperanza de resultarle deseable o, cuando menos, agradable.

Inspiró profundamente para calmarse y se obligó a no pensar en esa reacción.

—Bueno —balbuceó Tristan, mirando a su madre—. Desde luego es... es...

—Inesperado, lo sé —comentó Meredith, consciente del temblor de su voz—. Espero que no le importe mi intrusión, milord.

Tristan vaciló lo suficiente como para que ella se diera cuenta de que sí le importaba. Pero dado que él no podía saber que ella era en realidad una espía, no alcanzaba a comprender por qué se empeñaba en mantener las distancias. Sobre todo cuando era evidente que se sentía atraído por ella, por mucho que se esforzara en luchar contra ello. Claro que Meredith nunca había logrado entender su rechazo.

—Por supuesto que no, milady —respondió él haciéndole una inclinación de cabeza—. Me encantará tenerla allí. Y ahora, si me disculpan, alguien está esperando para hablar conmigo.

Meredith asintió sin decir nada mientras lady Carmichael empezaba a comentar entusiasmada lo agradable que sería la fiesta campestre ahora que ella iba a asistir. Aunque la joven respondió a todas las preguntas de la mujer de manera apropiada, apenas estaba prestando atención. No podía apartar la vista de los anchos hombros de Tristan abriéndose paso entre los invitados al baile mientras un escalofrío de excitación la recorría entera.

Una excitación que nada tenía que ver con el caso.

4

Tristan esbozaba una sonrisa tan antinatural y forzada que temió que la cara se le fuese a quedar así para siempre. En ese caso, no podía volver a aparecer en público. Meditó la posibilidad un momento y acabó llegando a la conclusión de que no le desagradaba tanto como habría sido de esperar. De ese modo no volvería a verse obligado a asistir a aquellas fiestas y cenas encopetadas que no eran más que los intentos velados de su madre de emparejarlo con la hija de algún almirante.

Aunque aquella fiesta en su residencia campestre era cualquier cosa menos velada. A lady Carmichael sólo le había faltado decir que, durante los quince días que duraría la fiesta, desfilaría ante él toda una bandada de posibles esposas, y que esperaba que considerara seriamente la posibilidad de decidirse por alguna de ellas antes de que transcurrieran esas dos semanas.

Poco sabía ella lo imposible que le resultaba cumplir su deseo. Si lo supiera... Tristan hizo una mueca de disgusto. Qué disgusto se llevaría su madre si supiera la verdad.

Asintió con expresión ausente ante la enésima risueña debutante, sin rostro ni nombre, que se detenía ante él para hacerle una reverencia mientras su ruidosa madre lo saludaba como una gallina clueca. Un escalofrío le recorrió el cuerpo mientras ambas mujeres eran escoltadas a sus habitaciones.

Aquello era como estar realmente en el infierno, aunque no podía decirse que no mereciera tal castigo por sus variados pecados.

—Tristan.

Dio un respingo al oír el abrupto tono de su madre. Maldita fuera, ya había vuelto a pillarlo pensando en las musarañas.

—Te pido disculpas, madre. Yo sólo...

—Tu obligación como anfitrión es saludar a tus invitados, querido —lo interrumpió la mujer con más suavidad de la que habría cabido esperar tras verlo perder nuevamente los exquisitos modales que exigía su posición.

Al mirarla, se percató del atisbo de preocupación que asomaba a sus ojos, por mucho que ella intentase ocultarlo.

—Detestas esto.

Tristan abandonó la antinatural sonrisa y se permitió una más auténtica al tiempo que rodeaba los hombros de su madre con un brazo. Dios, qué delgada estaba. Eso le hizo pensar en lo frágil que era su mundo. Como si necesitara más recordatorios.

—No lo detesto, madre —mintió—. Soy consciente de que es necesario. Nuestra fiesta campestre es una tradición, y mi obligación es conservar esa tradición.

Ella apretó los labios.

—Ojalá disfrutaras un poco con estas cosas. Odio tener la sensación de que mis palabras sólo apelan a tu sentido del deber y no al de la diversión.

Diversión. ¿Cuánto tiempo hacía que no se la permitía? Lo cierto era que sabía exactamente cuánto tiempo: un año, ocho meses y trece días, desde el momento en que se enteró de la muerte de su hermano. Si se concentraba, podría determinar incluso la hora y los minutos exactos. Sin embargo, decidió no hacerlo, porque bastante le oprimía ya el pecho aquel destructivo sentimiento para el que no tenía ni tiempo ni energía en ese momento.

La falsa sonrisa retornó a sus labios al tiempo que daba a lady Carmichael un tranquilizador apretón.

—Madre, te prometo que haré todo lo posible para divertirme. No me vas a reconocer: seré todo sonrisas durante las comidas, reiré entre juego y juego de mazo y participaré en todos los bailes del condado.

—Lo que dices me resulta en realidad más bien... aterrador —respondió su madre echándose a reír.

Él asintió.

—¿Verdad que sí?

—¿Por qué no me prometes simplemente que procurarás no asustar a las debutantes con tu expresión de ogro y que te esforzarás por disfrutar de la compañía de Meredith Sinclair?

Notó un vuelco en el estómago al oír su nombre. Carraspeó mientras trataba de mantener a raya las fuertes emociones que experimentaba, ocultas a los ojos de su madre. Si su señoría supiera lo mucho que deseaba hacer algo más que esforzarse por estar con Meredith, no lo dejaría en paz.

—¿Hay alguna razón en particular por la que tenga que centrar mis esfuerzos en lady Northam? —preguntó con fingida indiferencia—. Eso no sería muy justo hacia el resto de tus invitadas. Y, a juzgar por el destello que despiden sus ojos, todas estas damas albergan la esperanza, alimentada por ti sin duda, de que saldrán de aquí como futura lady Carmichael. No me gustaría que fueran diciendo por ahí que mi madre falsea la verdad, por no hablar de mí. Lo único que pretendo es proteger el buen nombre de la familia, te lo aseguro.

La mujer le dio un manotazo juguetón en el brazo.

—No recuerdo haberte criado para que fueras alguien sin iniciativa. Por supuesto, deseo que dediques todos tus sentidos a la dama que atraiga tu atención, si es que alguna lo hace. No tengo intención de controlar tus sentimientos. Sólo espero que hagas el esfuerzo de escuchar un poco a tu corazón. Llevas solo demasiado tiempo.

Antes de que pudiera contestar a su madre, un nuevo carruaje se detuvo delante de la puerta principal, en el camino de entrada circular. Un lacayo descendió de un salto y abrió la portezuela. Del interior del vehículo emergió una mano enguantada seguida por un delgado tobillo femenino que su dueña dejó ver brevemente.

Y el mundo se detuvo en ese mismo instante; quedó congelado sobre su eje mientras Meredith Sinclair descendía de su carruaje. A su pesar, Tristan contuvo el aliento.

La joven parecía más bonita cada vez que la veía. Ese día se había recogido el abundante cabello oscuro y se lo había cubierto con un sombrero azul celeste para viajar más cómodamente, del que escapaban algunos mechones rebeldes, que le enmarcaban las sonrosadas mejillas. Observó el jardín y la casa con ojos resplandecientes de vitalidad, como memorizando cada detalle. Finalmente, posó la vista en la puerta abierta y en él. Si Tristan creía que el pulso se le había acelerado con su llegada, eso no fue nada comparado con la palpitación que experimentó cuando le sonrió con dulzura y se acercó con la elegancia del planeo de una paloma.

—Resérvale un poco de tiempo a lady Northam porque tu rostro se ilumina cada vez que la ves —le susurró su madre al oído—. Y quiero verte esa expresión a menudo. Hace demasiado que tu felicidad dejó de ser una prioridad para ti.

Tristan consiguió reaccionar y cerrar la boca que se le había quedado abierta como si fuera un bobo.

—Me temo que te estás dejando llevar por el absurdo romanticismo de esas novelas que te gusta leer, madre —masculló mientras observaba a Meredith aproximarse—. Yo no cambio de expresión cuando estoy en presencia de lady Northam, y mi felicidad no tiene nada que ver con ella.

Antes de que la mujer pudiera protestar, Meredith salvó la situación. Llegó ante ellos con una inmensa sonrisa y les hizo una reverencia.

—Buenas tardes, milord, milady —saludó.

Lady Carmichael apartó la atención de su hijo, aunque la sonrisa que esbozó le dejó bien claro a éste que aún no había terminado con el tema. Tristan aprovechó para contemplar detenidamente a su nueva invitada mientras su madre y ella se saludaban.

Meredith estaba a escasos centímetros de distancia, lo que le permitió captar el sutil aroma de su perfume, una mezcla embriagadora de lilas y especias exóticas. Sensual y prohibido, igual que ella.

Maldita fuera. Aquella mujer era una distracción totalmente indeseada. Bueno, indeseada no. Era deseada, y mucho, ¡motivo por el que no quería que estuviera allí! Estaba a punto de alcanzar su objetivo, a punto de dar por concluidas las actividades que llevaban atosigándolo casi dos años. Y sabía perfectamente lo que Meredith conseguiría con su presencia. Todos sus calculados movimientos y sacrificios serían vanos si perdía el control precisamente entonces.

La voz de su madre lo arrancó de la neblina de sus impropios pensamientos.

—Estoy muy contenta de tenerla aquí, lady Northam. ¿El viaje ha sido llevadero?

Meredith asintió.

—He tenido la suerte de encontrar carreteras secas y en buen estado todo el camino. Sólo hemos tenido un pequeño incidente cuando a uno de mis caballos se le ha soltado una herradura, pero mis lacayos se la han cambiado rápidamente y hemos logrado llegar sin más contratiempos. Aunque a eso se debe mi tardanza. Espero no haber retrasado el comienzo de la fiesta.

Lady Carmichael negó con la cabeza.

—Oh, no, querida. Es usted la última en llegar, pero justo detrás de los otros. No nos ha causado ninguna molestia, ¿verdad, Tristan?

Éste negó con la cabeza. Había estado tan concentrado observando la forma en que la deliciosa boca de Meredith formaba las palabras que había perdido la conciencia de todo lo demás. Y ahora lo estaban incluyendo en una conversación a la que apenas había prestado atención. ¿De qué estaban hablando? Ah, sí, de la tardanza de Meredith.

—No, madre. Ninguna molestia. —Miró a la joven, que lo miraba a su vez fijamente. Por un momento, le pareció vislumbrar un torbellino de emociones en el fondo de sus oscuros ojos azules, emociones que no tenían razón de ser en una conversación informal como aquélla. Rabia, miedo...

deseo. Un profundo y peligroso deseo que incendió la sangre de él en respuesta.

Apartó la vista, y vio que su madre lamentaba que lo hiciera, pero por eso precisamente era por lo que llevaba solo tanto tiempo. Aquellas necesidades, aquellos deseos eran una distracción que no podía permitirse.

Meredith ladeó la cabeza.

—¿Va todo bien, milord? Está usted muy pálido.

Tristan vio que su madre le dirigía una rápida mirada y las arrugas de alrededor de su boca se hicieron más profundas a causa de la preocupación. Se sintió culpable por causarle malestar y se apresuró a erguirse.

—En absoluto, lady Northam —se forzó a contestar—. Me encuentro perfectamente.

—Hum.

Meredith no parecía muy convencida. Por la forma en que lo escrutó de arriba abajo él tuvo la desagradable sensación de que lo estuviera interrogando. Era ridículo, claro está. Tan sólo había hecho una observación.

—Me alegra equivocarme, milord —respondió encogiéndose de hombros—. Porque he oído que esta fiesta promete ser todo un acontecimiento.

Él asintió sin decir nada. Dios, sí, la fiesta campestre que celebraban cada año era algo espectacular. Sólo que ese año tenía un propósito que iba más allá de la celebración de una fiesta. Echó una mirada hacia su madre, que los contemplaba alternativamente con una resplandeciente sonrisa en el rostro. Le resultaba tan duro ver lo esperanzada que estaba con algo que él no podía darle, por mucho que lo atrajera con sus cantos de sirena.

—Discúlpeme, milady —dijo interrumpiendo los comentarios de Meredith al tiempo que le hacía una inclinación de cabeza—, pero como bien dice, esta fiesta es todo un acontecimiento, y tengo que atender aún muchos detalles. Ahora que ha llegado, estoy seguro de que mi madre se asegurará de que se instala usted cómodamente. La veré esta noche en la cena.

Lady Carmichael se quedó boquiabierta ante la falta de modales de su hijo, mientras las cejas de Meredith se disparaban hacia arriba y se quedaba mirándolo retroceder con una última inclinación de cabeza.

Tristan se alejó a paso vivo por la avenida, maldiciéndose por dentro. Le costaba mucho mantener una actitud educada cuando un horrible secreto lo estaba corroyendo por dentro. Fingir que era un caballero se le antojaba una carga más pesada cada día que pasaba. Sólo le restaba ya confiar en que aquella charada terminara pronto. Era la única forma de poder recuperar la vida que tuvo una vez. La vida que le fue arrebatada en el momento mismo en que su hermano murió.

Meredith se quedó mirando el lugar donde dos minutos antes se encontraba Tristan. En sus ojos había visto desesperación. La misma sombra de culpabilidad y angustia que había vislumbrado durante la fiesta en Londres, días atrás. Era evidente que se enfrentaba a demonios internos, pero ¿era la terrible traición que ella tenía órdenes de destapar la causante de su mirada atormentada o había algo más?

No lo sabía. No sabía nada excepto que se moría de ganas de salir corriendo tras él y suplicarle que le confiara el motivo de su aflicción. Deseaba reconfortarlo. Ayudarlo.

Lo último que quería era destruirlo, aunque ése fuera el inevitable desenlace en caso de que se demostrara que las acusaciones que pendían sobre él eran ciertas.

—Lo lamento.

Dio un respingo cuando lady Carmichael posó una delicada mano en su antebrazo.

—¿Cómo dice?

La marquesa sonrió con pesar.

—Mi hijo se ha comportado de una manera muy grosera. Lamento que no haya podido quedarse con nosotras hasta que usted se hubiese retirado a su habitación.

Meredith negó con la cabeza al tiempo que posaba una mano sobre la temblorosa de la mujer en un gesto de genuina simpatía. La madre de Tristan no tenía idea del dolor que Meredith podía causarle. Lady Carmichael sólo quería que su hijo fuera feliz, como cualquier madre. Le apenaba profundamente mirar su rostro, y al hacerlo pensó en su propia madre, muerta hacía mucho tiempo, incapaz ya de protegerla o consolarla. Desde entonces, no había recibido demasiado amor maternal. Apenas veía a sus tíos y éstos rara vez la invitaban a las reuniones familiares que celebraban, pese a haber vivido con ellos casi diez años.

—No tiene de qué preocuparse, milady —la tranquilizó cariñosa—. Estoy segura de que lord Carmichael tiene mucho en que pensar, con lo de la fiesta campestre y... y otras cosas. Le aseguro que no me siento desairada si él tiene que dedicarse a otros asuntos.

El semblante de la dama se relajó y le dio a Meredith un cariñoso apretón en el brazo.

—Gracias. Los demás invitados están ya en sus habitaciones, pero a usted tal vez le apetezca estirar un poco las piernas después del largo viaje. ¿Quiere que demos un paseo por los jardines?

Meredith lo pensó un momento. Su señoría se esforzaba por trabar amistad con ella con la única intención de emparejarla con su hijo. Pero a ella su oferta le daría la oportunidad de tal vez profundizar en las actividades de Tristan, así como de reunir información sobre el señorío y otros invitados que pudieran ser relevantes para el caso.

En circunstancias normales habría atrapado al vuelo la oportunidad que se le brindaba, sin embargo, al mirar los afables ojos verdes de lady Carmichael, unos ojos que Tristan había heredado, y también su otro hijo, los remordimientos de conciencia la hicieron vacilar.

—A menos que esté demasiado cansada, por supuesto —añadió la mujer, retrocediendo un paso.

Meredith se irguió cuan alta era. Aquello era ridículo. No estaba allí para hacer amistades para toda la vida, ni explorar deseos ocultos. Había ido a Carmichael a resolver un caso. Tenía que controlar aquellas absurdas emociones. No podía dejar que nada se interfiriera en sus objetivos.

—Me encantaría dar ese paseo con usted, milady. He oído contar maravillas de sus exquisitos jardines.

Con una sonrisa, lady Carmichael la tomó del brazo y la guió por el interior de la casa en dirección a las puertas que conducían al jardín. Descendieron por un precioso sendero flanqueado de setos perfectamente podados hasta llegar a un jardín espléndido. Meredith se olvidó por un momento de lo que la había llevado allí, perdida en la contemplación de las hileras de plantas y las coloridas flores, cuidadas con tanto mimo.

—Es una maravilla —exclamó con un hilo de voz mientras se llevaba las manos al pecho.

Lady Carmichael resplandecía de satisfacción.

—Este jardín ha sido siempre el orgullo de nuestra familia —explicó—. Le dio la forma actual el tatarabuelo de Tristan, y sus hijos y nietos han contribuido a mejorarlo con los años.

Meredith se detuvo, sorprendida.

—¿También lord Carmichael?

Su señoría asintió de inmediato.

—Oh, ya lo creo. Tristan ordenó plantar todas esas lilas que bordean el muro norte hace un año. —Su sonrisa se desvaneció—. En memoria de su hermano, Edmund.

Meredith miró hacia los arbustos en flor con gesto pensativo. No sabía por qué, pero nunca se le había ocurrido que Tristan fuera un amante de las flores. Lo único que sabía de él por experiencia propia y por lo que había leído en los archivos era que se trataba de un hombre distante. Que le gustase la jardinería no encajaba con ese perfil.

Claro que... muy pocas cosas encajaban cuando lo miraba cara a cara.

—Su expresión es muy dura —comentó lady Carmichael frunciendo el cejo—. Espero que no juzgue a mi hijo sólo por su comportamiento de antes.

Meredith la miró sorprendida, pero negó con la cabeza. No añadió palabras a su silenciosa negativa. Hacía mucho que había descubierto que, muchas veces, era mejor dejar que hablaran los demás; sin darse cuenta, se les escapaban detalles cruciales cuando se les prestaba una silenciosa atención.

Constance suspiró.

—Hay quien dice que Tristan es arrogante. Orgulloso, incluso. Pero no es cierto. Ha cambiado mucho en los últimos años.

Meredith tomó aire brevemente con expectación.

—Admito que también yo he percibido algunos cambios en él —dijo con vacilación. Reunir pruebas era un verdadero arte. Había que hacerlo despacio y con precisión.

Lady Carmichael miró hacia el jardín con una mirada ausente que no requería entrenamiento especializado para ser descifrada. Estaba claro que estaba pensando en los amados hombres de su vida que se habían ocupado de aquel jardín y que ya no estaban. Y en el hijo que aún le quedaba.

—A veces siento que hubiera sido mejor que Tristan hubiera vivido unos años de juventud irresponsable, como su hermano tuvo oportunidad de hacer. Pero la vida y su padre no se lo permitieron. Mi esposo era un buen hombre que amaba profundamente a nuestros hijos, pero tenía grandes expectativas para Tristan. Y le exigía perfección y control en todo lo que hacía.

Meredith asintió, bebiendo la información.

—A veces temo que Tristan se haya tomado demasiado a pecho las palabras de su padre. —La dama dejó escapar un suspiro—. Era tan joven cuando mi esposo murió... Tristan se convirtió en marqués de unas extensas propiedades, con numerosos arrendatarios que dependen de él. Y además asumió el papel de padre para sus hermanos pequeños.

Meredith repasó mentalmente lo que sabía sobre esa parte del pasado de Tristan. Había heredado el título de su padre y se había hecho cargo de las propiedades cuando su hermana pequeña, Celeste, que había contraído un buen matrimonio durante la última Temporada, y su hermano Edmund aún vivían en casa. Podía imaginarse lo difícil que debió de ser para él.

¿Sería por eso por lo que se había involucrado en asuntos turbios? ¿Como una manera de disfrutar de la vida licenciosa que le había sido negada cuando era más joven?

No, eso no tenía sentido. Si lo que quería era cometer locuras, había maneras mucho mejores de hacerlo sin necesidad de traicionar a su país. Algún otro motivo se ocultaba bajo sus actos delictivos.

Echó una mirada a lady Carmichael y dijo:

—La muerte de un padre puede cambiar a cualquier hombre, incluso hacerlo más duro.

La marquesa suspiró al tiempo que negaba con la cabeza.

—A Tristan, no. Aunque a mí me preocupaba el hecho de que no hubiera disfrutado demasiado de su juventud, él no parecía lamentarlo. De hecho, ha mejorado mucho desde que es marqués. Los cambios más profundos son más recientes. Desde la muerte de su hermano pequeño. —La voz se le quebró, y sacó un pañuelo bordado del bolsillo de su pelliza para secarse las lágrimas que de repente habían brotado de sus ojos.

Meredith asintió con gesto comprensivo mientras registraba todos esos datos en su mente. Edmund Archer era siete años menor que Tristan, y había muerto luchando por su país. Si Constance estaba en lo cierto, el hecho de que Tristan se hubiera involucrado en actividades peligrosas podía estar relacionado con la muerte de su hermano. Iba a tener que solicitar más información a Londres antes de continuar.

Pasó una mano sobre el brazo de lady Carmichael y le dio un cariñoso apretón.

—Lamento mucho la pena de su familia.

La mujer le sonrió, pero su expresión seguía siendo de tristeza.

—Gracias. La pérdida fue dolorosa para todos nosotros, para Tristan fue más duro que para nadie. Estaba loco de rabia y no ha vuelto a ser el mismo desde entonces. —Lady Carmichael la miró—. Espero que elija pronto una esposa y forme una familia. Quizá así recupere la sonrisa.

Sentirse objeto de la mirada de su señoría hizo que Meredith se sonrojara violentamente. Estaba tan acostumbrada a moverse en un mundo de fingimientos que tanta franqueza le resultaba incómoda.

Lady Carmichael apartó la vista, lo cual fue un alivio para Meredith, que no sabía muy bien cómo responderle.

—Puede que le parezca extraño que le haya hablado tanto acerca de las penalidades de nuestra familia.

Meredith le quitó importancia con un encogimiento de hombros, aunque lo cierto era que sí le parecía extraño. Había confiado en que la marquesa se abriera un poco a ella, pero desde luego no había esperado que fuera tan rápido ni con tanto candor.

—Le he confiado estos detalles porque sé que usted ha vivido la misma clase de pérdida cuando perdió a sus padres. —La dama sonrió—. En una época, mi hijo y usted estaban muy unidos, ¿no es así?

Ella tomó aire con brusquedad.

—S...sí, milady. Supongo que podría decirse que éramos compañeros de juegos.

Lady Carmichael asintió.

—Puede que le viniera bien renovar esa amistad. —Le dio unas palmaditas en la mano—. Seguro que estará fatigada y quiere descansar un poco antes de la cena. ¿Entramos?

Meredith asintió débilmente, bastante aliviada. Aunque, por supuesto, la espía que llevaba dentro se sentía decepcionada porque la conversación hubiera terminado, pues lady Carmichael era una fuente de información sobre Tristan, y le había abierto los ojos a diversos posibles motivos para su relación con los negocios delictivos, la mujer que Meredith también era había tenido una reacción bien distinta. El tema de la pérdida familiar y los viejos sentimientos ya olvidados desde hacía mucho habían despertado en ella emociones que no deseaba afrontar.

Regresaron a la casa dando un paseo, y la joven aprovechó para mirar disimuladamente a la marquesa. Sus pensamientos se desviaron hacia los lejanos veranos en los que Constance siempre le daba una palmadita cariñosa en la cabeza o tenía una sonrisa o una palabra amable para ella. La niña solitaria que entonces era devoraba esos momentos como si fueran golosinas. Habían pasado los años, pero lady Carmichael seguía siendo tal como la recordaba: una mujer dulce y compasiva.

Sintió un aguijonazo de culpa. Estaba utilizando su amabilidad contra ella y su amado hijo. Y, lo que era aún peor, era perfectamente consciente de que su señoría la consideraba una posible compañera para Tristan, sin saber que tal vez éste fuera un villano.

La situación le daba dolor de cabeza.

Lady Carmichael le sonrió al entrar en la casa y dijo:

—Simpson la acompañará a su habitación. Por favor, no dude en llamar si necesita algo, lo que sea. —Le dio un cariñoso apretón en el brazo—. Me alegro mucho de tenerla aquí, querida. Nos veremos en la cena.

—Gracias, milady —balbuceó Meredith—. Estoy deseando que llegue.

Pero no era cierto. Siguió al criado escaleras arriba y a lo largo de una galería en dirección a la habitación que se le había designado, sin dejar de pensar en la maldita tarea que le esperaba. Y en cuántas vidas quedarían destruidas si encontraba las pruebas que buscaba.

Hizo un gesto de asentimiento en respuesta a la inclinación de cabeza del criado cuando la dejó sola en la espléndida habitación, que a duras penas se tomó el tiempo de examinar. Suspiró mientras su doncella entraba para ayudarla a quitarse la pelliza y el sombrero. De vuelta al trabajo.

Lo primero que tenía que hacer era escribir a Londres y solicitar información sobre la trágica muerte de Edmund Archer. Después, tenía que concentrarse en el caso en vez de en las consecuencias que su investigación tendría sobre aquella familia rota... o sobre el hombre responsable de ella.

5

—¿Me has oído, Tristan?

Éste levantó la vista y miró con sobresalto a su administrador, Philip Barclay.

—¿Qué? Ah, sí, por supuesto.

Su viejo amigo enarcó una ceja.

—¿De verdad? Porque lo que acabo de decirte es que deberías teñir las ovejas de los pastos del sur de azul y acabas de dar tu visto bueno.

Tristan frunció los labios.

—Está bien, no te escuchaba. Nada de ovejas azules.

Philip soltó una suave carcajada al tiempo que cerraba el libro de contabilidad, pero al ver que Tristan no se reía, lo miró con preocupación.

—Esta situación te está pesando.

Lo dijo como una afirmación, no como una pregunta. Tristan lo miró. Había muy pocas personas en el mundo en quienes confiara plenamente, y aquel hombre era una de ellas.

Philip era el hijo menor de un acaudalado baronet. Habían estudiado juntos en Cambridge, y se hicieron íntimos amigos entre juergas universitarias y partidos de polo. Pero el destino de Philip cambió radicalmente a la muerte de su padre. Después, cuando Tristan heredó el título de marqués no vaciló en ofrecerle a su amigo el puesto de consejero principal suyo y confidente.

Philip nunca le había fallado y era el único que ahora sabía la verdad.

—¿No será la encantadora lady Northam la responsable de esta actitud tuya tan meditabunda?

Tristan miró a su amigo, que le sostuvo la mirada con los brazos cruzados.

—No sé de qué me hablas —mintió Tristan.

Y otro abrió mucho los ojos.

—Humm, desde que tu madre la invitó a la fiesta, la has mencionado por lo menos tres veces. El hecho en sí no resultaría extraño en la mayoría de los hombres, pero en tu caso me llama la atención dado que no has hablado de ninguna mujer ni una sola vez en los últimos dos años, y mucho menos tres veces.

Tristan se levantó de la silla y se alejó unos pasos. Había pocos temas de los que no hablaría con Philip y lo sorprendió descubrir que Meredith era uno de ellos. Afirmar en voz alta que se sentía atraído por ella podría destruir el endeble control que poseía sobre el deseo que lo asaltaba cada vez que la tenía cerca. Hablar del asunto podría abrir la caja de Pandora, y no sabía muy bien si podría cerrarla después.

—¿Qué tiene que ver esta conversación con mis propiedades? —preguntó con voz queda.

Philip se encogió de hombros.

—Nada en absoluto, ya he cerrado el libro de la contabilidad. No te lo pregunto como administrador, sino como amigo.

Tristan apretó los puños a sus costados, pero no respondió.

—No tengo que decirte que una relación amorosa ahora mismo podría resultar una distracción peligrosa, especialmente teniendo a Augustine Devlin aquí, vigilando todos tus movimientos.

Tristan hizo una mueca de desagrado.

—¿Crees que no lo sé? Claro que Meredith... —Se interrumpió soltando una imprecación. La había llamado por su nombre de pila sin darse cuenta, destruyendo así cualquier posibilidad de negar su interés por ella—. Claro que lady Northam podría ser una distracción. Si decidiera cortejarla, no sólo pondría en peligro el éxito del plan, sino su vida. Aquí, soy el único que tiene algo que perder, así que no necesito que te inmiscuyas ni que me lo recuerdes.

Nada más decirlas, deseó poder retirar esas palabras y las emociones que éstas conllevaban. No sólo por lo reveladoras que eran, sino por lo injustas. Philip sólo estaba recordándole unos hechos que él olvidaba demasiado a menudo con sólo oler la sensual fragancia de la piel perfumada de Meredith o sentir el hormigueo de placer que le provocaba su risa.

—Discúlpame —dijo Philip en voz baja—. No me había dado cuenta de que fuera un tema tan delicado. Sé lo difícil que es esto para ti, pero te aseguro que no era mi intención inmiscuirme.

Con una mueca de disgusto hacia sí mismo, Tristan hizo un gesto para quitar importancia a la preocupación de su amigo. Cambió de tema.

—¿Ha llegado ya Devlin?

Philip asintió, al parecer dispuesto a dejar el asunto de Meredith... al menos de momento, aunque Tristan sabía que no se le iba a olvidar. Estaba seguro de que lo sacaría a colación en otro momento. Tendría que tener más respuestas entonces.

—Devlin ha llegado hace casi una hora. Me he asegurado de que lo acomodaran en una habitación que respondiera a sus exigencias. Ha quedado muy satisfecho. —Philip frunció el cejo—. Me preocupa esto, Carmichael.

Con un suspiro, Tristan se dirigió al aparador para servirse una copa.

—Ya me lo has dicho muchas veces —contestó haciendo girar el jerez en su copa—. Pero no tengo elección. Necesito información que sólo Devlin puede darme, y él desea algo que yo le he conseguido. Esta fiesta será el mejor lugar para realizar el intercambio sin levantar sospechas, como ocurrió cuando nos encontramos en Londres. —Dio un sorbo antes de continuar—. Mi madre no se ha dado cuenta de que pase nada fuera de lo normal, ¿verdad?

Philip negó con la cabeza.

—Devlin aparece en la lista de invitados con una anotación al margen que especifica que lo conoces por negocios. Lady Carmichael no ha hecho ninguna pregunta al respecto.

Tristan respiró aliviado.

—Dudo que vaya a preguntar nada si no lo ha hecho ya. Bien. No quiero meterla en este asqueroso asunto.

Se estremeció sólo de pensar en la reacción de su madre si descubriera la verdad. Le rompería el corazón saber hasta dónde había sido capaz de llegar. No le gustaría nada saber lo que había hecho, aun en el caso de que llegara a comprender sus motivos.

—Ten cuidado con Devlin, Carmichael —dijo Philip

frunciendo el cejo—. Es un bastardo traidor en más de un sentido. Si lo presionas demasiado...

Él sacudió la cabeza para interrumpir a su amigo.

—Lo sé, pero si quiero terminar con esto, debo seguir el camino que tracé hace un año. La única manera de cazar a Devlin es hacerle creer que domina la situación.

—Siempre hay otras formas, Tristan —replicó Philip mientras se dirigía hacia la puerta.

Él observó su espalda mientras se alejaba. Cuando la puerta se cerró tras Philip, Tristan suspiró.

—Esta vez no.

Meredith contemplaba a los comensales, memorizando rostros, palabras y gestos para analizarlos más tarde. Formaba parte de su trabajo, pero también era una buena forma de concentrarse en algo para evitar la tentación de mirar todo el rato a su izquierda. Allí, Tristan estaba sentado a la cabecera de la larga mesa, presidiendo con expresión poco complicada la primera de las cenas que se celebrarían durante aquella reunión campestre.

Apartó la vista de su atractivo rostro y se encontró con los ojos de lady Carmichael. Constance alzó casi imperceptiblemente la copa en señal de saludo y Meredith se obligó a sonreír. En cualquier otra circunstancia, le habría parecido divertido que la dama la contemplase como posible nuera, pero su trabajo le impedía disfrutar de las dulces intenciones de Constance. Tenerla tan pendiente de ella hacía que el trabajo de Meredith aún fuera más difícil.

Por no mencionar que la hacía sentir como si fuera el ser más mezquino de toda Inglaterra.

—Augustine Devlin. Creo que tiene negocios con lord Carmichael —susurró un caballero a la dama sentada a la derecha de Meredith, sacando a ésta de sus ensoñaciones.

Aunque reticente, dejó que su mirada recayera sobre el hombre en cuestión. Devlin estaba sentado hacia la mitad de la mesa, en el lado opuesto al que ocupaba ella. Iba vestido de forma impecable, como de costumbre. Su pelo rubio y sus impactantes ojos grises llamaban la atención allá donde iba. Pero su mera presencia en aquella casa constituía una prueba condenatoria para Tristan.

Hacía tiempo que se sospechaba que la facción a la que pertenecía Devlin se dedicaba al contrabando de armas, a pasar información a los enemigos de Francia y América; asimismo, se creía que había tomado parte en varios atentados contra figuras políticas de alto rango. Pero ninguna agencia, ni la suya ni el equivalente masculino de la misma y perteneciente al Ministerio de Guerra, había logrado demostrar ninguna de estas acusaciones. De manera que el tal Devlin andaba tan tranquilo por el país, con libertad absoluta para dedicarse a conspirar.

Miró nuevamente a Tristan. Era posible que éste estuviera envuelto en alguna de esas conspiraciones. La idea le provocó un desagradable estremecimiento.

Devlin dirigió la vista hacia ella y la pasó de largo para detenerse en su anfitrión. Mientras lo contemplaba, una leve sonrisa asomó a sus labios; una sonrisa triunfal y grosera pese a que estaba siendo esbozada por uno de los hombres más atractivos de Inglaterra. La belleza casi angelical de Devlin formaba parte de su arsenal. Podía desarmar a casi cualquiera con una sonrisa. Y, para los que se le resistían, reservaba otros medios.

—Lady Northam, tengo entendido que preside una especie de sociedad benéfica, ¿no es así?

Meredith dio un respingo. Estaba tan concentrada en Devlin y en sus ociosos pensamientos sobre Tristan que no estaba a punto para mantener una conversación. Parpadeó sorprendida en dirección a la jovencita que estaba sentada frente a ella, mientras trataba de ponerle un nombre a aquel rostro bonito, si bien no particularmente amistoso.

—Así es, sí —balbuceó.

Se trataba de Georgina Featherton, o eso creía. Había sido presentada en sociedad la Temporada anterior y, a juzgar por las miradas que le echaba a Tristan, se había fijado como objetivo convertirse en marquesa. Meredith sintió que se le encogía el estómago sólo de pensarlo, aunque no hubiera advertido un interés especial hacia ella por parte de él.

—Algo relacionado con viudas y huérfanos, ¿verdad? —continuó la muchacha, pronunciando cada palabra como si fuera algo vergonzoso.

Ella asintió.

—Sí, las Hermanas de la Sociedad Corazón para Viudas y Huérfanos. Es una causa con especial significación para mí, pues perdí a mis padres cuando era pequeña y mi esposo también falleció hace unos años.

Los invitados que estaban cerca y la oyeron murmuraron palabras de condolencia, no así Georgina, que la miró entrecerrando los ojos.

—No tiene usted aspecto de necesitar la caridad de nadie, milady.

Una mujer sentada tres sitios más allá, al parecer su madre, a juzgar por el tono de pelo y los enormes ojos azules, tan parecidos a los de la joven, se quedó boquiabierta al oír a su hija, pero no tenía forma de llamar su atención.

Meredith enarcó una ceja. ¿Aquella mocosa estaba desafiándola? Se le había olvidado la ridícula mezquindad que a veces iba asociada con el cortejo.

—La Sociedad no recauda fondos para mujeres de mi posición, querida —contestó con el dejo justo de condescendencia—, sino para aquellas menos afortunadas que se encuentran en esas trágicas circunstancias.

Los invitados que estaban a su alrededor asintieron aprobadores, pero la joven dama no parecía muy dispuesta a dar por terminado tan extraño interrogatorio.

—Estoy segura de que esas mujeres menos afortunadas encontrarían alivio en el cepillo de la iglesia. ¿Por qué habría de rebajarse tanto una dama de su posición?

Tristan levantó la vista hacia ellas. Meredith se sorprendió al ver el fuego que ardía en sus ojos verdes, normalmente tan fríos. No se le había ocurrido pensar que pudiera estar prestando atención a la conversación, pero lo cierto era que un músculo vibraba en su mandíbula al tiempo que miraba a lady Georgina con una frialdad de la que la propia Meredith no deseaba ser nunca objeto.

—Lady Northam utiliza su posición para organizar galas benéficas que la Iglesia no podría celebrar ni en sueños, como el baile que tuvo lugar hace un par de semanas. Estoy seguro de que no desaprobará ese tipo de actos, ¿verdad?

Me dijo que lo había pasado muy bien allí, ¿no es cierto? —le espetó a la jovencita en voz suficientemente alta como para que varias cabezas se volvieran al oírlo.

La joven dama se puso como la grana.

—S...sí, lo pasé muy bien —acertó a tartamudear ella—. Lo había olvidado.

Tristan la miró fijamente un momento y luego dirigió la vista a Meredith y allí la dejó. Ella sintió un nervioso revoloteo en el corazón. La había defendido en público, había defendido algo que era importante para ella. Daba igual que Meredith no le hubiera pedido que la «salvara» de lady Georgina.

Lady Carmichael carraspeó y se puso en pie con una sonrisa. Su expresión no reflejaba en absoluto el incómodo silencio que se había apoderado del salón.

—Tal vez las damas quieran acompañarme al salón rosa para tomar el té mientras los hombres se retiran a disfrutar de su oporto.

Los presentes rompieron el silencio entre murmullos al tiempo que se iban levantando de sus asientos y comenzaban a dispersarse. Tristan tardó más que el resto en hacerlo, sin dejar de mirar fijamente a Meredith mientras los demás iban saliendo. Ésta sintió que el estómago le daba un vuelco al comprender que tenía toda la intención de escoltarla al saloncito. Lo que implicaba tener que tocarse.

Y eso era muy, pero que muy malo.

—Lo lamento —dijo él ofreciéndole el brazo—. No debería haber sido tan brusco. Espero no haberla violentado.

Ella sonrió mientras introducía la mano por el hueco de su brazo doblado. Fue un contacto leve, pero el corazón empezó a martillearle en el pecho. Su fragancia masculina, limpia y algo especiada, inundó sus sentidos y notó que le flaqueaban las rodillas. Maldijo la manera en que seguía afectándola aquel hombre, y se maldijo a sí misma mientras intentaba recuperar el control.

—¿Violentarme? —consiguió decir con desenfado—. Al contrario. Ha sido muy galante por su parte acudir a rescatarme. Aunque tal vez tenga que disculparse con la jovencita. Me parece que nunca va a poder recuperarse de este golpe.

Tristan hizo una mueca de desagrado mientras observaba a la joven en cuestión, que caminaba por la galería delante de ellos. Iba del brazo de un guapo oficial del ejército y no se la veía precisamente devastada. De hecho, parecía que se le hubiese olvidado el incidente por completo.

—Servirá para reafirmar mi reputación de cretino orgulloso y arrogante —contestó él con un suspiro—. Nadie ha salido perjudicado.

Ella frunció el cejo.

—Yo nunca he oído nada por el estilo respecto a usted.

—Entonces es que no presta atención, milady.

Sonrió y le soltó el brazo. Meredith sabía que debería alejarse, pero por algún motivo no podía dejar las cosas así. Quería encontrar la manera de borrar la dureza de sus ojos, de consolarlo.

Se obligó a ponerse en movimiento y a duras penas pudo reprimir un gemido. ¿Quería consolarlo? ¿De dónde demonios salían esas cosas?

—Tal vez tenga usted razón —dijo finalmente frunciendo el cejo—. Hasta dentro de un rato, milord.

—Hasta luego, Meredith.

Tristan dio la vuelta y se alejó. Ella no cayó en la cuenta de que la había llamado por su nombre de pila hasta que hubo desaparecido de su vista, pero al hacerlo, el corazón le empezó a latir a un ritmo vertiginoso, y se sintió presa de una excitación que hacía una eternidad que no sentía.

Tristan no había probado su oporto, aunque algunos de los hombres iban ya por la segunda copa. No podía permitirse el lujo de perderse en la neblina del alcohol con Augustine Devlin observándolo desde el otro lado de la estancia, analizándolo, juzgando con sumo cuidado si estaba a la altura de sus exigencias. A lo largo del último año, había llevado a cabo los movimientos adecuados, y ahora era fundamental que se anduviese con mucho ojo.

—Caballeros, creo que ya es hora de reunirnos con las damas —dijo, sin apartar los ojos de Devlin.

Los hombres murmuraron su conformidad, unos más deseosos que otros. Poco a poco, fueron dejando las copas en la mesa y apagando los puros antes de dirigirse al salón donde las mujeres estaban reunidas. Ninguno pareció notar que su anfitrión no los seguía, y tampoco Devlin.

Uno y otro siguieron mirándose hasta que el último caballero abandonó la estancia. Tristan controló cuidadosamente el ritmo de su respiración y no permitió que su rostro reflejara emoción alguna.

Finalmente, Devlin se apartó del aparador en el que estaba apoyado y atravesó la habitación. Abrió la boca, pero antes de que pudiera decir palabra alguna, un carraspeo femenino procedente de la puerta los interrumpió.

Tristan desvió la vista de Devlin para mirar hacia la puerta. El corazón se le subió a la garganta cuando vio a Meredith avanzar unos pasos hacia el interior de la sala. Ella los miró alternativamente, con preocupación y un breve centelleo de lo que Tristan creyó reconocimiento al mirar a Devlin. Pero ese brillo desapareció en seguida, aunque también podían ser imaginaciones suyas. Probablemente conociera muy superficialmente a aquel miserable. Una dama no imaginaría la maldad que regía la vida de Augustine Devlin.

Lo cual significaba que Meredith no tenía ni idea de lo peligrosa que era la guarida de león en la que se estaba metiendo.

—Ah, está aquí —dijo con una rápida sonrisa hacia Tristan—. Las damas estaban empezando a desesperarse ante su tardanza.

Por un momento, él se olvidó de Devlin y de lo peligrosa que era aquella cuerda floja. No veía más que a Meredith, que con su presencia iluminaba la estancia. Había luz en su pelo, bajo su piel, en su sonrisa. Se sintió reconfortado por ella, y eso que estaba a una buena distancia. Si la tocara...

—¿Por qué no me presentas a tu encantadora amiga? —preguntó Devlin, desbaratando las placenteras ensoñaciones de Tristan con unas pocas palabras—. La he visto en varias reuniones, pero no he tenido el placer de conocerla hasta ahora.

De pronto, un fiero celo protector se apoderó de Tristan. Lo mismo que con su madre, no tenía deseo alguno de atraer a Meredith al negro agujero que había cavado a su alrededor. No quería que Devlin reparase en ella. La joven era una variable que no había tenido en cuenta en su estrategia.

—Lady Northam, permítame que le presente al señor Augustine Devlin —dijo con una incontrolable rigidez en el tono—. El señor Devlin y yo tenemos... negocios en común.

La sonrisa de ella pareció vacilar ligeramente, pero en seguida se rehízo y avanzó un paso hacia el hombre con la mano extendida.

—Encantada de conocerlo, señor Devlin.

Éste cogió su mano, se la llevó a los labios y, tras besarle los nudillos, le dirigió una de sus resplandecientes sonrisas.

—Es un placer conocer por fin a la dama más famosa de toda la alta sociedad.

Ella soltó una pequeña carcajada que hirió los oídos de Tristan. Sin pensarlo, se colocó entre los dos y le ofreció el brazo.

—¿Vamos al saloncito con los demás entonces? —preguntó.

Meredith no aceptó su brazo de inmediato, tal como él había esperado. En vez de eso, se acercó al aparador.

—¿Le importaría mucho que me tomara una copita de oporto antes? —Miró a Devlin con una sonrisa—. No es muy propio de una dama, pero desde que mi esposo falleció, me he aficionado. Tenía una gran cantidad de botellas en casa, y empecé a tomar una copita después de cenar. Ahora se ha convertido en una costumbre que me cuesta abandonar.

Tristan apretó los dientes. ¿Por qué estaba siendo tan condenadamente simpática y encantadora? No importaba que ambas cualidades formaran parte de su personalidad, a él no le gustaba que pudiera parecerle atractiva a un hombre que podía destruirla si quisiera.

Devlin se echó a reír.

—No revelaré su inusual hábito, se lo juro por mi vida.

Meredith no esperó a que Tristan expresara su conformidad o su desacuerdo a su petición y se volvió para servirse de la frasca medio llena. Dio un sorbo mientras contemplaba a los dos hombres.

—¿Y dice que el señor Devlin y usted tienen negocios en común, milord?

Tristan notó una opresión en el pecho. Quería, no, tenía que apartar a Meredith de Devlin. Estaba claro que éste estaba empezando a interesarse por ella, pero él no podía poner en peligro la relación que había conseguido trabar con el hombre.

—¿Milord? —repitió.

Él asintió bruscamente.

—S...sí.

—¿Qué tipo de negocios?

Tristan giró con brusquedad la cabeza hacia ella y la miró. Meredith pareció sorprendida ante lo súbito de su gesto. Se llevó una mano al pecho.

—Me gusta estar al tanto de las nuevas oportunidades de inversión para mi herencia.

Tristan miró a Devlin que le devolvió la mirada con ojos relucientes y un gesto muy peculiar. Era obvio que el muy bastardo encontraba la situación de lo más divertida. Un odio inmenso empezó a arder dentro de Tristan, uniéndose a la ira que hervía justo por debajo de su máscara de frialdad; y todo ello atizado por la presencia de Meredith.

—Su señoría y yo tenemos intereses comunes, milady. Comercio. Transportes. —Devlin sonrió con frialdad—. Arte.

Ella asintió.

—Todo bastante interesante. Tal vez podría ponerse de acuerdo con mi administrador cuando volvamos a Londres para discutir sobre alguna de esas operaciones comerciales.

Tristan avanzó un paso.

—Deberíamos volver ya con los demás —dijo, más alto de lo que tenía previsto. Tanto Meredith como Devlin lo miraron con sorpresa, y entonces bajó algo el tono—. Nos estarán echando en falta. Devlin, ¿por qué no te adelantas? Yo acompañaré a lady Northam cuando se termine su oporto.

El otro sonrió ampliamente, siempre divertido, y le hizo a Meredith una profunda reverencia.

—Espero que podamos conversar en otra ocasión, milady.

—Lo mismo digo —contestó ella con un gesto de asentimiento.

Tristan lo siguió cuando salió de la habitación, y cerró la puerta, consiguiendo a duras penas contenerse para no cerrarla de golpe.

Cuando se dio la vuelta, Meredith lo miraba con los ojos muy abiertos. Dejó la copa de oporto sobre la mesa que tenía más a mano y dijo:

—Milord, la puerta. No deberíamos...

Él ignoró sus objeciones al indecoroso acto y atravesó la estancia en unas pocas zancadas. La joven pareció sorprenderse de su avance y retrocedió un paso, pero el aparador, que estaba justo detrás, detuvo su retirada. Entreabrió los labios, pero en lo más profundo de sus ojos, bajo la sorpresa, destellaba una chispa de deseo. Tristan estuvo a punto de olvidarse de todo al ver cómo la chispa se convertía en una llama.

—Milord —susurró.

Él negó con la cabeza.

—Meredith, Augustine Devlin es un hombre con el que no te conviene involucrarte en absoluto.

Ella frunció el cejo.

—Pero me ha dicho que hace negocios con él. Supongo que si usted confía en él lo bastante como para hacer negocios...

—¡No! —Tristan negó con la cabeza con violencia—. Créeme, no te conviene tener nada que ver con él. No creo que quieras implicarte ni económica ni personalmente con ese hombre.

—No lo entiendo. Si le parece que no es de fiar, ¿por qué hace negocios con él?

Tristan vaciló un instante. De pronto sintió la urgente necesidad de contárselo todo, de revelarle los secretos que, durante casi dos años, le había estado ocultando a todos aquellos que le importaban. Sin embargo se contuvo. Lo único que conseguiría sería ponerla en peligro a ella y arriesgar el éxito de sus planes. Podía ser un desastre.

—Tristan —dijo la joven en un susurro.

Oírla pronunciar su nombre lo sorprendió y excitó al mismo tiempo. ¡Cuánto deseaba hacer que lo pronunciara entre gemidos y gritos de placer!

—¿Estás metido en algún tipo de problema?

Él se quedó mirándola. Meredith tenía los ojos levantados hacia él, unos ojos llenos de preocupación y esperanza. Esperanza por él. Hacía mucho que él no experimentaba ese sentimiento, a tal punto que casi ya no lo reconocía.

—Yo podría ayudarte. —Se le quebró la voz—. Pero tienes que contarme qué es lo que te preocupa.

La tenía tan cerca que podía sentir el calor de su cuerpo. La suave fragancia de su piel inundaba sus fosas nasales. Su presencia en general era como un bombardeo para sus sentidos, despertando un deseo que se le antojó abrumador.

Con mano temblorosa, ahuecó la palma contra su mejilla. Meredith pareció tan sorprendida por el gesto como él mismo, pero no se apartó. Se quedó mirándolo, sus hermosos ojos estaban llenos de un deseo que no era más que una chispa momentos antes. Entonces, inclinó la cabeza y reclamó su boca.

Meredith entreabrió los labios y se perdió en el beso de Tristan. Éste la estrechaba contra sí con tanta fuerza que parecían un solo cuerpo, dos corazones latiendo al unísono. No pudo hacer más que entregarse a aquellos brazos masculinos, protegerse en ellos de la tormenta de sensaciones que le estaba bombardeando.

Él sabía a oporto con un toque de menta. Meredith sentía su boca tan cálida contra su piel que no le sorprendería quedar marcada como a fuego por su contacto. Sus labios ardían bajo la caricia de la lengua de Tristan, llenándola y exigiéndole respuesta.

Ella obedeció gustosa su silenciosa orden, sin hacer caso de los intentos de la parte racional de su cerebro por detenerla, por recordarle que besar a un sospechoso iba en contra del protocolo y el sentido común. El rugiente deseo que le corría por las venas le impedía oír los gritos de su vocecilla interior. Su control entró en una espiral y se perdió en un mar de deseo.

No era la primera vez que la besaban, pero nunca de esa forma. Tristan era todo él posesión y exigencia, y ella se moría por rendirse.

Rendirse a un posible traidor.

La brusca toma de conciencia la detuvo. Se zafó de sus brazos y retrocedió un paso al tiempo que se tocaba los labios hinchados y enfebrecidos con mano temblorosa. Le costó un gran esfuerzo, pero se obligó a mirarlo a los ojos. Él le sostuvo la mirada sin alterarse, puro fuego verde. A Meredith no le cabía duda de que tenía tantas ganas de estrecharla de nuevo en sus brazos como ella de dejarse abrazar.

De no haber sido el objeto de su investigación, habría sucumbido al deseo. Pero lo era.

De modo que no le quedaba más remedio que poner freno a sus impetuosas emociones; olvidar lo mucho que la afectaban sus caricias y utilizar sus reacciones contra él; usar el beso para obtener más información. Aquél era el momento ideal para pedirle detalles sobre su relación con Augustine Devlin, presionarlo para averiguar cosas sobre el cuadro o sus razones para haberse involucrado en actividades tan cuestionables.

Sin embargo, lo único que deseaba era arrojarse a sus brazos nuevamente. Y, lo que era aún peor, permitirle llegar mucho más allá, pasar de unos pocos besos y un cálido abrazo a su cama. Y al diablo las consecuencias que aquello pudiera tener para su misión y su cordura.

—Meredith —susurró él con apenas un hilo de voz, pese a lo cerca que estaban; una súplica que esperaba su respuesta.

Pero ella se veía incapaz de dársela cuando todavía temblaba a consecuencia del beso. No podía concentrarse en presionarlo cuando apenas recordaba que estaba allí por un caso.

—Yo... me tengo que ir —balbuceó al tiempo que le daba la espalda y se dirigía a la puerta—. De repente me siento muy cansada. Buenas noches, milord.

Sin esperar respuesta, salió de la habitación y subió la escalera en dirección al ala de invitados. Casi sin ver logró llegar a su habitación, cerró la puerta y se apoyó en ella. Respiraba agitadamente y temblaba al revivir una y otra vez aquel beso prohibido.

Se cubrió el rostro y atravesó la estancia en dirección al fuego que quemaba en el hogar. El calor que desprendía no era nada en comparación con el que Tristan encendía en su cuerpo, una llama que tampoco tenía nada que ver con su investigación. El beso había sido puramente personal.

Motivo por el que no podía dejar que se repitiera. No importaba lo útil que pudiera resultar mantener una relación íntima con su objetivo. Tampoco importaba lo mucho que anhelara perderse en sus brazos una vez más.

6

Meredith se alisó el vestido mientras se miraba una vez más al espejo. Le sonrió a su doncella.

—Gracias, Rebecca. Está perfecto.

La chica le hizo una reverencia y la dejó a solas con sus tumultuosos pensamientos. Una sola noche transcurrida después del inesperado y abrasador beso de Tristan era a todas luces insuficiente para olvidarlo, aunque la había ayudado considerablemente. No podía haber sido tan fantástico como ella recordaba. Su reacción había sido en parte la propia de la niña que una vez sintió cariño por aquel hombre, y en parte sorpresa al ver lo lejos que habían llegado las cosas.

Por lo menos, eso era lo que se había estado diciendo durante la larga noche de insomnio.

Pero comenzaba un día. A partir de aquel momento, se concentraría en el caso que tenía entre manos. Nada de besos ni de culpabilidad. Sólo el caso.

Suspiró satisfecha. A esas alturas, la carta en clave que había enviado a Emily y a Ana llena de preguntas sobre la muerte de Edmund Archer estaba ya de camino a Londres. En ella les pedía también que la informaran de los detalles sobre cualquier negocio ilegítimo que pudiera tener Tristan con Augustine Devlin. Sus amigas confeccionarían además un informe de campo sobre la evolución de su investigación para Charlie y Lady M.

Se apartó del espejo con el cejo fruncido y se dirigió lentamente hacia el comedor. Estaba previsto un desayuno tardío antes de comenzar con las actividades del día. Su mente retornó a la reacción de Tristan al verla conversar con Devlin. La había advertido contra el hombre que estaba detrás de tantos asuntos sucios y peligrosos, lo que quería decir que conocía la amenaza que éste suponía. Y sin embargo seguía trabajando con él y quizá incluso para él. Aunque a Tristan no le gustase excesivamente la asociación, entre ellos había mucho más que una mera relación de negocios.

Y no podía pasar por alto el irónico comentario que Devlin había hecho acerca de sus intereses comunes en materia de «arte».

—Robo de arte, querrá decir —masculló. A continuación estampó una sonrisa en su rostro y entró alegremente en el comedor.

—Ah, lady Northam. —Una de las mujeres que ya estaban sentadas a la mesa del desayuno le hizo un gesto para que se uniera a ellas en torno a varias humeantes fuentes de comida que estaría aderezada con una chispa de flirteo y chismorreos matutinos.

Meredith sintió un extraño anhelo en el corazón. Para ellas todo era tan sencillo... Nada impedía a ninguna de aquellas parejas hacer lo que les dictara el corazón. Por primera vez en mucho tiempo lamentó su deber.

—Buenos días —saludó con un hilo de voz.

—¿Se encuentra ya mejor, querida? —preguntó la mujer

que la había invitado a sentarse mientras le daba unas cariñosas palmaditas en el brazo.

Era la madre de una de las debutantes. Una mujer afable que colaboraba con ella en varias campañas benéficas. Una de las pocas que no estaba sumida en una campaña de acoso y derribo de Tristan en su afán por que éste se fijara en su hija.

—Sí, muchas gracias, lady Conville —contestó Meredith obligándose a sonreír—. No era más que un dolor de cabeza. Seguro que se debió al viaje.

La mujer escudriñó su rostro.

—¿Está segura? Se la ve muy pálida, falta de ese resplandor al que nos tiene acostumbrados.

Meredith se alarmó. Normalmente, por muchos problemas que tuviera, conseguía ocultar sus emociones y mostrar una máscara de despreocupación. Si lady Conville había percibido que algo pasaba, era de temer que levantaría sospechas y preguntas también en los demás. Y eso no le convenía. Las preguntas le gustaba hacerlas, no responderlas.

Irguió la espalda y se echó a reír.

—Es usted muy amable, pero estoy perfectamente. —Hizo un gesto en dirección a una joven que estaba bebiendo té—. Su hija está preciosa. ¿Cuántos años tiene?

La atención de lady Conville cambió de objeto al oír hablar de su hija.

—Cumplió dieciocho el mes pasado. —Se dio unos toquecitos con la punta del pañuelo en las comisuras de los ojos—. Ya sólo me queda ella. Cuando la case, me quedaré sola.

Meredith se relajó a medida que adoptaba un papel al que estaba acostumbrada. Aquélla era una conversación que no le suscitaría incontrolables emociones.

—Pero pronto tendrá nietos y volverá a sentirse feliz de nuevo.

Los ojos de la mujer se iluminaron de ilusión, y así, continuaron charlando amigablemente mientras daban cuenta de su desayuno.

Meredith echó un vistazo a su alrededor mientras terminaba la comida. Sólo faltaban dos personas: Tristan y su madre. El resto se encontraba allí, entre un rumor de voces cada vez más alto, mientras los criados retiraban los platos. Incluso Augustine Devlin estaba entre los presentes. Le hizo un gesto con la cabeza a modo de saludo mientras charlaba con un hombre que parecía demasiado estúpido como para estar involucrado en sus complots.

—Me pregunto qué haremos hoy —dijo una joven en voz suficientemente alta como para incluir al resto de los comensales.

—Un pícnic —contestaron desde la puerta.

Meredith se quedó unos momentos inmóvil al tiempo que sentía cómo se iba desvaneciendo la tranquilidad de espíritu que había logrado recuperar. Conocería aquella voz profunda y sensual en cualquier parte. Tristan. Efectivamente, cuando levantó la vista lo vio en el umbral de la puerta, con su madre cogida del brazo. Lord Carmichael contempló a los presentes mientras su mirada apenas se posaba un segundo en ella.

—Y luego volaremos cometas —continuó.

Meredith asintió al mismo tiempo que los demás y murmuró:

—Qué buena idea.

Buena idea, sí, pero por alguna razón ella no podía concentrarse en la excursión, tan sólo podía preguntarse qué habría pensado Tristan cuando la había mirado. Apenas le había hecho caso, y, desde luego, nada en su comportamiento delataba que poco menos de doce horas antes la había besado hasta hacerla enloquecer. Pero ¿acaso no había reaccionado siempre del mismo modo? Después de rescatarla aquella noche en la posada, hacía tantos años, se aseguró de alejarla de sí. Meredith hizo una mueca de dolor al recordarlo. Aquello demostraba que Tristan siempre había sido más candente que el fuego, pero más frío que el hielo en lo que se refería a ella. Y eso sólo le haría a Meredith más difícil evaluar su culpabilidad o su inocencia.

Tristan sonrió, pero fue un gesto desprovisto de calidez. Como siempre, daba la sensación de que cumplía con sus obligaciones de anfitrión de forma automática, sin relacionarse verdaderamente con sus invitados.

—Si a todos les parece oportuno, podemos reunirnos en el vestíbulo dentro de media hora para dar comienzo a las actividades del día.

La aprobación fue general, conforme los presentes comenzaban a dispersarse en dirección a sus habitaciones para prepararse. Meredith intentó colocarse en el centro del grupo para evitar el contacto directo con Tristan, pero en su vaivén hacia la puerta, la empujaron justo hacia donde éste estaba.

Él la miró cuando pasó a su lado.

—¿Lady Northam?

Meredith contuvo el aliento.

—¿Sí, milord?

—¿Cree que podría encontrar un momento a lo largo del día para hablar conmigo? —Su tono tranquilo, casi inexpresivo, no revelaba nada de sus sentimientos.

Ella tragó para humedecerse la garganta repentinamente seca. Pese a la necesidad de mantenerse en contacto con Tristan por el bien de su investigación, la idea de estar en su compañía la arredraba. Y ella nunca se arredraba.

—S...sí, por supuesto.

El marqués respondió con un único gesto de asentimiento y Meredith salió del comedor, pero no le pasó por alto la amplia sonrisa que esbozaba lady Carmichael. Sus temblorosas piernas la llevaron escaleras arriba, detrás de los demás, en dirección al ala de invitados.

Cuando entró y cerró la puerta de su habitación, masculló:

—Cálmate, niña.

Su doncella asomó desde el vestidor la cabeza.

—¿Cómo dice, milady?

—Nada —respondió ella con una mueca.

Mientras la chica se ocupaba de ultimar los preparativos para la excursión, Meredith no pudo evitar pensar en todos los posibles desenlaces de un día de campo con Tristan. Una cosa estaba clara: se le ocurrían montones de oportunidades positivas para el caso, pero ninguna que lo fuera para su corazón, que parecía exigirle cada vez más que siguiera sus deseos.

Meredith permanecía de pie en un extremo del lago, mirando hacia arriba, contemplando el balanceo de las ramas de un alto sauce. Sujetaba el cuaderno de dibujo con una mano como si estuviera dibujando mientras los demás pasaban el rato.

Obviamente, el árbol le importaba un rábano. Podrían haberlo arrancado del suelo y desplazado unos pasos a la izquierda, y no se habría dado ni cuenta. Estaba allí porque disfrutaba de una perspectiva perfecta para observar a Tristan.

Éste estaba sentado sobre una de las mantas de pícnic, saboreando los últimos bocados de una deliciosa comida con Violet Conville, la hija de lady Conville, la dama que durante el desayuno le había comentado lo mucho que iba a lamentar que la joven se casara. Meredith no le encontraba ninguna falta. De todas las chicas casaderas que había esa Temporada, Violet era la menos frívola e irritante. De hecho, poseía un aire de seriedad e inteligencia que la hacía muy atractiva.

Meredith incluso había llegado a pensar que, si fuera viuda, sería un excelente fichaje para la Sociedad. Pero jamás se esperaría de una dama soltera que pudiera dedicarse a investigar los recovecos más oscuros del imperio. Para empezar, no podría moverse libremente sin la presencia de una acompañante. Y, por otra, había cosas que una mujer no comprendía hasta que las experimentaba en su noche de bodas.

Sin embargo, ahora la buena opinión que pudiera haberse forjado previamente de la joven había desaparecido. En aquellos momentos, podría haberle sacado los ojos sin pensárselo dos veces. Parecía que Tristan y ella estaban muy cómodos juntos. Violet provenía de una buena familia, y era justo el tipo de joven dama que podría llegar a ser una perfecta marquesa.

Meredith dio un respingo cuando la punta de su lápiz de dibujo se partió contra el cuaderno haciendo un agujero en el papel. Se esforzó por relajarse.

¿Celosa? ¿De verdad estaba celosa de que un hombre del que sospechaba que podía ser un traidor estuviera pasando el rato en compañía de otra mujer? Era totalmente absurdo.

Se habían besado. Había sido un beso arrebatador. Y también un error.

Entonces, ¿por qué no dejaba de revivirlo? Cada vez que cerraba los ojos sentía la presión de los labios de Tristan contra los suyos, notaba el embriagador sabor de su boca moviéndose lenta y seductoramente contra la suya, despertando deseos ocultos y prohibidos que ella creía haber enterrado...

Cerró el cuaderno de golpe y lo metió apresuradamente junto al lápiz en el bolsillo de su chaqueta. Tenía que dejar de pensar en el Tristan hombre y recordar que era un sospechoso. Tenía que sofocar aquel extraño y poderoso deseo.

Con el cejo fruncido, apartó la vista de Tristan y Violet, y echó una ojeada al resto de la gente. Distinguió a Augustine Devlin. Estaba sentado en lo alto de una pequeña loma que daba al lago, algo apartado del resto, observando la escena con tanta atención como ella misma.

El objeto de su mirada era el mismo que el de la de Meredith antes: Tristan. Devlin contemplaba cada movimiento de su anfitrión con expresión insondable. ¿Qué veía cuando miraba al marqués, un aliado o una amenaza? Cuando ella los interrumpió la víspera, su conversación no parecía particularmente amistosa.

Tal vez Tristan fuera en realidad un obstáculo para los planes de Devlin. El corazón empezó a latirle con fuerza ante la idea, para caérsele nuevamente a los pies al recordar todas las pruebas que había en su contra. Y lo desesperado que parecía cada vez que ella intentaba hurgar en sus asuntos.

Devlin volvió la cabeza y se topó con su mirada. Meredith se sobresaltó. Tan preocupada estaba que se había olvidado de sí misma. Ahora Devlin sabía que lo había estado mirando. Hizo una inclinación de cabeza en su dirección, dándose por enterado.

Con un breve gesto de reconocimiento, Meredith apartó la vista y se dirigió al grueso del grupo, pero podía sentir los penetrantes ojos de Devlin clavados en ella.

—Lord Carmichael, ¿no había dicho que volaríamos cometas? —preguntó con lo que confiaba fuera un tono desenfadado que no reflejara sus turbulentas emociones.

Tristan se había puesto de pie mientras ella estaba distraída con Devlin, y la aguardaba con una sonrisa tan falsa como la suya propia. Durante un momento, Meredith se preguntó qué pasaría si se quitasen las máscaras públicas y se presentasen el uno ante el otro como verdaderamente eran.

—Sí, lady Northam, así es.

Hizo un gesto hacia los criados que habían estado pendientes de atender a los invitados, y aquéllos acercaron unos cuantos baúles. En el interior de los mismos había cometas fabricadas con materiales de colores vistosos, colas adornadas con lazos y un ovillo de hilo pegado.

—¡Hace un día perfecto para las cometas, Tristan! —exclamó una resplandeciente lady Carmichael mientras observaba a los más jóvenes elegir entre la infinidad de modelos—. Qué gran idea has tenido.

Meredith echó a Tristan una mirada de sorpresa. Nunca se le habría ocurrido que aquella actividad hubiera sido idea suya. Sin embargo, un mínimo esbozo de auténtica sonrisa tiró de las comisuras de sus labios cuando algunos de los invitados más impacientes lanzaron las cometas al cielo y éstas se elevaron con la brisa.

Meredith sacó una cometa de uno de los baúles, que se

iban vaciando rápidamente, y alisó con cuidado los lazos azules de la cola.

—¿Se unirá usted a nosotros, milord?

Tristan se puso rígido al oír su voz.

—No, yo prefiero mirar. Pero vaya y disfrute.

Sus ojos se toparon, y Meredith sintió como si no pudiese apartar la vista, pero entonces Tristan miró a lo lejos. Sin decir una palabra más, la joven se dirigió a una zona despejada y lanzó la cometa al aire. Tras varios intentos, consiguió coger una corriente ascendente y hacer que se elevara.

Mientras contemplaba cómo el infantil artilugio surcaba el cielo, Meredith se notó embargada por una inusual sensación de paz. El estilo de vida que llevaba no le permitía demasiados momentos apacibles, pero había algo en el fluido deslizarse de la cometa, en su gracilidad, que le hizo olvidar, aunque sólo fuera por un instante, las extrañas emociones que le estaba provocando aquel caso.

—Perfecto.

La voz de Tristan dio al traste con esa sensación, y su cuerpo se puso en alerta de inmediato. Lo sintió acercarse a ella consciente de cada inspiración, del calor que emanaba de su cuerpo. Consciente de él en todos los aspectos.

—No volaba una cometa desde que era una niña —dijo, esforzándose por que su tono sonara despreocupado y alegre—. Probablemente desde aquellos veranos en que usted venía a visitar a mis primos.

Él no respondió, tan sólo observaba planear la cometa mientras ella soltaba carrete para que se elevara aún más. Meredith no pudo evitar fijarse en la mirada de sus ojos, como si envidiara la libertad del juguete.

—¿Sigue usted manteniendo contacto con mi primo Henry?

—No —respondió él en voz queda, bajando la vista hacia ella.

Meredith meditó su respuesta. Cortar toda relación con los amigos era, a veces, una primera señal de que un hombre se había involucrado en algo peligroso o siniestro, pero en este caso no estaba tan segura. Henry nunca se había portado mal con ella, pero siempre le había parecido un poco bobo. Había engordado tremendamente desde que se casara y se había vuelto también muy vago. No imaginaba qué podría tener en común Tristan con él, con su personalidad discreta y su inteligencia.

Aun así, no estaba de más intentar ahondar en el asunto, aunque sólo fuera para ver cómo reaccionaba.

—Qué pena. —Tiró del hilo y la cometa hizo un giro—. Eran muy amigos, si no recuerdo mal. Espero que no se pelearan.

Tristan se removió inquieto.

—No nos peleamos. Sencillamente, dejé...

Se detuvo y Meredith supo que su intuición era acertada. Dejó de jugar con la cometa y lo miró. Vio que los ojos se le habían oscurecido a causa de dolorosas emociones. Parecía atrapado, y ella sintió la urgente necesidad de ayudarlo, igual que la víspera.

—Puede contármelo —susurró.

Él abrió la boca como si fuera a hacerlo, pero antes de que pudiese decir una sola palabra, el hilo de la cometa perdió tensión y Meredith retrocedió un paso para no perder el equilibrio. Se dio la vuelta justo a tiempo de ver cómo el artilugio perdía fuelle y caía a tierra.

—¡Cojones! —masculló ella entre dientes.

Tristan abrió mucho los ojos.

—¿Cómo dice?

La joven se dio la vuelta violentamente ruborizada. Ella nunca hacía nada tan impropio de una dama como decir palabras groseras delante de gente con la que no tenía absoluta confianza. Lo que quería decir que sólo Emily y Anastasia la habían oído hablar de ese modo.

—Nada —mintió—. Será mejor que vaya a buscarla.

Sin mirar atrás, salió corriendo hacia la espesa arboleda donde su cometa había perdido altitud. Al menos, podría utilizar sus dotes investigadoras para buscar el juguete, visto que no le estaban sirviendo de mucho con Tristan.

7

Demasiado estupefacto para reaccionar, Tristan miró cómo Meredith se alejaba. Aunque ella lo negara, estaba seguro de que la había oído mascullar una palabrota cuando se le escapó la cometa. Y, desde luego, no era una palabra que hubiera oído en boca de ninguna de las damas que él conocía. Pero en vez de sentirse ofendido, descubrió que tenía unas tremendas ganas de reír. A carcajadas. Algo que no se había dado el gusto de hacer desde hacía mucho.

—¿A qué esperas?

Se dio la vuelta sobresaltado y se encontró a su madre mirándolo fijamente con los brazos cruzados. La mujer ladeó un poco la cabeza.

—Ve a ayudarla, por el amor de Dios.

—Por supuesto —respondió él, recordando sus modales. Algo que Meredith le hacía olvidar. Bueno, lo cierto era que hacía que se olvidara de todo menos de ella.

Corrió hacia el lugar por donde la había visto desaparecer y se internó en la arboleda al otro lado del lago.

—¿Lady Northam? —gritó. No recibió respuesta, así que avanzó un poco más—. ¿Milady?

Todo siguió en silencio, hasta que, a lo lejos, oyó el claro sonido de un gruñido y lo que bien podría haber sido otra imprecación. Sin poder evitar la sonrisa que acudió a sus labios, la llamó una vez más:

—¿Meredith?

—Estoy... aquí —respondió ella con el tono de alguien que está haciendo un esfuerzo.

Tristan siguió el sonido de la voz, abriéndose paso entre embrollados matorrales y árboles de anchos troncos. La encontró en precario equilibrio, de puntillas encima de un tronco que parecía haber caído hacía tiempo y alargando mucho el brazo para intentar alcanzar la rama en la que se había enredado la cometa.

—Por el amor de Dios, Meredith —exclamó él, al tiempo que corría hacia ella—. Te vas a matar. ¡Baja ahora mismo de ahí y deja que yo te la alcance!

Ella negó con la cabeza.

—No, gracias, ya casi la... —se estiró un poco más y consiguió atrapar la cola llena de lazos. Una sonrisa triunfal le iluminó el semblante—... ¡tengo! —gritó mientras tiraba de la cometa.

Ésta se soltó de las ramas y las hojas del árbol. Desafortunadamente, el tirón y el intento de esquivar la cometa para que no le diera en la cabeza le hicieron perder el equilibrio. Abrió los brazos para buscar un asidero, pero ya era demasiado tarde. Se cayó del tronco podrido.

A Tristan le pareció que el tiempo se ralentizaba mientras saltaba hacia adelante justo cuando Meredith caía hacia atrás. Extendió los brazos para cogerla y la joven chocó contra el torso de él, que le rodeó el talle con los brazos. Su fragancia invadió sus fosas nasales y su calor corporal lo traspasó, recorriéndole las venas mientras él mismo trastabillaba hasta caer de espaldas en un claro, entre zarzas y ramas muertas.

Por un momento, el bosque que los rodeaba quedó en absoluto silencio y Meredith permaneció totalmente inmóvil encima de él. El golpe había dejado a Tristan sin aire en los pulmones, así que tampoco él podía hacer mucho más que yacer en silencio.

Entonces, ella empezó a temblar. A estremecerse. Y antes de que a Tristan le diera tiempo a incorporarse para asegurarse de que no le había ocurrido nada grave, Meredith se echó a reír. Se tapó la boca, pero no pudo contener las carcajadas.

Le llevó un rato darse cuenta de que él también se reía. Le pareció algo raro y maravilloso al mismo tiempo.

Meredith rodó hacia un lado y se tumbó sobre la hierba, junto a él. Tristan sintió frío donde antes estaba ella.

—Vaya caída tonta —dijo ella entre risas—. ¿Te has hecho daño?

Él inspiró entrecortadamente varias veces. No tenía nada roto. De hecho, se sentía mejor de lo que se había sentido en mucho tiempo.

—Sólo en mi orgullo. No he sido lo que se dice un caballero de brillante armadura.

—Bueno, por lo menos me has cogido —señaló ella, sin dejar de reír.

Meredith tenía los ojos resplandecientes y las mejillas sonrosadas de contento, y Tristan sintió que se le encogía el estómago. Estaba metiéndose en arenas movedizas, algo que se había jurado que no le volvería a pasar con aquella mujer que despertaba sus emociones tan fácilmente. Pero tenía unas tremendas ganas de besarla. Y lo que era peor, ella le miraba los labios como si también estuviera recordando lo que era sentirlos sobre los suyos.

—Y tú, ¿te has hecho daño? —preguntó él, y en su tono ya no había risa.

Ella negó despacio con la cabeza, sin dejar de mirarlo en ningún momento.

—No.

Tristan sonrió al ver que se le había enredado una ramita en el pelo. Sin pensarlo estiró el brazo para quitársela. Meredith contuvo el aliento al notar que le rozaba la mejilla con el dorso de la mano.

—Tristan... —comenzó a decir con voz queda.

Allí estaba, su nombre de nuevo, escapando de sus labios para excitarlo. Un susurro capaz de hacer que se olvidara de su situación, tanto en sociedad como en las actuales circunstancias. Nada importaba excepto besarla. Así que lo hizo.

Ella respondió con un breve gemido. Sus labios se abrieron ligeramente y él tomó lo que le ofrecían, avasallándola con su boca implacable, saboreando su dulce aliento mientras sus lenguas se enzarzaban.

El deseo amenazaba con desbordarse a cada caricia, y la pasión con que ella respondía era tan pura y sincera que apenas podía recordar que tenía que resistirse a aquella tentación.

La tomó entre sus brazos y la estrechó contra su pecho, ahuecando una mano contra su nuca mientras posaba la otra en la parte baja de su espalda. Ella lo agarraba de los hombros, acariciándolo por encima de la chaqueta, ausente, mientras lo besaba con el mismo desesperado abandono que lo abrasaba a él por dentro.

Tristan se había visto obligado a convertirse en un hombre de un férreo control y ejemplo de decoro a una temprana edad. Había echado en falta la desenfadada irresponsabilidad que había visto en muchos de los jóvenes de su edad cuando tenían veinte años. Él nunca se había topado con una tentación por la que le mereciera la pena abandonar la precaución. De hecho, siempre había evitado ese tipo de situaciones.

Hasta entonces.

Casi como si su cuerpo estuviera fuera de control, aferró las nalgas de Meredith y la apretó aún más contra sí, acercándola a su tirante erección. Ella se estremeció, pero no apartó los labios en ningún momento. Si acaso, sus besos se volvieron más profundos. De repente, la fresca arboleda parecía densa y caliente.

Tristan sabía que estaba a punto de dejarse llevar por el deseo que le hacía hervir su sangre. Era inevitable. No podía resistirse a Meredith igual que una polilla no puede resistirse a la llama de una vela. Y además no quería hacerlo. No entonces. Ya tendría tiempo de lamentar su decisión más tarde, pero no en aquel momento.

—¿Milord? —A las palabras siguió el inconfundible sonido de un carraspeo antes de que la voz se abriera paso entre la neblina erótica que envolvía a Tristan—. ¿Milord? ¿Está usted aquí?

Se apartó de ella, sobresaltado, y con aire culpable, Meredith rodó hacia un lado mientras él intentaba sentarse más o menos erguido.

Al mirar a su alrededor, vio a Philip a escasos metros de distancia, examinando el tronco de un viejo roble como si fuera la cosa más interesante que hubiera visto nunca. Aunque fingía no verlos, era evidente que no era así.

Tristan dirigió una rápida mirada a Meredith. Ella también estaba sentada, recomponiéndose el vestido arrugado intentando arreglarse el pelo revuelto como consecuencia de las caricias de sus ávidos dedos. Ni gota de rubor teñía sus mejillas. Sólo el ligero temblor de sus manos indicaba que se sentía violenta porque los hubieran pillado.

—Yo... —balbuceó él, intentando cruzar la mirada con ella, sin éxito. La joven se obcecaba en mirar hacia otro lado—. Lo lamento.

—No ha sido nada —murmuró ella—. Sólo un desliz por parte de los dos que ambos deberíamos olvidar.

Tristan sintió un súbito aguijonazo. ¿Tan fácil le resultaba olvidar un intenso e inesperado encuentro? Él desde luego no iba a poder hacerlo en mucho tiempo.

—Por supuesto —mintió, tendiendo la mano para quitarle otra ramita del pelo.

Ella rehuyó el contacto, y esta vez sí buscó su mirada.

—Así hemos empezado antes, Tristan.

Por un momento, la joven no consiguió ocultar sus emociones. Tensión. Miedo. Rabia. Confusión... ¿Hacia sí misma o hacia él? Los mismos sentimientos hervían dentro de él.

—Será mejor que atiendas a tu amigo —añadió en un susurro—. Está siendo lo bastante educado como para fingir que no nos ve, pero no podrá seguir haciéndolo mucho tiempo.

Tristan asintió sin decir nada y se puso en pie. Entonces se dio la vuelta hacia Philip y exclamó:

—¡Aquí!

Y otro fingió sorpresa al tiempo que avanzaba unos cuantos pasos.

—Ah, aquí estás. Tu madre ha dicho que alguien había sufrido un incidente con la cometa y que habías desaparecido por aquí.

Tristan asintió, intentando por todos los medios disimular sus emociones tan bien como Meredith parecía capaz de hacer. Pero le resultaba difícil cuando lo único que quería era atizarle un puñetazo a su mejor amigo en toda la nariz. Por mal que estuviera, deseó que no los hubiera encontrado. De no haberlo hecho...

Borró de su mente los lujuriosos pensamientos y se obligó a concentrarse. Lo que él quisiera no era lo importante.

—Sí, afortunadamente la hemos encontrado. —Se medio volvió para ayudar a Meredith a ponerse en pie pero al hacerlo vio que ella ya se había levantado. Parecía haberse recuperado por completo. Nadie habría adivinado que la habían estado besando a conciencia de no ser porque tenía la boca hinchada—. ¿Conoces a lady Northam?

Philip enarcó una ceja, pero negó con la cabeza.

—No, no he tenido el placer.

Tristan asintió con la cabeza.

—Lady Northam, le presento al señor Philip Barclay, mi administrador y viejo amigo.

Sin un ápice de embarazo por la situación, Meredith dio un paso al frente con la mano extendida. Cuando Philip la tomó, ella dijo:

—En realidad ya nos conocíamos, señor Barclay. Nos presentaron en un baile, antes de la muerte de su padre.

Philip se sorprendió, y Tristan no pudo evitar hacer lo mismo. Hacía años que su amigo no asistía a eventos de ese tipo. La mayoría de la gente no recordaba el puesto que había ocupado antes en sociedad, sobre todo al saber que ahora se dedicaba a administrar las fincas de otros.

Philip asintió.

—Sí, milady. Tiene usted muy buena memoria. Eso ocurrió hace mucho tiempo.

Ella sonrió, un gesto abierto y sincero, y Tristan sintió como si lo golpearan en las entrañas. La luz que la rodeaba hacía que cobrara aún más conciencia de la oscuridad que lo había ido envolviendo a él a lo largo de los últimos años. Cómo deseó poder desembarazarse de aquel manto fúnebre y ser libre para... Bueno, no estaba seguro de para qué. Pero fuera lo que fuese tenía que ver con Meredith, sábanas de satén y nada de interrupciones.

Carraspeó incómodo antes de hablar.

—¿Querías algo, Philip? —preguntó con voz ronca.

Su amigo sacudió la cabeza, como si también él hubiera caído bajo el embrujo de Meredith.

—Sí, lo siento. El mensaje que esperabas ha llegado.

Cualquier resto de deseo que quedara en Tristan desapareció como si le hubieran echado un cubo de agua helada. Lo que esperaba eran noticias de un investigador de Londres sobre la pista de un dinero que él le había entregado a Devlin.

—¿En mi estudio? —preguntó con la tensión apoderándose de su cuerpo y de su voz.

Philip asintió.

—Sí. Será un placer escoltar a lady Northam de vuelta

con los demás y disculpar tu ausencia. Creo que el grupo ya está casi listo para regresar a la casa.

Tristan lanzó una rápida mirada en dirección a Meredith. Ésta lo observaba por el rabillo del ojo, sin perder detalle de cada expresión suya, de cada palabra.

—¿Te importa? —le preguntó.

Ella enarcó una ceja, pero negó con la cabeza.

—Por supuesto que no. —Se agachó para recoger la cometa largamente olvidada . Si tienes asuntos que atender, no te quiero molestar.

Con una breve inclinación de cabeza, Tristan se dio la vuelta y se dirigió hacia la casa por el camino más corto, pero mientras se alejaba, podía sentir los ojos de Meredith clavados en su espalda. El calor de su mirada le caldeó la sangre, haciendo que las respuestas que buscaba parecieran menos importantes que la posibilidad de volver a tenerla entre sus brazos.

Aunque eso fuera imposible.

—¿Milady?

Meredith Sinclair se obligó a apartar la vista de los flexibles músculos de los hombros de Tristan mientras éste se dirigía a la casa. Había recibido un misterioso mensaje de algún tipo, pero ¿tenía algo que ver con su caso?

Su caso. Ese en el que no parecía capaz de concentrarse más de cinco minutos seguidos. No cuando Tristan la tocaba.

Se concentró en el hombre que tenía a unos pasos de distancia y rápidamente revisó lo que sabía sobre él. Philip Barclay había sido compañero de estudios de Tristan, uno de los pocos amigos con quienes mantenía relación tras la muerte de su hermano. Philip había pasado una mala época tras el fallecimiento de su padre, pero después aceptó el trabajo de administrador de Tristan, y había conseguido gran éxito en él, como demostraban los resultados anuales de las fincas de los Carmichael.

—¿Volvemos ya con los otros? —preguntó con una sonrisa.

Le ofreció un brazo para guiarla fuera de la maraña boscosa, y ella lo aceptó para guardar las apariencias. Su intensivo entrenamiento en lucha física le había proporcionado un perfecto equilibrio. Hizo una mueca de disgusto al recordar cómo lo había perdido encima del tronco podrido.

Casi perfecto equilibrio.

—Sí, por supuesto, gracias. —Observó al hombre mientras la conducía a través del bosque—. De hecho, me alegra tener la oportunidad de hablar con usted en privado, señor Barclay.

—¿Ah, sí? ¿Y en qué puedo serle de ayuda, milady?

Ella sonrió.

—Anoche, lord Carmichael y yo estábamos hablando con el señor Devlin...

—Con el señor Devlin —la interrumpió él con tono inexpresivo, aunque su rostro reflejó cierta tensión al oír el nombre.

Estaba claro que conocía la reputación del hombre, y que no le gustaba mucho más que a Tristan.

—Sí. Yo les pregunté por la naturaleza de sus negocios juntos, pues siempre estoy en busca de nuevas formas de inversión para mi herencia —continuó ella, observando con detenimiento cada expresión que cruzaba el semblante de Barclay, aunque, por el momento, y para su frustración, se mostraba totalmente inexpresivo.

Él asintió.

—Entiendo.

—El señor Devlin mencionó que lord Carmichael y él estaban metidos en algún tipo de negocio relacionado con el arte. No me fue posible recabar más información por parte de su señoría... —Vaciló un momento mientras recordaba por qué y cómo había terminado el interrogatorio. La misma razón por la que se sentía los labios hinchados en aquel momento—. Confiaba en que usted pudiera contarme algo más. Me interesa mucho el arte.

Philip la miró con inesperada intensidad.

—¿Devlin y lord Carmichael mencionaron su asociación en lo referente al arte?

Ella asintió. La chispa de enfado que vio en los ojos del hombre le indicaron que su intuición no le había fallado.

—Sí, aunque muy brevemente.

Philip frunció los labios mientras continuaba mirando al frente.

—Me sorprende oír eso.

—¿Por qué?

Su acompañante le soltó el brazo cuando salieron de entre los matorrales y llegaron a terreno más firme.

—Porque lord Carmichael no suele hablar de su relación con el... arte. —Su boca se tensó—. ¿Sabrá regresar sola desde aquí?

Ella asintió con mirada inocente mientras el corazón le latía a un ritmo vertiginoso a causa de la excitación de la caza.

—Por supuesto. El resto del grupo no está lejos. ¿Regresa usted a la casa entonces?

Él asintió.

—Así es. Buenas tardes, milady.

Y sin decir nada más, Philip giró sobre sus talones y se dirigió hacia la mansión. Meredith se quedó mirándolo hasta que desapareció tras una loma, y entonces decidió regresar con los demás invitados.

Las piezas del caso iban encajando poco a poco. Primero, la irónica mención del arte por parte de Devlin, después, la inesperada reacción de Tristan al ver su interés por los negocios que tenía con Devlin, y ahora su administrador reaccionaba de idéntica manera al preguntarle por lo mismo. Todo ello señalaba a Tristan como uno de los implicados en el robo del cuadro.

Miró hacia atrás, pero Philip Barclay ya había desaparecido. Se había puesto furioso al oír sus palabras. Una reacción inesperada. ¿Por qué?

El corazón le dio un vuelco. ¿Y si en realidad era Barclay el hombre que se encontraba tras el robo del cuadro?

Se detuvo al tiempo que una descabellada esperanza florecía en su pecho. Aquello tenía más sentido. Tras la muerte de su padre, Philip había perdido su fortuna. Desde luego le resultaría mucho más lucrativo asociarse a un traidor rico como Devlin que a Tristan.

Le parecía que se le iban a agrietar las mejillas de tanto sonreír cuando llegó al claro donde estaban los demás invitados, pero por primera vez desde que la informaran de la implicación de Tristan en aquella conspiración, se notaba el corazón más liviano.

Aun así, una molesta vocecilla insistía en que buscara pruebas que demostraran su inocencia, que buscara razones que le permitieran descartar todas las pruebas que ya tenía en su contra.

Sacudió la cabeza silenciando a la vocecilla con violencia. Tristan seguía actuando de forma sospechosa, cierto, pero seguro que tenía una fácil explicación. Tal vez Barclay y Devlin estuvieran chantajeándolo, o amenazando a su familia. Había cientos de explicaciones más plausibles que su implicación en algo tan siniestro y oscuro que a Meredith le desgarraba el alma.

—Ah, aquí está, querida —dijo lady Carmichael al verla aproximarse—. ¿No están Tristan y el señor Barclay con usted?

Ella negó con la cabeza al tiempo que tomaba el brazo de la mujer con una sonrisa que no fue capaz de reprimir.

—No, han tenido que regresar a la casa para ocuparse de cierto asunto, pero estoy segura de que los veremos cuando volvamos allí.

Lady Carmichael ladeó la cabeza y la miró con expresión interrogativa.

—Me alegro de verla tan sonriente, querida. ¿Ha ocurrido algo?

Meredith le apretó cariñosamente el brazo, conteniendo a duras penas las ganas de ponerse a dar saltos de alegría.

—Sólo que hace un día espléndido, milady.

La joven consiguió calmarse durante el paseo de vuelta a la casa. Tenía que controlar sus emociones. Tal vez estuviera equivocada respecto a Philip Barclay. Pero la posibilidad de estar en lo cierto la hacía concebir esperanzas. Esperanza de que Tristan no fuera el villano en que temía que se hubiera convertido; esperanza de no estar sintiendo un anhelo semejante por un traidor.

Lo único que tenía que hacer era encontrar pruebas que sustentasen esas esperanzas. Y esas pruebas se las podía proporcionar Augustine Devlin.

8

Tristan observaba la fiesta desde la galería situada encima del salón de baile, aunque desde luego no compartía la alegría reinante entre los asistentes. La decepción lo embargaba. Parecía que las pruebas que esperaba obtener se le escapaban de las manos otra vez. Había intentado crear un rastro de dinero, pero la astucia de Devlin le impedía alcanzar su objetivo: descubrir quién era el hombre para el que trabajaba Devlin.

A eso había que añadir que Philip le había informado de las preguntas de Meredith acerca de su relación con Devlin y el «arte», al que el muy bastardo había aludido la noche anterior. Sin saberlo, Meredith estaba poniéndose en un gran peligro del que podría resultar herida o incluso muerta.

Tristan apretó los puños. No permitiría que le ocurriera nada. No estaba dispuesto a perder a otra persona importante para él.

El pensamiento lo pilló desprevenido. ¿Meredith le importaba? Desde luego la deseaba, y estaba más que dispuesto a admitirlo. Cuadró los hombros hacia atrás y relajó los puños. Pero se había sacrificado antes y volvería a hacerlo. Un hombre en su situación no podía permitirse perder el control y sucumbir a la tentación. Y la joven era la tentación personificada, pero hasta que todo aquello terminara, no podía tocarla. Era imprescindible si no quería ponerla en peligro ni distraerse de su objetivo.

—Qué espléndida fiesta.

Sus dedos volvieron a cerrarse como una garra al sentir la chirriante voz de Augustine Devlin detrás del hombro. Borró toda expresión de su rostro antes de volverse para enfrentarse a su «socio»... su enemigo.

—Gracias —consiguió decir entre dientes. Cada vez le costaba más ocultar el intenso odio que le inspiraba aquel hombre—. Me sorprende no verte disfrutando de ella.

El otro se colocó a su lado, en la galería y contempló el baile que estaba teniendo lugar en la planta inferior.

—Hmm, después de un rato, estas cosas me aburren un poco. La mayoría de las damas no se muestran muy inclinadas a hacer otra cosa que conversar. —Miró a Tristan—. Estoy seguro de que tú sentirás la misma frustración cuando te alejas de Londres y de los placeres que allí se encuentran.

Tristan apretó los dientes aún más.

—Así es.

Devlin esbozó una sonrisa descarada y lasciva.

—Claro que tú pareces estar teniendo más suerte que yo con cierta dama.

—No sé a qué te refieres.

Tristan se obligó a mantener la calma, aferrándose a la barandilla con tanta fuerza que temió que la madera se rompiese.

Devlin enarcó una ceja con gesto divertido.

—¿Acaso no te estás viendo con lady Northam? Me pareció ver las chispas que saltaban entre vosotros anoche, y hoy en el pícnic habéis desaparecido juntos.

Tristan contó hasta diez mentalmente. Tenía que hacer una pausa para aparentar desconcierto ante la observación.

—Te aseguro que no sé de qué me hablas. Lady Northam y yo no tenemos ninguna relación especial. Nos conocemos desde que éramos niños. Y lo que ha ocurrido esta mañana ha sido que se le ha perdido la cometa y he ido con ella a buscarla.

Se encogió de hombros mientras observaba el baile.

Localizó a Meredith al instante. Estaba de pie, fuera de la pista de baile propiamente dicha, hablando con un conde gordo, famoso por sus aburridos monólogos sobre la situación política. Sin embargo, ella le sonreía como si fuera el hombre más encantador del mundo. Llevaba un llamativo vestido color azul pálido, un collar de perlas alrededor del cuello y una diadema de diamantes refulgía en su pelo castaño. Parecía una princesa salida de un cuento de hadas, aunque, por mucho que se esforzara, Tristan no lograba pensar en ella como un casto príncipe enviado para despertarla de su largo sueño con un beso.

No, sus pensamientos eran de naturaleza mucho más pecaminosa.

Devlin carraspeó y él apartó la vista de Meredith.

—Tú más que nadie sabes que no tengo tiempo para nada que no sea el trabajo, Devlin. Es cierto que lady Northam es una mujer hermosa, pero como bien has dicho, las mujeres de mi clase rara vez están interesadas en nada que no sea un compromiso para toda la vida.

Devlin bajó la vista hacia el salón.

—No sé. Lady Northam parece distinta a las demás. Hay fuego bajo ese exterior que resulta tan enigmático. Si tú no vas a intentar nada con ella, quiere decir que tengo libertad para hacerlo yo.

Una cortina roja de pura ira nubló la visión de Tristan. Por primera vez en mucho tiempo, perdió el control sobre la furia que bullía constantemente bajo la superficie, y le entraron ganas de coger a Devlin y balancearlo por encima de la barandilla hasta que se pusiera a gritar como el cerdo que era. Quería destrozarlo.

—¿Carmichael? —Devlin ladeó la cabeza para mirarlo.

Tristan controló su acceso de rabia y mandó el sentimiento de vuelta a los oscuros confines de su alma donde normalmente la guardaba; junto con la pena, los deseos, el amor... todo lo que podía distraerlo de asuntos que requerían toda su atención. Inspiró profundamente para ayudarse. Aquello no era más que una nueva prueba.

—¿Quieres intentar cortejar a lady Northam?

—No apruebas la idea. —La boca de Devlin se curvó en una amplia sonrisa—. Creía que habías dicho que no te interesaba.

—Y no me interesa —se apresuró a decir Tristan.

—Veamos. —Devlin lo observaba con atención mientras hablaba—. A ver cómo te lo explico. Yo quiero confiar en ti. Quiero concederte acceso al hombre que dirige nuestra organización, pero no podré hacerlo si te muestras tan poco razonable.

—¿Poco razonable? —bramó Tristan en voz más alta de lo que habría querido. Controló su tono antes de continuar—: He hecho todo lo que me has pedido. Me he arriesgado porque así me lo pediste. ¿Cómo puedes decir que no soy razonable?

Devlin lo obsequió con su sonrisa viperina.

—Dices que no tienes ninguna relación especial con esa mujer, pero es evidente que no quieres que me acerque a ella. ¿Es que no confías en mí, Carmichael?

Su petulancia lo golpeó en el pecho. No había forma de salir de la trampa que Devlin le había tendido. Debía permitirle cortejar a Meredith —y tenía la sensación de que no era un hombre que aceptara un no por respuesta si realmente la deseaba—, o admitir que él también la deseaba. A su lado corría peligro, por el mero hecho de que él mismo estaba en constante peligro. A su lado, caminaría por un campo lleno de trampas sin siquiera saberlo.

Pero ¿cuál de los dos peligros era menor?

Tristan miró a Devlin a los ojos, fríos e impenetrables como un bloque de hielo, calmados. Había visto personalmente lo que aquel hombre era capaz de hacer a aquellos que no se plegaban a sus deseos. Sólo podía imaginar lo que le haría a las mujeres que pasaban por su vida, lo que le haría a Meredith si se resistía... o aunque accediera.

Apretó la boca en una fina y dura línea.

—Está bien, Devlin, me has descubierto. Deseo a Meredith Sinclair. Mi reticencia a que la cortejes no tiene nada que ver con que no confíe en ti. Creo que te he demostrado lealtad suficiente durante todo este año. No me lo negarás.

Las facciones del otro se relajaron, aunque no se borró su sonrisa de suficiencia, tan petulante y desagradable como siempre.

—No, no puedo negar que has hecho todo lo que te he pedido. Y te aseguro que tu lealtad pronto será recompensada. —Se dio la vuelta en dirección a la escalera—. Respetaré tus sentimientos hacia lady Northam, pero confío en que te la lleves a la cama cuanto antes. —Su sonrisa se hizo más amplia—. Me encantaría saborearla personalmente, pero estoy dispuesto a experimentarlo a través de ti.

Tristan no supo ni cómo se contuvo para no abalanzarse sobre él. En cuanto se hubo ido, se desahogó con una retahíla de imprecaciones que resonaron en el aire a su alrededor.

Aquello era justo lo que se había temido. Al permitirse emociones le había dado poder a Devlin. Y ahora se vería obligado a cambiar los planes. Tendría que acercarse a Meredith con el fin de poder protegerla de amenazas a las que ella era totalmente ajena. Lo cual los expondría a otros peligros. Físicos... y también para el corazón, que a veces eran los más graves.

Meredith miró por encima del hombro mientras se escabullía de la fiesta por la galería larga y poco iluminada que conducía a la escalera del servicio. Caminaba con cuidado, sin hacer ruido, por el laberinto que llevaba al ala de invitados.

A partir de una inocente charla con la doncella que le había llevado el té esa tarde, Meredith había sido capaz de trazarse un plano con las habitaciones de invitados y sus ocupantes, así como de la parte en que dormían algunos de los sirvientes. Lo único que tenía que hacer ahora era encontrar la habitación correcta.

Para empezar, había puesto a Ana y a Emily a reunir información sobre el administrador a través de una nota en clave escrita a toda prisa, que había salido hacia Londres de inmediato. El mensaje llegaría al cabo de un día si el mensajero cabalgaba a toda velocidad, y sus compañeras se pondrían a investigar, gracias a los medios que Charlie ponía a su alcance, los asuntos que se traía el señor Philip Barclay entre manos. Confiaba en que su instinto no se hubiera equivocado y que fuera él el responsable del robo de la pintura, no Tristan.

Se quedó helada al pensar eso. No era así como le habían enseñado que se debía abordar una investigación. Para dar con la verdad, no debía dejarse influir por agentes externos, por el deseo de que una persona fuera culpable o inocente. Los sentimientos personales no serían un problema para ella si estuviera haciendo bien su trabajo.

—Pero esta vez no puedo —susurró, llevándose una mano a los labios al recordar el beso de Tristan—. No quiero que sea culpable.

Sacudiendo la cabeza, se acercó a la puerta que andaba buscando. Echó un nuevo vistazo a su alrededor para asegurarse de que no había nadie y probó con el pomo. Estaba cerrada con llave. Frunciendo el ceño, se llevó una mano al pelo y se desprendió uno de los largos pasadores con diamantes incrustados que le sujetaban el elaborado peinado. Entonces apretó un botón oculto en el lado opuesto al de los diamantes, oyó un clic y separó la parte decorativa del pasador de la interior, que resultó ser una pequeña ganzúa.

—Gracias, Ana —murmuró mientras abría la cerradura sin esfuerzo.

Sonriendo ampliamente, colocó de nuevo la ganzúa en su lugar y se volvió a poner el pasador.

Luego cerró la puerta y echó la llave por dentro, tanto para asegurarse de no levantar sospechas como para darse tiempo de escapar en caso de que el huésped regresara.

El dormitorio estaba poco iluminado. Habían dejado el fuego bajo mientras discurría la fiesta. Removió las ascuas hasta avivarlo para que las llamas iluminaran la habitación. A continuación encendió con sumo cuidado una vela que había sobre la repisa de la chimenea y dio una vuelta haciendo por la habitación un reconocimiento.

—Muy bien, Augustine Devlin —murmuró mientras se dirigía hacia el armario de cerezo. Dejó la vela encima y lo abrió—. Veamos qué secretos guardas.

Registró metódicamente los bolsillos de las chaquetas y el forro de los chalecos en busca de armas escondidas, notas o cualquier otro tipo de prueba. Nada. Pasó la mano por la parte trasera del mueble en busca de algún escondite secreto y, para terminar, colocó las perchas tal como estaban.

Después se dirigió a una mesita situada junto a la ventana. Había papeles desperdigados por toda ella, pero ninguno de interés. Tan sólo dibujos de la vista del jardín que se tenía desde la ventana.

—Ese bastardo es bueno —mascullló para sí mientras colocaba los dibujos en su caótica distribución original y tomaba nota de su buena calidad artística. Tal vez fuera por eso por lo que la organización criminal pasara información delicada a través de un cuadro. Un dato más que añadir a la creciente lista de atributos de Devlin que la Sociedad para la que ella trabajaba estaba confeccionando.

Se volvió hacia la cama situada junto a la pared, al lado de la puerta que conducía al vestidor privado. Tenía una mesilla de noche a cada lado. Se dirigió a la que estaba más cerca de la ventana y la abrió. Nada de interés, aparte de unos cuantos lapiceros de dibujo.

Rodeó la cama para abrir el cajón de la otra mesilla. Estaba cerrado. Su intuición no le había fallado. Se sacó nuevamente la ganzúa del pelo y se quedó mirando la mesa. Aquél era un asunto delicado. Lo último que quería era levantar las sospechas de Devlin dejando pruebas de que había estado allí. Si él se daba cuenta de que había alguien espiándolo, podría cambiar de algún modo su plan, lo que terminaría con toda posibilidad de descubrir sus intenciones o a sus cómplices.

Se metió un mechón de pelo detrás de la oreja y se puso de cuclillas delante del cajón para poder ver mejor. La ganzúa entró con un ruido metálico, pero la cerradura era antigua y no cedió de inmediato. Notaba cómo iba haciéndolo poco a poco según la giraba, pero no lograba abrirla.

—Un poco más —murmuró—. Venga.

Entonces llegó a sus oídos ruido de pisadas en el pasillo. ¿Sería alguien de paso? No. Inspiró bruscamente. Las pisadas se habían detenido al otro lado de la puerta y podía distinguir dos voces mientras alguien metía la llave en la cerradura.

Meredith se puso en movimiento de inmediato, tal como la habían entrenado para hacer. Apagó la vela de un soplido y tiró de la ganzúa para sacarla de la cerradura del cajón. Comprobó horrorizada que no se movía. Tiró nuevamente, girando con toda la calma que pudo pese a que estaba oyendo la cerradura de la puerta. Se le estaba agotando el tiempo. No tenía más alternativa.

Dejó la ganzúa en la cerradura y depositó la vela sobre la mesilla al tiempo que se tiraba debajo de la cama justo en el momento en que la puerta se abría y entraban dos hombres. Meredith contuvo el aliento cuando ambos se acercaron a la cama, hablando sobre la fiesta. Sólo podía ver sus botas, pero reconoció una de las voces: Devlin. No sabía quién era el otro hombre. La decepción se apoderó de ella. Si al menos fuera Philip Barclay... eso confirmaría sus esperanzas y libraría a Tristan de toda sospecha.

—Por todos los santos, Elsworth, qué calor hace en esta habitación —espetó Devlin.

Meredith observó que las botas menos elegantes se movían a toda prisa.

—Lo siento, señor —se disculpó el hombre—. Creía que el fuego ya se habría apagado a estas horas.

—Pues no ha sido así. Abre la ventana, hombre.

Devlin parecía estar de mal humor. ¿Por qué?

Se dirigieron hacia la puerta que daba al vestidor y Meredith contuvo el aliento. Pasarían junto a la mesilla en la que se le había quedado atascada la ganzúa. Sólo podía rezar por que estuvieran demasiado distraídos como para darse cuenta.

La puerta se abrió y los dos hombres entraron en el gabinete adyacente. Meredith salió apresuradamente de su escondite y tiró hasta sacar la ganzúa de la cerradura del cajón. Miró entonces hacia la puerta del dormitorio. Para llegar a ella se vería obligada a pasar por delante de la otra habitación y, como desde donde estaba no veía nada, no tenía forma de saber si Devlin y su criado estarían mirando en su dirección o no. Era demasiado arriesgado.

La ventana. Rodeó la cama en dirección a ella, y ya estaba sacando una pierna por encima del alféizar cuando oyó la voz de Devlin en la otra habitación.

—Tristan Archer...

Meredith se quedó de piedra al oírlo. Se esforzó por distinguir las palabras de los hombres, cada vez más cerca de la puerta que comunicaba el vestidor con el dormitorio.

—Envía el mensaje mañana —continuó diciendo Devlin—. Su señoría nos va a resultar de gran ayuda. —Oyó la risita de suficiencia de Devlin antes de añadir—: Y si no, me veré obligado a matarlo. De una u otra forma, me va a ser de utilidad.

—Sí, señor —contestó el criado—. Así lo haré.

Meredith se sobresaltó cuando éste empezó a entrar en el dormitorio, y salió por la ventana entre el frufrú de su vestido azul, quedándose apoyada en un estrecho saledizo conteniendo el aliento y confiando en oír algo más de la conversación. Pero una vez que el criado salió cerrando la puerta, la habitación quedó en silencio.

Moviéndose poco a poco para no perder el equilibrio, cambió el punto de apoyo de su peso y se asomó ligeramente a la habitación. Devlin estaba de pie, a unos pasos de distancia, echando un vistazo a los dibujos que había encima de la mesa, a la izquierda de la ventana donde ella se encontraba. Se apartó rápidamente de su línea de visión y comenzó a alejarse de allí. Pero no creía poder seguir avanzando mucho más por el saledizo.

Miró a su alrededor. Cerca tenía varios árboles altos, aunque estaban demasiado lejos para saltar y deslizarse hasta el suelo entre las ramas sin matarse. Aparte de que, si alguien la viera después, le resultaría obvio que había estado ocupada con actividades «arbóreas». Ahora estaba ya cubierta de polvo, después de haber estado debajo de la cama, algo que le resultaría bastante complicado de explicar.

Avanzó con cuidado a lo largo del estrecho saledizo que rodeaba el ala de invitados de la mansión. Cada paso era como un reto a su capacidad de equilibrio, y tenía claro que si se caía, se iba a hacer mucho daño: eso si no se mataba.

—No pienses en eso ahora —se ordenó apretando los dientes.

Deseó no llevar aquellos bonitos zapatos de baile. No era precisamente el calzado más apropiado para mantener el equilibrio o no resbalar. Con mucho cuidado, levantó una pierna y se quitó un zapato. Luego repitió la acción con el otro pie.

Observó con atención dónde caía el delicado calzado, con sus hebillas cuajadas de diamantes resplandeciendo a la luz de la luna antes de quedar ocultas entre los arbustos. Tendría que regresar a por ellos en cuanto le fuera posible para no levantar sospechas.

Meredith se sujetó al saledizo con los pies enfundados en las medias y así llegó a la siguiente ventana.

—Que esté abierta, que esté abierta —susurró mientras avanzaba con la espalda pegada a la pared de estuco. Al llegar a ella trató de empujar el cristal. Cuando oyó el chirrido de la ventana al abrirse apenas pudo contener un suspiro de alivio.

Se detuvo a escuchar para averiguar si había alguien en la

habitación, pero no se oía nada, de modo que se sentó sobre el alféizar y desde allí elevó una pierna y puso un pie húmedo dentro de la habitación. Nunca se había sentido tan feliz de pisar suelo de madera en su vida.

Pasó la otra pierna por encima del alféizar y cerró la ventana sin hacer ruido. La habitación estaba completamente a oscuras, puesto que el fuego ya casi apagado no daba apenas luz. Llegó hasta la puerta guiándose por el tacto y salió.

En cualquier otro momento, haber escapado tan por los pelos la habría llenado de excitación, pero esa noche le costó un gran esfuerzo no derrumbarse en medio de la galería y echarse a llorar.

Las palabras de Devlin habían hecho trizas su teoría sobre la culpabilidad de Philip Barclay. Sólo el nombre de Tristan había salido de sus labios durante la conversación con su criado. El alma se le cayó a los pies.

Y se hundió todavía más al pensar en lo que Devlin había dicho de que Tristan le ayudaría o, si no, acabaría con él. Se le heló la sangre. ¿Sabría Tristan el peligro que corría involucrándose con Devlin, lo cerca que estaba de caer por un precipicio más peligroso que el que ella acababa de esquivar si continuaba aliado con aquel criminal?

Meredith no tenía respuesta a todas esas preguntas, pero sí sabía una cosa: quería proteger a Tristan. De las funestas intenciones de Devlin... y de la investigación que ella misma estaba llevando a cabo.

Pero ¿cómo iba a proteger al principal sospechoso de su caso? ¿Cómo se las iba a arreglar para reunir pruebas al tiempo que proporcionaba a Tristan cobijo frente a la tormenta que se avecinaba por el horizonte?

Su mente se volvió a su natural tendencia a hacer planes cuando se enfrentaba a un futuro incierto.

—Tengo que conseguir el mensaje del que Devlin le ha hablado a su criado esta noche sea como sea —murmuró camino de su habitación en busca de otro par de zapatos—. Debo interceptarlo para evitar que Tristan corra aún más peligro.

9

La carta. Tenía que conseguir la carta. Eso era lo único que le importaba.

Meredith bajó la escalinata hasta el vestíbulo principal y miró a su alrededor. Debería haberla interceptado la víspera, y lo habría hecho de no ser por las numerosas interrupciones. Ser una dama popular tenía sus ventajas, pero también serios inconvenientes.

Primero había sido un guapo teniente que no había dejado de insistir en que bailara con él. Después, una de las damas de su edad se le había acercado para contarle un chisme sobre otra dama de su grupo. Finalmente, lady Carmichael le había echado el guante. Cuando consiguió escapar de la fiesta, no tenía ni idea de dónde podía estar el criado de Devlin. Así que su única esperanza era poder hacerse con el mensaje antes de que se lo llevaran de la mansión. Se había guardado un trozo de papel en blanco en el bolsillo por si tenía ocasión de dar el cambiazo.

Y ésa era la razón de que estuviera levantada a una hora tan intempestiva después de haberse pasado casi toda la noche bailando. Reprimió un bostezo mientras avanzaba por la galería. Y entonces, como por ensalmo, la puerta de la biblioteca situada un poco más adelante se abrió y ante ella apareció Augustine Devlin.

—Vaya, vaya, lady Northam —dijo él con aquella sonrisa tan característica suya capaz de derretir corazones y helar la sangre—. Qué agradable sorpresa. No sabía que hubiera alguien más levantado tan temprano.

La espía que Meredith llevaba dentro tomó la iniciativa.

—Ah, buenos días, señor Devlin. —Le ofreció su mejor sonrisa—. Parece que somos los dos muy madrugadores.

Se sintió aliviada por la facilidad con que le habían salido las palabras y la sonrisa. Después de lo que le costaba ocultar sus sentimientos cuando estaba con Tristan, había empezado a temer que hubiera perdido el don. Pero al parecer, sólo había un hombre capaz de hacer que se olvidara de quién era.

—Sí. Y si me hubieran dado a elegir a alguien entre los invitados a la fiesta para encontrármelo por los pasillos, la habría elegido a usted, milady.

Devlin volvió a sonreír y ella tuvo que reprimir la perentoria necesidad de sacudir la cabeza, absolutamente maravillada. Aquel hombre era encantador. Tenía que admitirlo.

—¿Y cómo es que está usted en pie a estas horas? —preguntó, ladeando la cabeza.

La sonrisa del hombre pasó sutilmente del flirteo a la satisfacción más petulante, y Meredith se puso alerta.

—Tal vez no se diera cuenta usted de que anoche abandoné la fiesta bastante temprano. Tenía ciertos asuntos de los que ocuparme. Mi intención es terminarlos esta misma mañana.

—Admito que sí me fijé en su ausencia. Y he de decir que varias damas lo echaron mucho de menos. —Mujeres estúpidas que no tenían ni idea del tipo de canalla al que deseaban sólo porque éste tenía un rostro que habría codiciado para sí un dios de la Antigüedad.

Devlin se inclinó un poco más.

—¿Estaba usted entre ellas, lady Northam?

Meredith reprimió estoicamente sus ganas de dejarle ver lo mucho que él le desagradaba.

—Vamos, señor Devlin, sabe que una dama nunca revela ese tipo de pensamientos.

Él dejó escapar una suave carcajada y se encogió de hombros.

—Pero un hombre siempre puede albergar esperanzas.

—¿Y dice que tiene intención de terminar sus asuntos esta mañana? —presionó ella, desviando la conversación hacia el tema que le interesaba.

Devlin vaciló un momento.

—Ah, bueno, no todos, pero sí concluiré una gran parte de ellos en cuanto mi criado lleve un mensaje a Londres.

Meredith se quedó inmóvil cuando vio que Devlin se daba unas palmaditas en el bolsillo del pecho. La carta. Allí estaba escrito el destino de Tristan. Podría birlársela sin que se diera cuenta. No dudaba de que también podría derribarlo con unos cuantos de sus mejores movimientos de defensa personal. Él no lo esperaría, y podría hacerse con la misiva.

Pero si lo hacía de ese modo, adiós caso, así que el ataque por sorpresa quedaba descartado. Sin embargo, la idea de aplastarle la nariz con la palma de la mano y verlo aullar de dolor le proporcionó un breve momento de placer.

Si se quedaba por allí, tendría oportunidad de robarle la carta al criado en cuanto éste estuviera distraído. Si lo hacía bien, podía ser que el hombre no se diera ni cuenta de que no la tenía hasta que fuera demasiado tarde. La idea la animó de inmediato.

—¿Le importa si...? —comenzó.

—¡Lady Northam!

Se volvió en redondo y vio a Tristan dirigiéndose hacia ellos por la galería como un toro que embiste el capote que le tienden. Echaba fuego por los ojos. ¿Qué demonios estaba haciendo él levantado? Se había retirado mucho más tarde que ella.

Se detuvo en seco delante de ambos.

—Buenos días, Carmichael —saludó Devlin, arrastrando las palabras.

Tristan lo miró, y Meredith vio la intensa furia que ardía en sus ojos. La misma que viera la noche en que le salvó la vida. Se estremeció al recordar hasta dónde había llegado con tal de protegerla. Si se le ocurriera atacar a Devlin, no estaba muy segura de poder evitar que lo matara.

—Devlin —contestó con los dientes apretados. Entonces se volvió hacia Meredith, y ella se sorprendió de cómo había logrado disimular la intensa furia que sentía—. Tengo que hablar contigo —le dijo.

Alargó el brazo y le aferró el codo con una mano que parecía un grillete de hierro. El repentino gesto la sorprendió, así como lo que chisporroteó entre ambos al contacto.

—¿Milord? —Ella trató de zafarse de él, pero Tristan no aflojó la presa.

—Meredith, es de vital importancia que hable contigo.

Ella consideró las opciones que tenía en cuestión de segundos. Si se negaba a acompañarlo, se arriesgaba a perder el tenue nexo de unión que se había formado entre ellos. Y si él no confiaba en ella, su investigación podía peligrar.

Al cabo dejó de forcejear y accedió a acompañarlo.

—De acuerdo.

Meredith miró a Devlin y abrió la boca para decir algo educado, pero Tristan no se lo permitió. Se la llevó prácticamente a rastras hasta el salón más cercano y cerró dando un portazo.

Estaban a solas, pero él seguía sin soltarla. De pie en medio de la estancia, inspiraba profundamente para calmarse. Ella se quedó mirándolo, cautivada por la intensidad de las emociones que veía en sus ojos y por el calor de su mano.

Él sacudió la cabeza y la miró como si se hubiera olvidado de que estaba allí. Sus miradas se encontraron y la fascinación de Meredith viró a algo mucho más profundo. Algo que tenía que rechazar. De un tirón, se soltó de él y retrocedió.

—¿Qué demonios te pasa, Tristan?

Lo miró a los ojos en busca de alguna respuesta, alguna explicación, al tiempo que ella misma se esforzaba por frenar sus desbocados sentimientos.

—¡Te dije que ese hombre es peligroso!

Se dio la vuelta mientras se pasaba la mano por el pelo. Sus movimientos y sus palabras evidenciaban su desesperación.

Y lo único que ella deseaba era hacer desaparecer esa desesperación. Aliviarlo. Por estúpido que fuera su deseo, se sorprendió tendiendo el brazo hacia él. Sus dedos se cerraron sobre su bíceps como si ella no los controlara. Tristan dio un respingo al notar el contacto y giró la cabeza para mirarla.

—Si es así, ¿por qué haces negocios con él? —susurró Meredith—. ¿Por qué lo invitas a tu casa? Tristan, por favor, si ocurre algo malo... si te has metido en algún lío, deja que...

Antes de que pudiera terminar la frase, la puerta se abrió a sus espaldas. Ambos se volvieron, sobresaltados, esperando encontrar a Devlin, pero se trataba de la madre de Tristan. Al ver lo cerca que lady Northam estaba de su hijo, sus cejas se elevaron en señal de sorpresa, a lo que siguió rápidamente una leve sonrisa.

Meredith retrocedió un paso largo mientras Tristan soltaba un pequeño suspiro. Era evidente que él también había visto el brillo de celestina que refulgía en los ojos de su madre.

—Oh —dijo Constance, poniéndose la mano en el pecho y fingiendo sorpresa—. Lo lamento mucho, no sabía que estabais aquí.

El semblante de Tristan reflejaba incredulidad, y su voz sonó tensa cuando preguntó:

—¿Me necesitas para algo, madre?

—Oh, no, cariño. —La sonrisa de la mujer dejaba entrever lo encantada que estaba jugando a ser Cupido. Meredith sintió una punzada de dolor en el corazón al pensar en la decepción que se llevaría cuando la verdad saliera a la luz. La verdad sobre Tristan y sobre ella—. Pero veo que somos todos muy madrugadores. La mayoría tardará horas en levantarse. ¿Qué os parece si salimos a cabalgar juntos? Hace una mañana espléndida.

Tristan cerró los ojos un momento, y a Meredith le pareció que mascullaba algo sobre lo difícil que era disuadir a su madre cuando algo se le metía en la mollera. Entonces los abrió y la miró. Meredith supo que estaba valorando la situación, juzgando si salir a cabalgar con ella era un riesgo aceptable.

La joven también se lo preguntaba. Salir con él le daría la posibilidad de investigar un poco más, pero la presencia de lady Carmichael evitaría que se produjera otro intenso intercambio verbal como el que acababa de darse. Pero también que compartieran más besos de aquellos que disolvían su determinación y le volvían las rodillas de gelatina.

Sonrió a lady Carmichael.

—Será un placer salir a cabalgar con usted, milady. La verdad es que desde que llegué, tengo ganas de conocer algo más de las tierras Carmichael.

Tristan abrió la boca, pero su madre lo interrumpió con un gesto de la mano.

—¡Estupendo entonces! Vaya a cambiarse de ropa y nos reuniremos en los establos dentro de media hora.

Meredith asintió con esfuerzo, y, sin apresurarse, atravesó la estancia en dirección a la puerta.

Pero antes de salir, se atrevió a mirar hacia atrás. Tristan la estaba observando, y aunque en sus ojos no había la desesperación de antes, sí persistía en ellos el deseo ya familiar. Ardiente. Aguardando el momento oportuno para destrozar su determinación.

Meredith se colocó bien el sombrero mientras entraba en los establos. Inspiró profundamente al ver a Tristan de pie en medio del patio, cepillando a un gigantesco semental negro mientras murmuraba palabras dulces y tranquilizadoras al inquieto animal. No reparó en su presencia, una de las pocas veces en las que era totalmente ajeno a ella teniéndola cerca, y Meredith aprovechó para estudiar detenidamente su rostro.

Sus facciones bien cinceladas eran realmente hermosas a la luz de la mañana que se colaba a través de la puerta y las ventanas de las cuadras. Aunque parecía más calmado que antes, en sus ojos había una tristeza que Meredith ya había visto en él muchas veces.

Suspiró. No podía establecer ese tipo de lazos con él. No había sitio para la simpatía en una investigación. Ni tampoco para el deseo, aunque ese poderoso sentimiento siguiera recorriéndola por dentro. Era consciente del hormigueo que le producía estar tan cerca de él, de cómo le temblaban los dedos mientras se metía detrás de las orejas unos mechones sueltos.

Tristan levantó la vista y sonrió. No con aquella expresión tensa y forzada que tan a menudo se le veía, sino una sonrisa sincera. Como si verdaderamente se alegrara de verla. Meredith sintió un aguijonazo de culpa, pero lo apartó a un lado. En su investigación, tampoco había lugar para eso.

—Estás preciosa —dijo él, recorriéndola de arriba abajo con la mirada. Y ella sintió como si la estuviera acariciando; de pronto, se alegró de haberse puesto su mejor traje de montar.

Una oleada de sangre caliente subió a su rostro en reacción al cumplido. ¿Cuánto hacía que no se sonrojaba ante las atenciones de un hombre? Se cubrió las mejillas ardientes como una colegiala.

—Gracias —contestó en voz baja. La intensidad de la conexión que había entre ambos era insoportable, así que decidió concentrarse en el semental—. Qué animal tan hermoso.

La melancolía regresó a la expresión de Tristan.

—Sí, gracias. Es magnífico.

—¿Cuánto hace que lo tienes?

—Un año, ocho meses y quince días —respondió él con un hilo de voz.

Ella lo miró con atención.

—Debe de significar mucho para ti si recuerdas el día exacto en que llegó a tus manos.

—Era el caballo de mi hermano. Pasó a ser de mi propiedad cuando Edmund murió.

El dolor que bullía bajo la superficie a Meredith le rompió el corazón.

—Lo siento —dijo.

Sus palabras sonaron insuficientes; como si le estuviera dando un pedacito de venda para cubrir una herida grande y profunda.

Él negó con la cabeza.

—No, soy yo el que lo siente. No debería haber sacado el tema. —Se volvió hacia uno de los mozos que se acercaba a ellos con una briosa yegua color miel—. Aquí está tu montura, *Lily*.

Meredith sonrió mientras el mozo la ayudaba a montar.

—Supongo que ya sólo queda esperar a que llegue tu madre.

Otro criado se acercó en ese momento.

—Lady Carmichael ha pedido que le dijera que le ha sobrevenido un repentino dolor de cabeza, y les ruega que salgan sin ella.

Meredith contuvo una sonrisa mientras Tristan agachaba la cabeza, mascullando. Lady Carmichael sería una agente fantástica. Poseía la brillante capacidad de dar la vuelta a cualquier situación para que se acomodara a sus intenciones.

—Gracias, Chester —dijo Tristan con un suspiro—. Por favor, dile a su señoría que espero que se le haya pasado el dolor de cabeza para cuando regresemos. —Picó espuelas al tiempo que añadía—: Aunque no me cabe ninguna duda de que se encontrará perfectamente en un abrir y cerrar de ojos.

Cabalgaban en silencio por un camino que atravesaba las tierras de la finca más cercanas a la casa.

Cuando se apartaron del sendero y de los magníficos jardines perfectamente cuidados, Tristan le dirigió una rápida mirada.

—Quiero disculparme en nombre de mi madre. Ella es un poco... demasiado diligente en su labor de celestina.

Meredith sonrió al pensar en la mujer. Le gustaba Constance, probablemente mucho más de lo que debería, dadas las circunstancias. Su sonrisa desapareció.

—No pasa nada. Te quiere mucho. ¿Quién podría culparla?

Meredith oyó la frase escapar de sus labios, pero ya era demasiado tarde para borrarla.

—Quiero decir que...

Tristan soltó una suave carcajada.

—Sé lo que has querido decir.

Ella se sonrojó nuevamente y puso los ojos en blanco. ¿Por qué demonios se estaba comportando como una cría? De acuerdo, lo sabía perfectamente. Estar tan cerca de Tristan, oler el aroma especiado y masculino que desprendía su piel, sentir su mirada acariciante... todo eso estaba despertando en ella sensaciones y anhelos que no conocía cuando era una niña, pero que ahora sabía bien lo que significaban. Deseo. Necesidad física. Pasión.

Sin embargo, dejarse llevar por esas emociones, mostrar sus sentimientos sin que estuviera justificado para la investigación, era inaceptable. Y, pese a todo, no parecía capaz de controlarse. No cuando Tristan la miraba y ella se sentía arrastrada al fondo de sus ojos, tan hondo que temía ahogarse.

Pero tendría que mantenerse a flote. Lo que le había dicho sobre su hermano en los establos y la breve conversación que acababan de mantener... eran la excusa perfecta para hacer una batida de reconocimiento.

Carraspeó y dijo:

—No me has dicho cómo se llama el caballo.

Tristan bajó el brazo y acarició sin darse cuenta las crines del animal.

—*Winterborne*.

Meredith contempló el magnífico ejemplar.

—Debió de ser muy duro para ti perder a tu hermano. Murió en la guerra, ¿no es así?

Tristan tensó la mandíbula y su actitud cambió. Aquél era un tema delicado para él. Meredith comprendía perfectamente el dolor que vio en sus ojos, pero no así la ira y la tensión. ¿Era sólo rabia por el hecho de que su hermano hubiese muerto tan joven? ¿O habría alguna otra razón para esa rabia?

Tristan relajó poco a poco la mandíbula como obligándose a calmarse.

—Seguro que lo comprendes. A fin de cuentas, tú perdiste a tus padres cuando eras muy pequeña.

A Meredith la sorprendió la observación. Todo el mundo sabía que era huérfana, pero poca gente comprendía el dolor y el vacío que había sentido con la muerte de sus padres. Tristan, sí. Él había experimentado ambas cosas de primera mano. Por primera vez en años, Meredith se sintió vulnerable.

—Yo... —balbuceó—. Era muy pequeña entonces.

Él aminoró la marcha a medida que emergían del sendero flanqueado de árboles a un claro en mitad de una colina. Ella apenas se fijó en su exuberante verdor y tampoco pudo relajarse con su serena belleza.

—Pues yo creo que sufrir la muerte de un ser querido a tan temprana edad tiene que ser aún peor. Sobre todo cuando por ello te viste obligada a vivir con tus tíos. Yo no era más que un niño, pero veía lo infeliz que eras allí.

Meredith sintió que le temblaban los labios y luchó por mantener la compostura no apartando la vista del frente.

—Cuidaron de mí.

Tristan se encogió de hombros, pero Meredith sentía su mirada observándola. ¿Por qué estaba escrutándola en busca de una reacción?

—Recuerdo que eras muy... seria. Solitaria.

Ella inspiró bruscamente. Con unos pocos comentarios,

Tristan la había devuelto a una época que por su parte había dejado enterrada hacía tiempo. Un tiempo en que no era más que una extraña en el seno de la única familia que le quedaba. Cuando se moría por un poco de afecto y amor.

Meredith negó con la cabeza. Aquella conversación no debía seguir por derroteros que más valía dejar inexplorados. Ella no hablaba de las penas del pasado con nadie. Ni siquiera Emily y Ana conocían los detalles. Y desde luego no pensaba desnudar su alma delante de aquel hombre, un posible traidor.

Soltó una áspera carcajada al tiempo que espoleaba a *Lily* para que acelerase el paso sobre las colinas suavemente onduladas y las vastas extensiones de pradera.

—Ya casi no me acuerdo de esa época. Me sorprende que tú tengas un recuerdo tan claro.

Él espoleó también a *Winterborne* y no tardó en alcanzar a *Lily* y seguir su medio galope.

—Tus tíos eran poco cariñosos contigo. Mi madre me lo comentaba con frecuencia. Y no parece que mantengas el contacto con ellos ahora.

El rostro de ella se contrajo con una mueca de dolor. Era como si la estuvieran desnudando y exponiéndola a esos tristes recuerdos.

—No estamos muy unidos —admitió, tratando de recordar la última vez que su tía le había enviado algún mensaje del tipo que fuera—. Pero tampoco los culpo. Yo no era su hija. No les quedó más remedio que ocuparse de mí cuando mis padres murieron. Mi tía era sólo hermanastra de mi madre, ¿lo sabías?

¿Por qué estaba contándole todo aquello? ¿Por qué le estaba dando explicaciones? Pero no parecía capaz de parar.

—Nunca estuvieron muy unidas. ¿Quién podría culparla por no considerarme sangre de su sangre? Y, a pesar de ello, mi tío y ella me proporcionaron un techo, comida, la posibilidad de debutar en sociedad...

—Sí —la interrumpió Tristan frunciendo los labios—. Fue una fructífera Temporada para ti, puesto que encontraste esposo. —Hizo una pausa, como si estuviera considerando sus palabras—. Y luego también él murió. En realidad, tú has vivido más tragedias en tu vida que yo.

Una amarga carcajada brotó de los labios de Meredith mientras aminoraba la marcha dejando que *Lily* fuera al paso.

—La diferencia es que tú querías a tu hermano.

De nuevo era como si otra mujer hubiera pronunciando esas palabras y ella sólo las escuchara. Excepto que era su voz. Sus pensamientos íntimos.

Tiró de las riendas de *Lily* haciendo que se detuviera. Entonces se bajó de un salto y se alejó de Tristan. Subió caminando hasta lo alto de una colina y se quedó allí de pie, oteando el verde valle que se extendía bajo sus pies mientras se maldecía por su estupidez.

¿Por qué le había confesado aquellas cosas?

El suave roce de su mano en el codo la sorprendió, y entonces se dio cuenta de que otra vez se había olvidado de todo lo que le habían enseñado: jamás se le debía dar la espalda a un sospechoso.

Menudo chiste. Ella se pasaba el tiempo dándole la espalda a Tristan, tratando de poner espacio entre los dos, alejándose de los ardientes deseos y los sentimientos que despertaba en ella.

Con un suspiro, se volvió y lo miró. Él no dijo nada, tan sólo la contemplaba. Aguardando.

Meredith se humedeció los resecos labios.

—Yo... No puede decirse que odiara a Daniel —dijo sin saber por qué.

Aquél no era el propósito de haber salido a cabalgar con él, aunque por algún motivo se sentía impelida a explicarse. A contarle por qué no sentía amor por su esposo, a decir cosas que nunca había dicho antes.

Tristan no respondió, sino que continuó observándola con una intensidad que la sacó de su espacio de relativa comodidad y la empujó hacia lugares a los que no podía ir. ¿La estaba juzgando? ¿Y por qué le importaba a ella que lo hiciera?

—No fue un matrimonio por amor —continuó—. Teníamos muy pocas cosas en común, como ocurre con muchas parejas, pero la distancia se incrementó al no darle yo hijos.

—Y cuando murió...

—No sentí demasiado la pérdida —terminó, encogiéndose de hombros—. Debes de tener muy pobre idea de mí por admitir algo así.

Sonriendo, Tristan levantó la mano y le acarició la mejilla con los dedos.

Fue como si saltaran chispas al contacto que la hicieron estremecer de deseo.

—No. En realidad me estoy maldiciendo por no haber ido en tu busca antes de que te casaras en vez de hacerlo después.

Las chispas se convirtieron en fría estupefacción cuando asimiló la confesión.

—¿T...tú fuiste en mi busca? —preguntó con voz queda.

Por un momento, Tristan no hizo nada más que mirarla hasta que por fin se dio cuenta de lo impropio de la situación. Apartando bruscamente los dedos de su mejilla retrocedió un paso y, sin mirarla, contestó:

—Ya te habías casado por entonces.

El aliento escapó de entre los labios de Meredith entrecortado mientras consideraba el significado de aquellas palabras. Meredith siempre había creído que Tristan se había olvidado por completo de ella después de la noche en que la rescató. La frialdad que le había mostrado, la forma de evitarla a toda costa la habían obligado a desterrar cualquier sentimiento amoroso que albergara en su corazón hacia él. Y escuchar ahora, tantos años después, que él había ido a buscarla...

Qué diferentes hubiesen sido las cosas si él le hubiese hablado de sus sentimientos antes de que ella se casara con Daniel Sinclair. Si Tristan la hubiese cortejado antes de que se convirtiera en la mujer que era entonces. Antes de que él se convirtiera en el hombre que entonces era.

Esos pensamientos, indeseados, no solicitados, zarandearon aún más su ya maltrecho ánimo.

—Recuerda tu deber —murmuró casi para sí antes de volverse por completo hacia Tristan con una falsa sonrisa en los labios—. Creo que la dolencia de tu madre debe de ser contagiosa.

—¿Te duele la cabeza? —preguntó él en un extraño tono monocorde.

Ella asintió.

—Tal vez sea mejor que regresemos.

Con un suspiro, Meredith volvió hacia su yegua, pero cuando Tristan la ayudó a montar, no pudo evitar fijarse en que sus manos se demoraron un momento en su cintura, y en la poderosa reacción de su propio cuerpo al contacto. Por mucho que se recordara que Tristan, el hombre al que había deseado en secreto, se había convertido en el único hombre que jamás podría tener.

10

Meredith estaba delante de la ventana de su habitación, mirando cómo la brisa agitaba las ramas de los árboles, aunque sus pensamientos estaban muy lejos de la naturaleza, y giraban y giraban para volver una y otra vez a Tristan, a la forma en que ella estaba traicionando el frágil vínculo que se estaba formando entre ellos. Y también en cómo tal vez él estuviera traicionando a su país, a su rey.

—¿Por qué me atormento? —mascullló al tiempo que cerraba bruscamente la ventana.

La excusa del dolor de cabeza le había servido la tarde anterior para zafarse de una conversación que se estaba volviendo demasiado personal con Tristan. Y había vuelto a utilizarla esa mañana para librarse de ir con el resto de los invitados al mercado que se celebraba cada año en el pueblo principal de las tierras de los Carmichael, a unos cuantos kilómetros de distancia. Mientras buscaba más pruebas, sólo tendría que preocuparse de los sirvientes.

Pero entonces, ¿por qué no se había puesto a buscar todavía?

Suspiró. Porque sus emociones personales interferirían con cada prueba que encontrase, con cada observación que la llevara a creer que Tristan era un traidor dispuesto a intercambiar secretos militares. Su intuición insistía en que él no era capaz de semejante traición, y había llegado a confiar en su instinto tanto como en los hechos. Pero uno y otros no habían sido nunca antes tan raros. Hasta entonces, su corazón no se había metido a debatir sobre la culpabilidad o la inocencia de un sospechoso.

—¿Milady?

Con un respingo se dio la vuelta hacia la doncella que estaba de pie en la puerta de la habitación. Le hizo un gesto para que entrara y cogió la carta que ésta le llevaba sobre una bandeja de plata. Reconoció la firme caligrafía de Ana al instante, y se animó. Quizá su amiga había descifrado el significado de las pruebas que había reunido hasta el momento. Algo que despejara las dudas sobre la culpabilidad de Tristan.

—¿Necesita algo más? —preguntó la chica.

Meredith no la miró siquiera.

—No, gracias. Me quedaré aquí a leer mi carta. Dile al resto del servicio que no quiero que se me moleste.

La doncella le hizo una reverencia y salió. Nada más cerrarse la puerta, Meredith rasgó el sobre y sacó la carta. Estaba escrita en clave, por supuesto, pero después de tantos años de colaboración con Ana estaba ya acostumbrada al ingenioso sistema que ésta había elaborado, por lo que era capaz de leerla como si estuviera escrita sin código.

Se dejó caer sobre el primer sillón que encontró, con el cejo fruncido. No habían hallado pruebas que implicaran a Philip Barclay. De hecho, todo su trato con Devlin se limitaba a los encuentros de éste con Tristan. Y, por otra parte, numerosas reuniones habían tenido lugar entre Tristan y Devlin sin la presencia de Barclay.

La decepción se apoderó de ella. Había confiado en que Barclay fuera la clave para exonerar a Tristan. Pero no había sido así. Y su falta de imparcialidad fue como una bofetada.

Apretó los labios en una delgada línea mientras pasaba a la parte que trataba de Edmund Archer. El hermano menor de Tristan se había unido al ejército contra los deseos de éste, algo que no era del todo inusual. La mayoría de los hombres que gozaban de posición o rango podían librarse de prestar servicio militar a cambio de dinero, pero había algunos que sentían que su deber era defender a su país. En el caso de Edmund, había terminado pagando el precio más alto.

Abrió mucho los ojos al llegar a los párrafos finales. Edmund Archer había muerto en un ataque que se pensaba que había tenido lugar al llegar cierta información secreta a manos enemigas.

Meredith dejó caer el brazo a un lado con la carta en la mano. Si el amado hermano de Tristan había resultado muerto a causa de una traición, ¿por qué se involucraba él con un grupo que se dedicaba a lo mismo?

Pensó en la desesperación que había visto en los ojos de Tristan, en la rabia que vibraba bajo la superficie, especialmente cuando se tocaba el tema de la muerte de Edmund. ¿Sería posible que hubiera vuelto esa rabia contra el gobierno?

Se echó a temblar al pensarlo y leyó la carta una última vez. Para su sorpresa, Ana había añadido un mensaje no codificado al final de la misiva: «¿Te encuentras bien? Estamos preocupadas».

Meredith frunció los labios y tiró la carta al fuego. El torbellino emocional en que estaba inmersa había resultado evidente, incluso en una nota garabateada a toda prisa pidiendo a sus compañeras que le buscaran cierta información. Tendría que esforzarse más en ocultarlo, o se podría encontrar a Emily y Ana en la puerta, dispuestas a ayudarla con el caso.

O, lo que era aún peor, todos, Devlin y Tristan entre ellos, verían lo que ocultaba su corazón.

Cuadró los hombros con determinación y salió al corredor. Avanzó sin hacer ruido, ocultándose en los vanos de las puertas o a la sombra de un mueble para evitar encontrarse con algún sirviente.

No le costó llegar al despacho privado de Tristan. Entró en él, cerró y se apoyó contra la puerta, suspirando aliviada. A pesar de los años de entrenamiento, no lograba deshacerse por completo del absoluto terror que sentía ante la posibilidad de que alguien la pillara colándose sin permiso en algún sitio.

No tenía demasiado tiempo. Un sirviente podía interrumpirla en cualquier momento, o el propio Tristan podía regresar. Tenía que darse prisa.

Los hombres de comportamiento sospechoso a menudo ocultaban las pruebas de sus delitos a plena vista. Los había que incluso hacían alarde de sus proezas delictivas, dejándolas donde un ojo entrenado detectaría su significado. Miró a su alrededor examinando cada retrato que colgaba de las paredes, los diversos adornos y los libros presentes en las estanterías.

Le llamó la atención un retrato de gran tamaño colocado en la pared más alejada, justo encima de la chimenea. Se trataba de un joven vestido de militar. Supuso que sería Edmund Archer, a juzgar por el entorno y el estilo de la pintura, y también por lo que recordaba de él de cuando era niño.

Tenía el pelo oscuro y una boca sensual muy parecida a la de su hermano, pero los ojos eran diferentes. Los suyos eran de un profundo castaño oscuro en vez del fascinante color verde. Había sido un joven muy apuesto y por un momento lamentó sinceramente la pérdida que había tenido que sufrir aquella familia.

Buscó entre sus recuerdos tratando de recordar cómo era Edmund en las ocasiones que había visitado la finca de sus tíos en compañía de Tristan y la madre de ambos. Era un joven alocado y muy simpático que a menudo se metía en problemas. Meredith imaginaba que sus travesuras debían de ser un gesto de rebeldía ante la necesidad de aceptar a su hermano mayor como figura paterna.

Se apartó del retrato y centró la atención en las pistas que había ido a buscar. El escritorio de Tristan llamó su atención. Para ser un hombre tan frío y reservado parecía bastante desordenado. Había papeles desperdigados por toda la superficie sin orden ni concierto. Tal vez se debiera a que había estado muy atareado con los invitados... o también podía ser una táctica para evitar que los sirvientes encontraran algún tipo de información incriminatoria. Si la criada encargada de la limpieza se encontraba con una mesa llena de papeles, no se le ocurriría mover nada de sitio por temor a que a su señor se enfadara.

Tamborileó con los dedos sobre la superficie del escritorio. Algunos de los documentos estaban relacionados con asuntos de las propiedades de Tristan: libros de cuentas de las actividades de sus arrendatarios, notas sobre mejoras en la agricultura o listas de actividades de mantenimiento para los campos.

Memorizó cómo estaban dispuestas todas las cosas y apartó unos cuantos papeles para ver lo que había debajo. Se quedó blanca.

Cartas. Escritas por Augustine Devlin y otros de su calaña, desde hacía mucho, sospechosos de varios delitos.

Cogió una de ellas y la sacó del sobre.

—Maldición —masculló.

Al igual que la carta que le había enviado Ana a ella, estaba escrita en clave. Sintió una presión en el pecho. Si Tristan gozaba de la confianza de Devlin hasta el punto de que éste le había enseñado a leer mensajes cifrados, eso significaba que su implicación en la organización criminal era mayor de lo que había imaginado.

Meredith miró cada palabra. No parecía una clave complicada, pero el genio a la hora de descifrar códigos era Ana. Estaba segura de que su amiga podría hacerlo sin problemas, pero también sabía que no podía llevarse la carta y esperar que Tristan no se diera cuenta. Con un suspiro, la leyó varias veces. Sólo podía confiar en que su memoria diese lo bastante de sí como para poder transcribir el contenido.

Dejó la correspondencia tal como estaba y rodeó el escritorio para abrir el cajón superior. Encima de todo, donde no podía pretender no haberlo visto, había un anuncio de la casa de subastas Genevieve en el que se describía detalladamente la que iba a celebrarse cuando tuvo lugar el robo del cuadro.

El aliento se le escapó por entre los dientes y se dejó caer en el sillón de Tristan. Las lágrimas inundaban sus ojos mientras leía las descripciones de los objetos que se iban a subastar y daba con la de la pintura en torno a la que giraba su caso. Su único consuelo era que Tristan no había hecho ninguna marca que indicara que estuviera interesado en ella.

—Aun así —murmuró, incapaz de apartar los ojos de la página—. ¿Por qué debería tener esta información aquí, tan lejos de Londres? Aunque se la hubiera llevado allí por equivocación, ¿por qué no la ha tirado en vez de guardarla en el cajón de su escritorio?

No tenía respuesta a ninguna de aquellas preguntas o, por lo menos, una respuesta satisfactoria. Se tapó los ojos y se obligó a contener las lágrimas. No iba a echarse a llorar por un sospechoso.

Justo cuando se retiraba las manos de los ojos oyó pasos en el pasillo. Cuando pasaron de largo, se puso en pie. Llevaba allí demasiado rato, distraída por sus emociones. Era hora de irse.

Se acercó a la puerta y pegó el oído a la madera maciza. No se oía nada. Abrió una rendija y se asomó. El corredor estaba desierto. Salió cerrando tras de sí, y no había dado más que dos pasos cuando oyó que se abría otra puerta. Sin detenerse a mirar quién estaba detrás, se coló en la primera habitación, donde le sería más fácil explicar su presencia: la biblioteca.

Una vez dentro, se dirigió a toda prisa a las estanterías, y cogió el libro que tenía más a mano. La puerta se abrió antes de que pudiera ver el título.

Se volvió con lo que confiaba que fuera una sonrisa amistosa y se encontró cara a cara con Philip Barclay.

—Hola —lo saludó, abrazando contra el pecho el libro que había sacado de la estantería.

El hombre la miró con suspicacia.

—Buenas tardes, milady. —Se cruzó de brazos mientras echaba un vistazo a su alrededor—. No sabía que estuviera ya levantada. Me han dicho que estaba indispuesta, y que se había echado un rato a descansar mientras los demás visitaban el mercado.

Ella se encogió de hombros.

—No era más que un dolor de cabeza que por fortuna ya se me ha pasado. He pensado que me vendría bien leer un poco hasta que regresaran los demás. —Sonrió con dulzura—. Espero que no me considere terriblemente maleducada.

Para su sorpresa, Philip no respondió en seguida con una respuesta negativa, como mandaban las normas de cortesía, sino que bajó la mirada hacia el libro que estrechaba contra su pecho.

—Bueno, creo que por lo menos aquí encontrará libros más interesantes.

Ella lo miró con la cabeza ladeada.

—¿Cómo dice?

—Mejor aquí que en el despacho de lord Carmichael. —Le sostuvo la mirada enarcando una ceja.

Meredith se tragó una imprecación. La habían pillado. Bueno, lo único que podía hacer era inventarse una mentira verosímil.

—Ya sabe cómo son estas cosas, señor Barclay. Resulta fácil perderse en la casa de otro.

Por un momento, se quedaron mirándose con recelo.

Ella hizo todo lo posible por aparentar inocencia, pero era muy difícil con la patente suspicacia con que la observaba el hombre.

—Pero ya he encontrado algo con que distraerme. —Levantó el libro que llevaba en la mano, confiando en que no fuera un tratado sobre agricultura, o algo más aburrido aún—. Y ahora me voy de nuevo a mi habitación.

Al encaminarse hacia la puerta abierta, la voz de Barclay la detuvo.

—¿Milady?

Ella se dio la vuelta con la sonrisa más inocente de su repertorio: pasiva, vacía. Totalmente contraria a su carácter.

—¿Sí?

—¿No sabrá por casualidad si alguna de las damas ha perdido un zapato de baile?

Se quedó mirándola con calma. El corazón le dio un brinco. Tras escapar por los pelos de la habitación de Devlin, Meredith había vuelto al jardín con las primeras luces del día para buscar sus zapatos, pero no había encontrado más que uno. Había decidido que saldría a buscarlo de nuevo cuando tuviera más luz y tiempo, pero estaba claro que ya era demasiado tarde.

—¿Un zapato de baile? ¿Como en el cuento? —preguntó con una fingida carcajada a la que él no se unió.

—Sí. Salí a comprobar que todo estaba en orden por la finca después del baile y me encontré un zapato de mujer metido en un arbusto.

—Menudo misterio. —Apretó el libro con las palmas sudorosas—. Me pregunto cómo llegó allí.

—Realmente no lo sé.

—Quizá unos invitados de lord Carmichael se vieran —se obligó a sonrojarse— sorprendidos por un arrebato de pasión en mitad del baile. Es posible perder un zapato durante ese tipo de actividades.

Las fosas nasales de Barclay se dilataron.

—Puede ser. Sólo se lo pregunto porque el zapato me recordó el vestido de noche y los hermosos diamantes que llevaba usted puestos anoche.

¡Maldición! Sus zapatos llevaban pequeñas piedras incrustadas en el empeine. Parpadeó varias veces sorprendida.

—Le agradezco mucho el cumplido hacia mi atuendo. Es mi vestido favorito, lo admito.

Philip Barclay se cruzó de brazos.

—Pero el zapato no es suyo.

Meredith negó con la cabeza al tiempo que se ponía la mano en el pecho.

—Dios mío, no.

Él apretó los labios formando una delgada línea.

—Bueno, si se entera de que alguna dama está buscando el objeto perdido, dígale que puede pedírselo a nuestra ama de llaves, la señora Landon. Lo tiene a buen recaudo.

Meredith apenas logró contener un bufido. Era evidente que Barclay sospechaba que la dueña del zapato estaba metida en actividades reprobables. Sometería a estrecha vigilancia a quien fuera que recogiera el dichoso zapato.

—Lo haré, descuide —respondió ella—. Y ahora, si me disculpa, creo que voy a regresar a mi habitación. Buenas tardes.

Barclay le hizo una pequeña inclinación con la cabeza y Meredith se alejó pasillo abajo, frunciendo el cejo.

—Y además esos zapatos realmente me gustaban.

Tristan dedicó una sonrisa de compromiso a la joven a la que estaba ayudando a salir de uno de los múltiples carruajes que se alineaban a lo largo del sendero de entrada. En algún rincón de su mente sabía cómo se llamaba, pero no lograba acordarse, ni siquiera cuando ella levantó hacia él su precioso rostro y parpadeó con sus largas y espesas pestañas.

Su despiste no era una novedad. De hecho, llevaba así toda la tarde, desde que le informaran de que Meredith no iría con ellos al pueblo.

Llevaba casi veinticuatro horas sin hablar con ella. No habían podido coincidir desde que se separaron tras el extraño paseo a caballo del día anterior.

Cierto que Meredith había bajado a comer y a cenar, y que él había estado a un tiro de piedra durante toda la velada, mientras sus invitados se dedicaban a jugar al whist, a intercambiar cotilleos o a tocar el pianoforte. No la había perdido de vista en ningún momento, atento a todos sus movimientos, sus sonrisas, sus miradas de soslayo, pero no había hablado con ella. No había llegado a estar lo bastante cerca como para aspirar el embriagador aroma que flotaba como una nube oscura y sensual a su alrededor. No había vuelto a tocarla desde que la ayudara a subir a su yegua, tras el descanso que hicieron en su paseo a caballo.

La echaba de menos.

La joven que estaba a su lado, y de la que se había olvidado por completo, metió la mano en el hueco de su brazo para dejarse escoltar por él de vuelta al vestíbulo, pero Tristan apenas sintió el contacto. No podía dejar de darle vueltas a pensamientos del todo impropios en los que Meredith era la protagonista.

Le había dicho a Devlin que tenía intenciones de cortejarla, y los intentos de casamentera de su madre lo obligaban a representar ese mismo papel. Pero él había confiado en poder mantener la realidad separada de sus intentos de proteger a Meredith.

En vez de eso, se sorprendía pensando en ella en los momentos más inoportunos del día... y de la noche. Bueno, sería más adecuado decir que sus sueños se habían vuelto de lo más placentero. Empezaba a lamentar el momento en que despertaba.

—¿Milord?

Tristan dio un respingo al volver al presente. La joven a la que había escoltado hasta el interior de la casa le estaba tirando del brazo.

Él la soltó y la pobre retrocedió dando tumbos, con el cejo fruncido en señal de irritación.

—Gracias, milord. Ha sido un día muy agradable.

Él asintió ausente mientras el rostro de Meredith se aparecía ante sus ojos. Sonriente, risueño, desafiándolo a olvidarse de sus problemas aunque sólo fuera por un breve instante.

Había perdido en la batalla que se libraba en su interior. Tenía que verla.

Giró sobre sus talones y echó a andar hacia la escalera cuando la voz de Philip lo detuvo.

—¿Tristan?

Sorprendido, dio media vuelta y encontró a su amigo mirándolo fijamente.

—¿Sí?

—¿Es que no me habías oído llamarte?

Tristan contuvo el aliento. Ése era el problema. Cuando pensaba en Meredith se olvidaba de todo lo demás. Estaba muy cerca de poner punto final a la locura en que se había convertido su vida y dejarse llevar por la distracción podía ser un error muy peligroso.

—No. —Miró a Philip con un contrito encogimiento de hombros mientras éste se le acercaba—. Lo siento. Es obvio que estaba... distraído.

—Obvio, sí —respondió el otro con tono de preocupación mientras lo observaba detenidamente—. ¿Podemos hablar a solas un momento?

Tristan miró hacia la escalera. Como si se tratara de un marinero ante el canto de una sirena, la promesa de ver a Meredith lo llamaba desde lo alto.

—¿No puede esperar? Quería comprobar cómo estaba Meredith... —Se tragó una imprecación—. Quería comprobar cómo estaba lady Northam. Lleva dos días indispuesta.

Philip apretó los labios en una delgada línea.

—Creo que lady Northam está totalmente recuperada de su «indisposición». La he visto esta tarde.

—¿Ah, sí? Muy bien.

—Saliendo de tu despacho, Tristan.

La afirmación lo sacó de la bruma sensorial que lo envolvía. Toda su atención se concentró entonces en Philip mientras repasaba la larga lista de cosas que tenía en su despacho y que no quería que viera Meredith ni ninguna otra persona que le importara. Siguió a su amigo en dirección a uno de los saloncitos.

Una vez cerrada la puerta y comprobado que estaban solos, Tristan dijo:

—Dime.

Y el otro suspiró, como si lamentara lo que tenía que contarle.

Él sintió que el alma se le caía a los pies.

—Creo que estaba registrando tu despacho.

Tristan se sentó en uno de los divanes. La estupefacción le impedía digerir la afirmación de Philip.

—¿Qué quieres decir? ¿Por qué iba a hacer ella algo así?

Su amigo se encogió de hombros.

—Ojalá lo supiera.

—Entonces, ¿por qué la acusas? —Elevó un poco el tono de voz, pero no pudo evitarlo.

Philip abrió mucho los ojos ante el súbito enfado de Tristan, pero no le respondió de igual forma.

—Algo en su comportamiento y su expresión cuando le he preguntado me ha hecho desconfiar de ella.

Una chispa de esperanza brotó en el corazón de Tristan.

—¿Y cuál ha sido su respuesta?

Philip negó con la cabeza.

—Me ha dicho que estaba buscando un libro para leer porque se le había pasado el dolor de cabeza, pero que se había perdido mientras buscaba la biblioteca.

El pequeño brote de esperanza creció aún más.

—¿Y eso es lo que te ha llevado a pensar que había estado registrando mi despacho? Santo Dios, Philip, me has hecho creer que era algo serio. Su explicación es absolutamente verosímil. Llevamos tanto tiempo entre engaños que nuestra actitud empieza a ser poco razonable.

El otro abrió mucho los ojos.

—No soy poco razonable. Meredith Sinclair oculta algo.

Una furia como nunca antes había sentido hacia su amigo se apoderó de él. Pero nunca antes había tenido que defender a una mujer que le importaba de las insensibles acusaciones de éste.

—¿Qué podría ocultar?

—No lo sé. —Las palabras salieron de entre los dientes apretados de Philip—. Pero cuando le he preguntado por el zapato que encontré en el jardín después del baile tampoco parecía sentirse cómoda con ese tema.

Por un momento, Tristan no sabía de qué le hablaba hasta que se acordó de un comentario que había oído de pasada después del baile. Era algo que estaba relacionado con un zapato de mujer encontrado entre los arbustos, cerca de la casa.

—Es que es un tema ridículo.

Philip guardó silencio un momento antes de decir:

—¿Puedo decirte una cosa como amigo, no como tu administrador?

Él se encogió de hombros, aunque no estaba muy seguro de querer oír lo que le iba a decir.

—Te conozco desde hace mucho tiempo. Compartimos travesuras de niños, he sido testigo del cambio que sufriste tras la muerte de tu padre y formo parte de... —Dejó la frase a medias—. En resumidas cuentas, te he ayudado de todas las formas habidas y por haber en nombre de nuestra amistad. Pero te tengo que decir que la belleza y los encantos de Meredith Sinclair te están cegando. Y ella lo sabe.

—Basta. —Tristan avanzó amenazador hacia Philip, y éste retrocedió, con ojos llenos de un súbito... miedo. Su expresión bastó para frenar el acceso de ira de Tristan—. ¿Qué razón tendría para engañarme?

—Augustine Devlin lleva casi un año sometiéndote a distintas pruebas. —Philip le lanzó una breve mirada pero apartó la vista rápidamente—. Durante ese tiempo, ha estado tratando de decidir si puede confiar en ti lo suficiente como para permitirte entrar en el círculo más restringido del grupo, si te concede acceso al líder de su organización.

Tristan frunció el cejo. Era lo que más deseaba en ese momento.

—Sí.

—¿Y si...? —Philip vaciló un instante—. ¿Y si Meredith fuese una prueba más?

Tristan apretó los puños en un acto reflejo.

—¿A qué te refieres?

Philip bajó la cabeza.

—¿Y si Meredith trabaja para Devlin? Está claro que el efecto que tiene sobre ti no he visto que te lo produzca ninguna otra mujer. ¿Y si lady Northam es otra de las pruebas a que te están sometiendo? ¿Te ha pedido que confíes en ella?

Tristan se acercó al aparador hecho una furia y se sirvió un vaso de whisky. Se lo bebió de un trago mientras recordaba las innumerables veces que Meredith le había pedido que le contara sus penas y anhelos.

Él había creído que lo hacía en nombre de la amistad que un día tuvieron, y también por la atracción que existía entre ellos. Pero ahora...

—¡Eso es ridículo! —exclamó, con mucha menos seguridad de la que le hubiese gustado.

—Piensa en la posibilidad antes de descartarla —insistió

Philip—. Hacía años que no tenías contacto con ella, y de repente se acerca a hablar contigo y consigue una invitación a tu fiesta campestre en la misma noche... la última que pasabas en Londres.

Tristan no quería oírlo, pero las palabras calaron en él. Junto con recuerdos de conversaciones mantenidas con Devlin. Su interés por Meredith. Sus preguntas sobre la lealtad de Tristan. Si la joven era otra prueba de Devlin, estaba claro que la mano le había salido perfecta, obligándolo a afirmar que estaba interesado en Meredith y a relacionarse con ella con el fin de «protegerla». Si Philip estaba en lo cierto, sus preguntas podrían tener más que ver con el deseo de Devlin de determinar la lealtad de Tristan que con el propio interés o preocupación personal de ella.

Pero entonces recordó las veces que Meredith se había rendido a sus besos, su reacción al roce de sus caricias, su sinceridad al hablarle de su triste vida familiar en su paseo a caballo. Todo eso había sido real. Lo sabía tan bien como que se llamaba Tristan.

—No me crees —dijo Philip en voz baja.

Él levantó la vista.

—No es eso. Lo que dices podría ser cierto. Sin embargo, siento que... —Se interrumpió.

Philip asintió.

—Lo sé. Sólo te pido que tengas cuidado. Y quiero que sepas que la estoy vigilando, tan de cerca como vigilo a Devlin.

Tristan miró sin ver por la ventana que había detrás de su amigo.

—Sí. Muy bien.

Con un suspiro, Philip salió dejándolo a solas con sus pensamientos. Cuando la puerta se cerró, Tristan se frotó el rostro con una mano. Él también la vigilaba. De hecho no podía quitarle los ojos de encima.

Sólo confiaba en que los sentimientos que le provocaba no lo estuvieran cegando.

11

—«No hay noticias respecto a la carta de Augustine Devlin.» —Meredith leyó la íntima frase de la misiva cifrada que le había enviado Emily y la tiró sobre la mesa con patente disgusto antes de empezar a dar vueltas por la habitación—. Maldición. Había tratado por todos los medios de interceptar el mensaje que Devlin había escrito la noche en que estuvo a punto de pillarla husmeando en su habitación. Si Tristan no la hubiera interrumpido, Anastasia estaría ahora descifrándolo. No tendría que temer por la vida de Tristan cada vez que Devlin desaparecía por algo y hasta podría ser que con aquello tuvieran pruebas suficientes para exonerarlo.

Pero como Tristan había decidido actuar como caballero andante sin que ella se lo hubiera pedido, no tenían ni idea de adónde habría ido a parar la carta. Se había desvanecido como un pétalo arrastrado por el viento. Ni siquiera recurriendo a los contactos más importantes que la Sociedad tenía en correos habían logrado seguirle la pista.

Tamborileó con los dedos sobre la repisa de la chimenea. Desconocer el paradero de una carta potencialmente letal como aquélla la ponía frenética. Y eso no le gustaba, especialmente dada la delicada situación en que se encontraba.

Sus emociones estaban desbocadas y no estaba acostumbrada al caos interno en que estaba sumida. Durante años se había esforzado por controlar sus reacciones.

Al llegar a la casa de sus tíos tras la muerte de sus padres, le dejaron meritoriamente claro que no iba a recibir ningún tipo de atención especial por parte de la familia, de modo que ella decidió encerrar sus sentimientos para protegerse.

La primera vez que había permitido que sus emociones emergieran a la superficie había sido con Tristan, hacía muchos años. Sin embargo, su encaprichamiento juvenil no la había llevado a ninguna parte. Cuando él la apartó de su lado, le rompió el corazón, de modo que permitió que sus tíos convinieran para ella un matrimonio con un hombre por el que no sentía nada.

Daniel no parecía querer su amor, y ella no hizo el menor esfuerzo por compartir con él algo más que respeto y una conversación educada. Su matrimonio había discurrido dentro de las normas del decoro, aunque sin pasión. Para ella había estado bien, aunque se había sentido sola.

Y Tristan le había recordado hasta qué punto al confesarle que había ido a buscarla, sólo para descubrir que ya estaba casada.

Apartó el pensamiento de su mente mientras se dirigía en tromba hacia la puerta y salía al pasillo. No tenía idea de hacia adónde se dirigía ni de dónde podía esconderse de aquellos nuevos sentimientos que Tristan le inspiraba. Pero quería esconderse. Lo necesitaba.

—Ah, aquí está, lady Northam.

Meredith se puso tensa al oír la voz y cerró los ojos. Era lady Carmichael. Esbozando una falsa sonrisa, se dio la vuelta.

—Buenas tardes, milady.

—¿Le apetece acompañarme?

Constance retrocedió un paso y gesticuló en dirección a sus aposentos privados. Meredith trató desesperadamente de buscar una forma de escapar, pero no encontró ninguna.

—Por supuesto. —Avanzó por el pasillo y entró tras la mujer.

El saloncito de lady Carmichael era el más bonito que había visto en su vida. Las paredes y los muebles estaban decorados en suaves tonos florales, el suelo pulido parecía un resplandeciente espejo y una maravillosa alfombra persa cubría la zona de estar en la que estaba dispuesto el servicio de té.

—Qué salón tan precioso —dijo Meredith con un hilo de voz, sintiendo cómo la incomodidad se apoderaba de ella. Como siempre, quedarse a solas con aquella amable mujer, la llenaba de culpa. La intención de Constance era arreglar un buen matrimonio para su hijo mientras que Meredith buscaba la manera de demostrar que era un traidor y entregar su cuello a la horca. Las acciones de Tristan la obligaban a ello, pero aun así no le gustaba mentir a lady Carmichael.

—Confío en que le apetezca tomar un té.

De nuevo buscó una manera de zafarse, pero antes de que pudiera dar con ella, Constance avanzó y le puso una mano en el antebrazo. Meredith sintió un chispazo de la temida emoción que tanto trabajo le costaba contener.

¿Cuánto tiempo hacía que no sentía ese tipo de contacto maternal? Muchos años. El recuerdo de su madre regresó, suavizado por el paso del tiempo.

—Por favor, quédese a charlar un poco conmigo, querida —pidió la marquesa con tono persuasivo al tiempo que la conducía a un diván junto al fuego.

Meredith, que se había enfrentado a traidores y criminales de todo tipo, se sintió totalmente indefensa. No pudo hacer otra cosa que dejarse llevar, en silencio y sin protestar, hasta el diván y aceptar la taza de té que lady Carmichael le ofreció, preparado justo como a ella le gustaba, aunque no recordaba haber hablado con Constance de sus preferencias. Al parecer, su señoría había estado haciendo averiguaciones por su cuenta.

—¿Le importa que hablemos sin tapujos, querida? —preguntó entonces, observándola por encima del borde de su taza con sus perspicaces ojos verdes.

Meredith consideró la pregunta. No, ella no podía hablar a las claras. Nunca. Pero le contestó encogiéndose de hombros.

—Por supuesto.

Constance dejó la taza en su platillo.

—Sé que usted ha tenido... bueno, un pasado doloroso.

Meredith la contradijo.

—No tanto, milady, se lo aseguro.

El rostro de la mujer se suavizó.

—Querida, yo solía visitar a sus tíos. No la trataban con crueldad, cierto, pero tampoco con amor. Solía hablar de ello con su tía. «Hilde —le decía—, ésa no es forma de tratar a una niña.»

Meredith se sonrojó. No sabía que Constance hubiera intervenido en su favor. Saberlo le hizo sentir una calidez que no había experimentado desde hacía mucho tiempo, y en seguida unos remordimientos aún más fuertes.

—Lo siento. —La marquesa suspiró—. No pretendía recordarle cosas dolorosas. Sólo quería decirle que usted ha sufrido profundas heridas en su corta vida... igual que mi hijo.

Meredith tragó el nudo que se le había formado en la garganta mientras hacía acopio de valor para mirar a lady Carmichael. Sus ojos se habían vuelto distantes y estaban oscurecidos por las lágrimas no derramadas.

—Puede que su padre lo tratara con severidad, pero cuando lo perdió, Tristan perdió también toda posibilidad de disfrutar de la juventud. Poco después, falleció Edmund. Él sabe lo que es perder a un ser querido. Lo mismo que usted. —Constance centró nuevamente la vista en Meredith con innegable decisión—. Tal vez juntos puedan hallar un bálsamo que cure sus penas. Me he fijado en los dos cuando están el uno en compañía del otro, y puedo decir que verlos ha hecho mucho bien a mi corazón.

—Milady... —comenzó a decir Meredith, respirando con dificultad.

La mujer levantó una mano para interrumpirla.

—Me consta que no es asunto mío, y normalmente trato de ser más sutil en mis intentos casamenteros.

Pese a lo perpleja que la habían dejado los comentarios de lady Carmichael, Meredith no pudo evitar una leve sonrisa.

—Veo que se está riendo —bromeó Constance.

La sonrisa de la joven se ensanchó.

—Quiere mucho a su hijo.

Constance se puso seria.

—Así es. Y veo que existe cierta conexión entre los dos, aunque se esfuercen en mantener las distancias.

Meredith se levantó y se alejó del fuego. Le temblaban las manos y el corazón le latía a un ritmo vertiginoso. Constance Archer sería fantástica como interrogadora, a juzgar por la forma en que la estaba haciendo sentir. Indefensa. Incapaz de resistirse.

—Es cierto que yo... que su hijo me importa, siempre ha sido así. Pero si ve algo más que amistad entre nosotros me temo que su imaginación le está jugando una mala pasada.

Lady Carmichael se levantó también.

—No. Conozco a Tristan. Anda por la vida como un alma en pena desde que murió su hermano. Nada podía tentarlo a salir de la oscuridad en que habitaba.

Meredith deseó poder cerrar los oídos, obligarse a no oír los detalles que Constance le daba libremente por si resultaban ser pruebas en contra de él. Por primera vez en su vida deseó poder escuchar sin filtrarlo según su adiestramiento, sin su suspicacia natural.

Lady Carmichael continuó hablando, ajena a la guerra que estaba librándose en el corazón de Meredith.

—Sin embargo, desde que la vio en Londres, la luz ha vuelto a sus ojos, una luz que hacía mucho que no veía en él. Le aseguro que eso no lo he imaginado, es real. Y creo que si usted se dejara llevar, podría tener toda una vida de felicidad a su lado.

Se volvió lentamente hacia la marquesa. Todo en la conducta de aquella amable mujer ponía de manifiesto las sinceras esperanzas que albergaba, su absoluta honestidad. Constance quería creer que podía haber un final de cuento de hadas para su hijo.

Sin embargo, a medida que pasaban los días, Meredith iba recabando más pruebas que harían eso imposible. Con ella o con cualquier otra mujer. Sintió el imperioso deseo de advertirle del dolor que pronto caería sobre su familia.

A decir verdad, algo que a veces también deseaba hacer con Tristan. Advertirle. Traicionar a su organización con tal de que él se salvara.

—Agradezco mucho que piense tanto en mí y en mi felicidad —balbuceó finalmente—. La amabilidad que muestra conmigo me conmueve más de lo que podría imaginar, pero...

Lady Carmichael levantó una mano.

—No es asunto mío, lo sé. Sólo quería que supiera lo que pienso, pero no volveré a entrometerme. Usted y mi hijo tendrán que solucionar solos lo que quiera que sea que se interpone entre ambos. —Su rostro se suavizó cuando tendió la mano para acariciar la mejilla de Meredith—. Era usted una niña muy dulce. Y se ha convertido en una preciosa joven.

—Gracias, milady —consiguió decir a duras penas.

Constance apartó la mano y el hechizo que parecía haber lanzado sobre ella se desvaneció. Ahora que volvía a respirar con normalidad, Meredith miró a lady Carmichael. Por mucho que deseara salir de la habitación y huir de las emociones que Constance le inspiraba, no podía hacerlo.

—Me preguntaba qué sabe usted del señor Devlin —aventuró mientras trataba de recuperar el control de sus sentimientos.

La marquesa ladeó la cabeza.

—No mucho, me temo. Tristan tiene muchos amigos en Londres a quienes no conozco. —Una sombra le oscureció el rostro—. Y ahora más que nunca. El señor Devlin es una de esas personas. A mí me parece un hombre bastante agradable.

Meredith escrutó el rostro de la mujer. Todo lo que decía era educado y apropiado, pero su mirada había experimentado cierto cambio y había apretado los labios al hablar de

Devlin. Sin embargo, su conducta no revelaba que estuviera mintiendo. No dudaba que Constance desconocía la verdadera naturaleza de los asuntos a los que se dedicaba Devlin. El desagrado que éste pudiera inspirarle era algo intuitivo, nada más.

—Lo pregunto porque he oído que tiene negocios con su hijo, y yo siempre estoy buscando nuevas posibilidades de inversión.

Constance le dedicó una resplandeciente sonrisa.

—Tristan tiene buena cabeza para los negocios —dijo—. No tiene más que ver lo mucho que han mejorado las fincas de los Carmichael desde que él se convirtió en marqués. Si está interesada en invertir, puede pedirle consejo, sin duda alguna.

—¿Le confía sus asuntos a alguna otra persona? —preguntó.

—No que yo sepa. Philip Barclay es su administrador, pero Tristan se enorgullece de implicarse personalmente en todo lo que afecta a sus fincas y a sus otros negocios. En todo lo que tenga que ver con el nombre de Carmichael o Archer, Tristan está involucrado.

Meredith sintió náuseas; aunque la mujer sólo le estaba confirmando lo que ella ya sabía: que no había nadie en la sombra manejando los hilos ni aprovechándose de la confianza de Tristan.

Ocultando como pudo su disgusto, Meredith se levantó.

—Debería irme ya. Tengo que ocuparme de unos asuntos antes de prepararme para la cena y el baile de máscaras de esta noche.

Lady Carmichael hizo un gesto de asentimiento.

—Por supuesto. Gracias por acompañarme y escuchar con indulgencia las cavilaciones de una anciana.

Meredith salió del salón con una sonrisa. Sin embargo, nada más cerrar la puerta, se derrumbó contra la pared, jadeante. El pecho le dolía al revivir la conversación, aunque sabía que aquello no era nada comparado con el dolor que provocaría la presentación de las pruebas que estaba reuniendo.

Iba a destruir a aquella familia. Constance quedaría destrozada. El nombre de los Archer jamás se recuperaría. En el mejor de los casos, llevarían a Tristan a Australia, y en el peor... Se estremeció y se negó a pensar en ello.

Pero mientras se alejaba con paso inseguro por el corredor, sabía que había alguien más que iba a sufrir con su investigación: ella.

Estaba implicada emocionalmente con los dos miembros de aquella familia. Y no había forma de librarse del dolor que le causaba pensar que iba a destruir a Tristan.

—Esta noche en el baile de máscaras —susurró mientras se dirigía hacia la escalera que conducía al exterior, al aire fresco.

Mientras los demás invitados disfrutaban de sus refrigerios preguntándose con qué bella joven bailaba cada apuesto caballero, ella llevaría a cabo el registro que había estado posponiendo.

El registro del lugar que más miedo le daba pisar.

Los bailarines daban vueltas y más vueltas alrededor de Tristan como un tiovivo. Eran una masa borrosa de colores y misteriosas máscaras. El baile de máscaras anual era una tradición familiar que venía de antaño, de la época de su tatarabuelo. Su madre la había mantenido incluso en los años en que murieron su padre y su hermano.

—Es nuestro deber y se espera que lo hagamos —le había dicho entonces entre lágrimas.

—Deber y expectativas —murmuró él. Su padre había grabado ambos conceptos a fuego en su mente, pero jamás creyó que llegarían a ser conceptos tan íntimamente relacionados con ellos. Ni tampoco las mentiras y traiciones. Y, sin embargo, así era.

De pronto, su mente se apartó de esas sombrías cavilaciones. Por el rabillo del ojo había vislumbrado un vestido rosa pálido con una sobrefalda de un rosa más oscuro. La dama completaba su atuendo con una máscara de un tono rosa polvoriento y bordeada de pétalos cosidos. Una flor entre cardos.

Meredith.

Siguió sus movimientos alrededor de la pista de baile. Al menos, no estaba en brazos de ninguno de los jovenzuelos que habían acudido a Carmichael con motivo del baile. Era un hombre de más edad quien la guiaba por los complicados pasos de una contradanza. Tristan se alegraba. Verla con algún apuesto libertino le habría molestado. Otra cosa que odiaba admitir, pero que no podía seguir negándose, como no podía dejar de respirar: no quería ver a Meredith en brazos de otro que no fuera él.

La joven dio un pequeño salto para realizar un giro y, con el movimiento, se le levantó la falda, proporcionándole una fugaz visión de un delicado tobillo y el comienzo de una esbelta pantorrilla, cubiertos por unas medias color rosa pálido con pequeños pimpollos. La sangre empezó a fluir ardiente por sus venas ante la visión de aquella mínima parte de su cuerpo, y en su mente se vio despojándola de aquellas medias y a continuación del precioso vestido.

—Es muy hermosa.

Tristan dio un respingo. Augustine Devlin se le había acercado tan silenciosamente que no se había dado ni cuenta. La máscara que llevaba, un elaborado antifaz de plumas, ocultaba la mayor parte de sus facciones. Sólo podían vislumbrarse su dura boca y sus fríos ojos grises.

Esbozaba una irritante sonrisilla de superioridad mientras observaba a Meredith con avidez de depredador. Tristan apretó los puños y contó hasta diez mentalmente antes de responder.

—A todas las damas se las ve muy hermosas esta noche —respondió con fingida indiferencia—. Las máscaras las hacen más atractivas.

—Hum. ¿Me estás diciendo que no sabes con exactitud cuál es tu mujer? —Los ojos de Devlin se le empequeñecieron al sonreír con incredulidad—. He visto cómo mirabas a la de la máscara rosa. Sabes quién es.

Tristan apretó los labios convirtiéndolos en una delgada línea y la mirada se posó en Meredith por segunda vez.

—Es difícil no ver a lady Northam.

Devlin dejó escapar una carcajada triunfal.

—En eso tienes razón. —Hizo una pausa—. Me sorprende que aún no le hayas demostrado más abiertamente tus deseos si de verdad tienes interés en ella.

Tristan frunció el cejo mientras contemplaba cómo Meredith le hacía una inclinación de cabeza a su pareja de baile acompañada de una suave carcajada, al tiempo que se retiraba un mechón que se le había soltado del elaborado recogido.

No le demostraba más claramente su interés porque si la tocaba una vez más, no podría parar de hacerlo. Porque sabía que estar cerca de ella era exponerla a los muchos peligros que lo acechaban a él.

—Fuisteis de paseo y a montar a caballo solos hace unos días... pero volvisteis en seguida.

Tristan dirigió una rápida mirada a Devlin. De manera que estaba al tanto de sus actividades. Pensó por un momento en las advertencias de Philip respecto a la posibilidad de que Meredith trabajara para Devlin. No. No podía ser cierto.

—Si ya no tienes ganas de estar con ella, a mí no me importaría...

—¡No! —Las personas que estaban cerca de ellos giraron la cabeza ante su tono de voz. Tristan se contuvo al añadir—: No. De hecho, voy a bailar con ella el próximo baile.

Observó la reacción de Devlin. En general, calculaba cuidadosamente cada paso que daba con él, pero cuando Meredith estaba de por medio tenía que ser aún más cauto. La sonrisa de suficiencia de Devlin se ensanchó.

Bastardo.

—Es una pena —dijo éste con un suspiro—. Pero como ya te dije no haré nada mientras tú estés interesado en ella. Es una muestra de que puedes confiar en mí. —Su tono de petulante diversión desapareció de su voz y lo miró con seriedad—. ¿Qué me darás tú a cambio?

Apretando los puños aún más, Tristan giró sobre sus talones y atravesó el salón de baile. Tenía los nervios erizados y la sangre le hervía en las venas a causa de la ira. Ésta bullía dentro de él, apenas oculta bajo la superficie. Sólo años de ejercer el autocontrol conseguían que sus emociones no se desbordaran.

Autocontrol y la visión de Meredith. Su pareja de baile se había retirado ya y por el momento estaba sola, mirando a su alrededor como si quisiera memorizarlo todo y guardarlo para después.

Tristan echó un vistazo por encima del hombro. Devlin lo observaba con los brazos cruzados y su petulante expresión visible aun desde lejos. Sin decir nada, tocó a Meredith en el codo. Ésta ahogó un grito de sorpresa al sentir el contacto, y él mismo se vio obligado a contener el aliento por la sorpresa que le causó notar la corriente eléctrica que se produjo entre los dos. Sólo ese leve roce le excitó. No quería ni imaginar lo que sería sentir el cuerpo de ella desnudo mientras le hacía el amor.

La condujo a la pista de baile y la rodeó con sus brazos justo cuando la orquesta empezaba a desgranar los primeros compases de un vals.

Aunque no podía verle bien la cara, oculta tras la máscara, Meredith no tenía ninguna duda de que la persona que la llevaba casi a rastras hacia la pista de baile, como si tuviera todo el derecho a hacerlo, era Tristan. Lo percibía en las chispas que saltaban entre los dos. En la forma en que se sentía atraída hacia él, cuando debería haberse resistido a sus exigencias de bruto. En el calor del cuerpo masculino, que parecía llenar todos los poros del de ella.

Tristan tomó su mano en la suya sin decir nada mientras

llevaba la otra mano justo sobre su cadera, ciñéndole el cuerpo con un gesto inequívocamente posesivo. Tenía la impresión de que estuviera marcándola a fuego con su mero contacto, a pesar de todas las capas de seda y raso que los separaban.

Tomó aliento para recobrar la compostura. No podía hacer una escena, tenía que recuperar el control de sí misma, aunque sólo fuera por decoro. A juzgar por las miradas curiosas que les dirigían, estaba claro que los demás también se habían percatado de la poderosa reclamación de Tristan... y de que ella no se resistía.

—¿Qué... qué haces? —preguntó en voz baja.

Notó el calor de su aliento en la mejilla cuando la música empezó y él la instó suavemente a moverse. ¿Por qué tenía que ser un vals? De haber sido una contradanza, habría habido espacio entre ellos y no notaría el tentador contacto de su cuerpo a cada momento.

—Bailar contigo —contestó él con un tono monocorde, como si señalase lo evidente. Lo dijo como si fuese algo que lo tuviera sin cuidado, pero sus ojos no decían lo mismo. Bajo la protección de la máscara, el deseo ardía en aquellos verdes ojos. ¿Podría ver que ella respondía con idéntico sentimiento?

—Yo... —comenzó a decir Meredith con la intención de reconvenirlo, de recordarle que no podía tomarse esas libertades, que no era suya y, por tanto, no estaba en situación de reclamarla como tal cuando le viniera en gana.

—Chis. —Sus labios se curvaron en una sonrisa bajo la máscara, y ella dejó de protestar debido a lo inusual del gesto—. Baila conmigo. No discutas ni analices ni negocies. Sólo baila.

Meredith entreabrió los labios, pero finalmente no dijo nada. Aquélla muy bien podía ser su última oportunidad de estar tan cerca de él, de sentir su contacto.

Si se demostraba que era un traidor, se lo llevarían de Inglaterra, o algo peor. Y aun en el caso de que no... aun en el caso de que todas sus esperanzas y deseos se hicieran realidad y se demostrara que no tenía nada que ver con la desaparición del cuadro, tampoco habría final de cuento de hadas para ella, porque Meredith siempre sabría que le había mentido, que lo había estado investigando a él y a sus amigos como sospechosos, y que había utilizado a su familia.

Era un secreto demasiado grave, una mentira demasiado grande como para poder vivir con ello. Por no mencionar el hecho de que seguía siendo una espía en activo. Y que quería seguir siéndolo. Algo que no podría ser si se implicaba en una relación amorosa con aquel hombre.

De modo que sí, aquel vals muy bien podía ser un baile de despedida.

Meredith levantó los ojos hacia Tristan y se estremeció bajo su ardiente mirada.

—¿Tienes frío? —susurró él.

Ella negó con la cabeza sin dejar de mirarlo en ningún momento.

—No.

La música cesó y la gente que los rodeaba empezó a abandonar la pista de baile, pero él se quedó donde estaba, mirándola en mitad del salón, aparentemente ajeno a la escena que estaban montando.

—¿Tristan? —susurró ella, y la voz se le quebró a causa de los sentimientos que se veía forzada a reprimir, las esperanzas que no podía albergar de tener un futuro con aquel hombre.

Él levantó la mano y le acarició la mejilla, deslizando los dedos por debajo de su máscara. Fue una caricia tan íntima y placentera que tuvo que cerrar los ojos un momento y contener un gemido.

Ante sus pápados cerrados se sucedían imágenes de todo lo que sabía: el carruaje con el emblema de los Carmichael alejándose de la galería de arte, la negativa de Tristan a cooperar en la investigación del robo, las cartas cifradas de Augustine Devlin y las sospechosas conversaciones privadas entre ambos, el folleto publicitario de la casa de subastas... En su mente, todas convergían en una flecha gigante que señalaba hacia Tristan.

De pronto, abrió los ojos y se apartó de él.

—Gracias, milord. Buenas noches.

Y dando media vuelta se fue casi corriendo del salón en dirección a la terraza. Dejó que el aire nocturno refrescara su piel y miró hacia la ventana del dormitorio de Tristan. No podía seguir posponiendo su deber. No si éste la podía ayudar a distanciarse de él y del daño que ella misma se causaría si se permitía sentir por aquel hombre más de lo que ya sentía.

12

La puerta del dormitorio de Tristan no estaba cerrada con llave, y Meredith se alegró irracionalmente por ese hecho. Una puerta abierta podía significar que no tenía nada que ocultar.

«O —pensó mientras cerraba tras de sí y se levantaba la máscara que había llevado puesta durante el baile colocándosela encima de la cabeza— también puede significar que está tan seguro de su ingenio que no tiene necesidad de ocultar nada.»

Suspiró y echó un vistazo a su alrededor. Ver la habitación de Tristan la impresionaba. El lugar poseía la esencia del hombre. Las paredes eran de un elegante tono verde oscuro, similar al de los ojos de su dueño cuando se oscurecían de deseo. Ella había sido testigo de ello muchas veces desde que llegara a Carmichael. Y ansiaba seguir siéndolo, aunque fuera en detrimento suyo.

El fuego arrancaba destellos a los preciosos muebles de madera de cerezo pulida atrayendo su atención hacia la enorme cama que dominaba la estancia. Con sus altos pilares de madera y el dosel colgante que sostenían no podía pasarle desapercibida a nadie. Le resultaba difícil no imaginar a Tristan tendido sobre las sábanas, con una invitadora mirada en los ojos.

O mejor aún, imaginarse a los dos juntos en esa misma cama, sin nada que se interpusiera entre ellos: ni mentiras, ni investigaciones, ni ropa.

Se estremeció. Pensar esas cosas no le resultaba de gran ayuda. Tenía que apartar esos pensamientos de su díscola mente. Ahora que ya había echado un vistazo preliminar, era hora de investigar más a fondo.

Se acercó a la cómoda, intentando ignorar la distracción que le suponía el reflejo de aquella cama en el espejo situado sobre el mueble. Toda la superficie del mismo estaba cubierta por una colección de retratos en miniatura enmarcados en molduras doradas. A la primera persona que reconoció fue a lady Carmichael. Al parecer, el retrato era bastante reciente, a juzgar por el estilo del peinado y el vestido que lucía. Junto al retrato de ella había uno de un hombre que Meredith supuso que sería el padre de Tristan. Sólo lo había visto una vez, y hacía mucho tiempo de ello, pero lo adivinaba por el gran parecido que guardaba con su hijo.

Había otros tres retratos más de tres damas jóvenes, las hermanas de Tristan, vestidas todas ellas con el vestido blanco de las debutantes en sociedad, aunque sabía que las tres estaban ya casadas. Todos los miembros de la familia eran muy guapos. Sólo faltaba...

A un lado vio una pequeña plataforma elevada en un rincón de la cómoda. Allí estaba la miniatura de Edmund, separada del resto para darle un carácter especial. Cogió el retrato y lo examinó con más detenimiento.

Al contrario que en el del despacho, en aquél no llevaba su uniforme del regimiento. Parecía joven. Estaba claro que lo habían pintado en una época anterior, más feliz.

Devolvió el cuadrito a su sitio, pero no pudo apartar la vista de él. ¿Qué sería lo que veía Tristan cuando miraba a su hermano? ¿Una vida arrebatada demasiado pronto? ¿Una que el gobierno había robado? ¿Sentiría sólo pena, o tal vez deseos de venganza?

Sacudió la cabeza al tiempo que se daba la vuelta. Ningún tipo de investigación podría responderle a esas preguntas. Eran asunto del corazón de Tristan, de su alma. Lugares ocultos que ella no podía alcanzar... por mucho que lo deseara.

Su mirada voló nuevamente hacia la cama. Los atribulados pensamientos que llenaban su mente se esfumaron conforme se acercaba a ella, intentando convencerse de que sólo lo hacía para comprobar si había allí oculta alguna prueba. Pero era mentira.

Acarició con los dedos el borde del lecho, desde los pies hasta la cabecera, memorizando el tacto del sedoso cobertor de seda, a juego con las paredes. Cuando llegó a la almohada, se sorprendió a sí misma cogiéndola, como si no tuviera control sobre sus brazos.

Despacio, la levantó hasta su rostro y aspiró profundamente. Olía a él. Tenía un aroma limpio y masculino, una mezcla de potente olor a hombre y de fresca agua de manantial. Sintió que se le debilitaban las rodillas.

—¿Qué me estás haciendo? —susurró con la frente apoyada en ella.

El sonido de la puerta al abrirse hizo que se diera la vuelta. Tristan estaba en el umbral, su cuerpo grande y fuerte recortado por la luz de las lámparas y las velas que iluminaban el pasillo. Tenía el cabello algo revuelto, como si se lo hubiera estado mesando, y la máscara le colgaba de una mano. La miraba fijamente, con ojos muy abiertos y recelosos. Expectantes.

La almohada se le cayó al suelo mientras se sostenían la mirada. Tristan entreabrió los labios y la miró fijamente, con los ojos oscurecidos, no sólo a causa de la sorpresa, sino del deseo que ella temía más allá de toda medida. En especial estando como estaba en su habitación, acariciando su cama.

No tenía ninguna buena explicación para justificar su presencia allí.

—¿Meredith?

Era una pregunta, pero también una caricia. El áspero susurro reverberó por su espina dorsal, haciendo que un cosquilleo le recorriera las terminaciones nerviosas. Apretó los puños como si quisiera luchar físicamente contra la intensa atracción que ejercía sobre ella.

Al ver que no respondía, Tristan avanzó un paso acercándose, dejando la puerta abierta, de forma que la luz del pasillo iluminara algo el interior, y también le diera a ella un poco de seguridad. Mientras no la cerrara, las cosas no llegarían muy lejos.

—¿Qué...? —Dejó la pregunta a medias y ladeó la cabeza—. ¿Qué estás haciendo aquí?

Ella tragó con dificultad mientras se devanaba los sesos intentando encontrar una respuesta satisfactoria. ¿Qué podía decir? ¿Que estaba registrando su habitación en busca de pruebas incriminatorias pero que ya se iba? Oh, sí, perfecto.

Tampoco podía fingir que se había perdido; los aposentos de la familia y los de los invitados estaban en alas separadas. Tendría que ser una completa idiota para andar deambulando por la casa sin ton ni son y meterse en una habitación equivocada.

Por otra parte, eso tampoco explicaba que la hubiera pillado abrazando su almohada.

Suspiró. Sólo había una explicación que pudiera sonar sincera. Y era la más peligrosa de todas, porque la obligaba a recurrir a la verdad pura y dura.

—Entre nosotros hay algo, Tristan.

Le temblaba la voz, una reacción que no estaba fingiendo. Decir esas palabras la aterrorizaba. Y se odiaba por utilizar la verdadera, absoluta atracción que sentía por él en su contra por el bien de la investigación. Eso abarataba sus sentimientos. Y la degradaba a ella de un modo que jamás habría imaginado, aunque fuera por deber hacia su país.

Él seguía mirándola con expresión inescrutable.

Meredith notaba el martilleo de su corazón.

—Por favor, dime que no soy la única que lo siente —susurró, y esa vez sus palabras no tenían nada que ver con el caso.

Si al final resultara que había malinterpretado sus intenciones, sus besos, no podría soportarlo. No podría soportar que volviera a rechazarla, como años atrás.

—No eres la única —respondió él con un susurro. Su voz se había enronquecido de deseo.

El alivio de Meredith al oírlo le debilitó las rodillas, y se odió por ello. Por conceder a aquel posible traidor, a aquel sospechoso, a aquel hombre, tanto poder sobre ella.

Inspiró profundamente. Lo que iba a decir a continuación era la confesión más peligrosa de todas. Sólo confiaba en que cuando la hiciera todavía pudiera controlar lo que ocurriría a continuación.

—Yo... yo por eso estoy aquí. He venido porque no puedo seguir negando esta atracción. No quiero negarla más. Tristan... —vaciló—, te deseo.

Transcurrió un momento silencioso, oscuro y profundo mientras Tristan asimilaba la aturdidora confesión de Meredith. Un millar de pensamientos lo asaltaron. Había muchas razones, demasiadas, por las que debería rechazar amablemente su ofrecimiento y enviarla de vuelta a su habitación.

En vez de eso, echó la mano hacia atrás y empujó la puerta con la palma sin mirar, hasta que se cerró con un sonido seco que resonó en el silencio. Pensamientos y razones se desvanecieron, dando paso a una lucidez que no había experimentado desde mucho antes de que muriera su hermano. Por primera vez en mucho tiempo sabía exactamente lo que quería. No lo que necesitaba. No lo que las circunstancias o los planes le dictaban. Simple y llanamente lo que quería.

A Meredith. Quería que lo ayudara a recordar. Que lo ayudara a olvidar. Pero principalmente quería perderse en su contacto, su aroma, su sabor.

Se le acercó sin dejar de mirarla, sin perderse ni un solo detalle. La forma en que abrió los ojos, cómo contuvo el aliento cuando se detuvo ante ella y tiró la máscara que él llevaba en la mano sobre una mesita junto al fuego. No acertó, pero no le importó.

Lentamente, hundió los dedos en la sedosa mata de cabello castaño. La máscara de ella, delicadamente sujeta sobre la cabeza, así como algunas de las horquillas que le sujetaban el elaborado peinado, cayeron al suelo cuando él ahuecó la palma contra su nuca y le hizo levantar la cara hacia él.

Su suspiro fue casi un gemido cuando bajó la cabeza y la besó en los labios. Meredith tenía un sabor cálido, familiar. Le mordisqueó la boca, tironeándole del labio inferior hasta que le arrancó un sonido de placer y entonces profundizó el beso. Se obligó a tomarse su tiempo, a acompasar su respiración con la de ella mientras sus lenguas se enredaban evocando un apasionado duelo. Las manos de Meredith, apretadas a sus costados hasta el momento, se relajaron y le rodeó el cuello con los brazos, poniéndose de puntillas para absorber toda la fuerza del beso, lo que hizo que Tristan perdiera el control aún un poco más.

—Despacio —susurró contra su boca.

Era tanto una advertencia para sí mismo como una promesa para ella. No recordaba la última mujer que había tenido en su cama. Desde luego no recordaba haber deseado tanto a ninguna. Tal vez fuera porque nunca antes le había ocurrido. Desear hasta el punto de abandonarlo todo por el solaz que podía encontrar en sus brazos. Hubo un tiempo en que eso le daba miedo. A decir verdad, todavía se lo daba. Pero no podía seguir negándose a sí mismo. Llevaba demasiado tiempo haciéndolo.

Meredith sonrió contra la boca de él y la premura se desvaneció, aunque todavía palpitaba en el fondo, como un latido siempre presente que buscaba su tiempo. Al final, Tristan no podría seguir ignorándolo y se apoderaría de la situación.

Pero todavía no.

La apretó contra él, dejando una mano en su cintura mientras la otra descendía muy despacio, acariciando, masajeándole la cadera por encima de la desesperante cantidad de capas que conformaban su vestido de baile.

Meredith gimió quedo cuando Tristan se apretó contra ella dejándole sentir la potencia del deseo que ardía en su interior. Era como un sonido salvaje e intenso, que parecía vibrar a través de su cuerpo, enviando torrentes de sangre caliente a toda velocidad hacia la erección que ahora notaba contra su vientre.

Hundió los dedos en su cabello mientras lo besaba apasionadamente. Tristan empezó a desabrocharle los botones y a desatar los lazos que le sujetaban el vestido por detrás. Uno a uno, fue soltando los botoncitos en forma de rosa, y ella fue sintiendo el calor de su piel bajo sus manos, hasta que, finalmente, el vestido cayó al suelo arremolinándose a sus pies.

Él tomó aire bruscamente al verla. Había dedicado una exagerada cantidad de tiempo a imaginar el aspecto que tendría Meredith en aquel estado, pero la realidad superaba sus más escandalosas fantasías.

La camisola interior era del mismo tono rosa pálido del vestido, pero casi transparente, de manera que revelaba las curvas de su cuerpo y los oscuros pezones que coronaban sus senos. Tendió las manos para acariciarla por encima de la delicada seda con sus manos encallecidas.

Meredith se arqueó, elevando los pechos a modo de silenciosa ofrenda. Una que él no rechazó. Sin apartar la vista de su atrevida mirada, ahuecó delicadamente la mano contra uno de sus senos, acariciándole el pezón ya erizado mientras ella dejaba caer la cabeza hacia atrás y su cuerpo se tensaba de placer.

—Tristan —gimió, aferrándose a su chaqueta mientras él bajaba la cabeza para capturar entre los labios el enhiesto pezón.

Ella dejó escapar un gemido indefenso cuando él empezó a lamerlo. Sensaciones ya olvidadas se apoderaron de ella, debilitándole las rodillas y haciendo que un ardiente deseo se arremolinara en la parte baja de su vientre, entre los muslos, en todas las terminaciones nerviosas de su cuerpo ardiente.

Aquello era lo que tanto había temido. Que la explicación que le había dado sobre su deseo terminara escapando a su control antes de que ella pudiera apartarse. Pero también era lo que secretamente había esperado que ocurriera. Ahora lo reconocía, mientras su lengua acariciaba sus pezones y le hacía balancear las caderas hacia él sin poderse contener.

—Por favor —se oyó susurrar, pero su propia voz se le antojaba distante, extraña por su aspereza y su desesperación—. Por favor.

Tristan se apartó de los erguidos pechos de ella para mirarla a los ojos con expresión de posesión absoluta. Una promesa de placer. El cumplimiento de sus sueños.

Unió su boca a la de ella y la guió hacia la cama, tambaleándose y sin dejar de besarla. Entonces la levantó del suelo y la depositó sobre el lecho. Sin decir nada, Meredith se recostó en las almohadas y lo miró.

Observó cada movimiento de Tristan a través de sus ojos nublados de deseo. Lo vio quitarse la chaqueta y deshacerse del pañuelo de cuello. En un momento se había despojado también de la camisa, y a Meredith casi se le paró el corazón.

No era ninguna virgen vergonzosa, y tampoco era la primera vez que veía a un hombre desnudo. Pero nunca antes se había maravillado ante la belleza de ninguno. Sus hombros parecían tremendamente anchos, fuertes y musculosos, lo mismo que sus brazos. La parte superior de su cuerpo haría palidecer de envidia a las antiguas estatuas de Grecia y Roma. No había nadie en el mundo que pudiera compararse con el espécimen que tenía ante sí.

—¿He de tomar esa mirada como un cumplido? —preguntó él con una suave carcajada mientras se acomodaba a su lado en la cama y le cerraba la boca suavemente colocándole un dedo debajo de la barbilla.

—Tócame y lo verás —susurró ella.

Él sonrió y justo antes de que la tomara entre sus brazos, Meredith vio un brillo pícaro en sus ojos, largo tiempo olvidado. Tristan era un hombre exigente, poderoso, lleno de ímpetu y energía sexual.

Y era todo suyo.

Cuando la rodeó con los brazos y la besó, ella creyó morir. Cada femenina parte de su cuerpo palpitaba de expectación, anhelante, aunque sabía que estaba a punto de satisfacer el apremio que sentía. No era consciente de que tuviera tanta necesidad de que un hombre la estrechara entre sus brazos, pero cuando Tristan lo hizo, y pudo sentir con cuánta fuerza palpitaba su corazón contra su pecho, se dio cuenta de que realmente había echado mucho de menos aquello. La calidez y la intimidad de un abrazo masculino.

Pasó los dedos por la fina capa de vello que cubría el torso de Tristan. Aplastó las palmas de las manos contra sus ondulantes músculos pectorales y sonrió al notar que se le endurecían los pezones y al oírlo gemir contra su boca.

—Con cuidado —susurró él, mordisqueándole el lóbulo

de la oreja y provocándole pequeñas descargas de placer—. Podría tomármelo como un desafío.

—¿Esto? —preguntó Meredith con picardía mientras hacía girar el pezón entre sus dedos.

Antes de que pudiera llegar mucho más lejos, Tristan tiró de ella hasta sentarla y agarrando los bordes de su delicada camisola rosa, se la levantó, sacándosela por la cabeza. Meredith se quedó desnuda ante él. Desnuda como hacía mucho que no lo estaba.

Y a ella le encantó la sensación. Renunciar al control que tanto trabajo y tiempo le había costado era a la vez aterrador y excitante. Especialmente cuando Tristan devoraba su cuerpo desnudo como un hombre hambriento miraría un festín interminable dispuesto ante él.

—Dios mío —dijo con voz ronca—. Eres preciosa.

Meredith se sonrojó, pero no tuvo ocasión de responder porque él se inclinó para depositar un húmedo beso en su clavícula. Y siguió luego explorando con su boca, lamiendo y besándole la garganta y después más abajo, en el profundo valle entre sus pechos.

La sensación era tan intensa que temió explotar por dentro. Tristan le robaba el aliento y el poco sentido común que le quedaba. No podía evitar que su espalda se arqueara desvergonzadamente contra él, ni la forma en que se aferró a su cabello cuando volvió a meterse en la boca uno de sus erguidos pezones. Esta vez no había tela alguna que le impidiera lamer directamente la piel con su cálida lengua, y la sensación fue aún más poderosa.

Si hasta el momento ella se había olvidado de sus manos debido al seductor juego que estaba llevando a cabo con su habilidosa lengua, llamaron su atención en ese mismo instante. Tristan las bajaba, torturándola lenta y suavemente, hacia el vértice entre sus piernas. Posó una de ellas sobre uno de sus muslos desnudos, y Meredith se sorprendió al ver cómo sus piernas se separaban como por voluntad propia, en una desvergonzada ofrenda.

Se extrañó de que Tristan no la tomase de inmediato. En lugar de ello, siguió provocándola con los dedos, resiguiendo el perfil de su cadera en sentido descendente para regresar en sentido opuesto por la cara interna del muslo, sin dejar de succionarle los pezones con fruición mientras ella se retorcía en placentera agonía.

Sus dedos se movían poco a poco hacia arriba, y Meredith elevó las caderas conforme notaba que se iban acercando al centro femenino del placer. El abrasador punto de origen de su deseo. Pero de repente se detuvo justo cuando parecía a punto de darle el ansiado alivio.

Tristan se separó un poco para mirarla, escrutándola con intensidad.

—Por favor —murmuró ella, suplicante—. Tócame.

—Quiero hacerlo. Dios santo, no sabes cuánto deseo tocarte. Pero si lo hago... —Dejó las palabras en el aire y ella vio la batalla interna reflejada en su tenso rostro—. Meredith, si te toco ahora, no querré parar. Tal vez no pueda detenerme hasta haberte hecho mía. Si quieres cambiar de opinión respecto a compartir mi cama y entregarme tu cuerpo, ahora es el momento de decirlo.

Sus palabras penetraron en la sensual neblina que la rodeaba obligándola a recordar el deber que había olvidado en el calor de la pasión. Su intención era haberse ido antes de que las cosas llegaran demasiado lejos... al punto que habían llegado, y donde llegarían si no aceptaba el ofrecimiento de Tristan. Pero con cada caricia, él le había hecho que olvidara sus planes y el propósito que la había llevado a su casa, a su habitación... a su vida.

Se quedó mirándolo, con su cara muy cerca de la suya. Los ojos de él estaban rebosantes de deseo, de pasión y de promesas de placer. Y Meredith se olvidó de todo una vez más. Ya tendría tiempo de pensar en su deber al día siguiente.

Buscó la de él con mano temblorosa y la levantó. Entonces, suavemente, la guió hasta el enfebrecido punto de unión entre sus muslos.

—Tócame —pidió con un ronco susurro.

No transcurrió ni un segundo antes de que Tristan bajase la cabeza y la besara con más pasión y premura que antes. Gimió mientras la acariciaba suavemente hasta que un potente placer empezó a latir rítmicamente en cada una de sus terminaciones nerviosas.

Tristan se abrió paso con los dedos entre los húmedos rizos de su pubis. Una cálida humedad le dio la bienvenida, muestra evidente de lo preparada que estaba para él. Sin embargo vaciló. No quería tomarla inmediatamente. Quería saborear aquel placer compartido. Cuando amaneciera el nuevo día, sabía que tal vez no se repitiera nunca una noche como aquélla.

Meredith dejó escapar un sollozo entrecortado al notar que Tristan introducía un dedo dentro de ella. A continuación, empezó a acariciarla muy lentamente, contemplando su rostro a medida que aumentaba su placer. Estaba seguro de no haberla visto nunca tan hermosa como en aquel momento, con el rostro sonrosado y los ojos entrecerrados mientras se aferraba a sus hombros. De sus labios escapaban pequeños jadeos, señal de que estaba a punto de perder el control. Cuando su cuerpo se estremeció y se apretó alrededor de su dedo, Tristan buscó con el pulgar el pequeño botón donde se concentraba el placer femenino y lo acarició.

De inmediato, Meredith dejó escapar un gemido y clavó los talones en el colchón, arqueando la espalda mientras se entregaba a un potente orgasmo. Tristan se sintió invadido por un tremendo orgullo, casi mayor que el deseo que vibraba en su interior. Él y sólo él había sido el artífice de aquel placer. Él y sólo él le había provocado un orgasmo que había teñido del color de la pasión sus mejillas y su torso. Y podía hacer que volviese a suceder una y otra vez.

De hecho, eso era precisamente lo que pretendía.

Se levantó y se quitó las botas y los pantalones que mantenían confinada su palpitante erección. Aunque Meredith tenía los párpados medio cerrados, Tristan sabía que no se estaba perdiendo detalle de ninguno de sus movimientos. Un hecho que quedó más que patente cuando liberó su miembro y éste se irguió.

Ni todo el adiestramiento del mundo podría haber evitado el gemido ahogado de Meredith cuando vio a Tristan en toda su gloriosa desnudez. Realmente era algo glorioso. Iluminado por la tenue luz del fuego, se parecía aún más a las estatuas con las que lo había comparado momentos antes.

Lo estaba contemplando con absoluto descaro. Lo sabía. Y no le importaba. Necesitaba grabar a fuego aquel momento en su memoria, porque tal vez no... Bueno, no quería pensar en el horrible pesar que acompañaba el pensamiento, así que lo expulsó de su mente.

Sus caderas eran estrechas y sus muslos eran fuertes. Desde luego, Tristan Archer no necesitaba relleno para llenar las perneras de los ceñidos pantalones que dictaba la moda del momento. Pero era de su erección de donde no podía apartar la vista.

Seguía mirándola aún cuando se incorporó en la cama y se colocó a su lado. No dejó de hacerlo hasta que él ahuecó una palma contra su mejilla y la hizo mirarlo a los ojos.

—Tendré cuidado —susurró, apartándole el cabello enmarañado de la cara.

—Nunca he creído que fueras a hacerme daño. —Sonrió—. No soy una tímida debutante. Pero es que... —se interrumpió ruborizada—. Es que ha pasado mucho tiempo.

Una breve expresión de triunfo devolvió el aspecto de pícaro al rostro de Tristan. El brillo posesivo de sus ojos le decía lo mucho que lo complacía saber que era el primer hombre con quien se acostaba después de la muerte de su esposo, el primero que la hacía suya y le proporcionaba placer.

—Entonces haré que la espera haya merecido la pena —le contestó en voz baja al oído mientras la guiaba para que se colocara debajo de él.

—Lo sé.

Tristan la miró a los ojos, y sostuvo su mirada mientras se colocaba entre sus piernas. Empezó a empujar con su duro miembro en la húmeda entrada femenina, y en seguida todo él estuvo dentro, llenándola, despertando el placer y reavivando un deseo que hacía mucho creía extinguido, y nunca antes había sido tan intenso.

Se aferró a sus hombros, clavándole las uñas mientras él la penetraba más y más. Cuando la llenó por completo, Tristan cerró los ojos con un ronco gemido y, en voz muy baja, le dijo que también él se había negado aquel placer durante mucho tiempo. Y, al igual que él antes, Meredith se hinchó de orgullo al saber que era la única mujer a la que no había podido resistirse.

Descendió sobre ella y la besó con una pasión que contradecía el control a que estaba sometiendo a su cuerpo. Ella se rindió a él rodeándole el cuello con los brazos, entonces Tristan empezó a mecer las caderas. La iba tomando lentamente, incitándola a que se moviera con él y subiera poco a poco a la cúspide del placer con cada enloquecedora embestida.

Meredith oía cada uno de los gemidos que resonaban en la habitación cada vez que él la penetraba y tardó un momento en darse cuenta de que eran de ella. Quería más. Lo quería todo.

Él pareció adivinar su deseo y comprenderlo aunque no lo hubiera puesto en palabras. Interrumpió el beso y la contempló mientras deslizaba una mano por su cuerpo. Le acarició los pechos anhelantes, calentó con las manos sus flancos desnudos y a continuación deslizó los dedos entre sus cuerpos en movimiento para buscar el botón de placer que antes había estimulado, pero, esa vez, Meredith añadiría a ese placer el que le suponía tenerlo dentro de ella. Su boca tomándola con la misma suave cadencia que imprimía a sus caderas.

Con la primera caricia, notó el comienzo del orgasmo que se avecinaba. La siguiente lo intensificó. La tercera la dejó al límite de su resistencia, y llegó al clímax más potente de su vida. Sus caderas saltaban impetuosamente mientras rodeaba con las piernas las de él, que ahogaba sus gemidos con su boca.

Tristan se puso rígido, echó la cabeza hacia atrás y estrechó a Meredith contra sí aún más fuerte, abandonando los últimos vestigios de control que le quedaban, mientras se vertía en ella. Meredith suspiró con absoluta felicidad cuando notó que Tristan se relajaba. Lo abrazó con fuerza y le acarició la espalda con dulzura, como si aquel momento no fuese a terminar nunca.

Aunque la insidiosa vocecilla que residía en el fondo de su mente se empeñaba en repetirle una y otra vez lo contrario. Pronto tendría que enfrentarse a las consecuencias de haberse acostado con el enemigo.

13

Meredith estaba despierta, pero no tenía energía suficiente para abrir los ojos. Se sentía demasiado lánguida. Con el cuerpo pesado. Su piel desprendía calor por todos los poros y la saciedad la volvía perezosa.

Se sentía... bien. Y se dio cuenta de que hacía mucho que no se sentía así. No podía decirse que hasta entonces no hubiera sido feliz. Había reído y bailado, y su trabajo le encantaba. Creía que todas esas experiencias la tenían satisfecha, pero ahora sabía que no era así. Hasta aquel momento no se había dado cuenta del verdadero significado de la satisfacción o el placer.

Darse cuenta de ello resultaba aterrador, y abrió los ojos profundamente impactada, pero lo que vio no era menos impactante o agradable.

Tristan estaba a su lado. Como ella, tampoco estaba dormido, sino que la miraba. Sin tocarla, sólo la miraba, sus ojos dulcificados por una emoción que Meredith no sabría definir. La sábana blanca le cubría las caderas, haciendo que el tono de su piel resaltara a la mortecina luz de la lumbre, y acentuando cada curva de su espléndido cuerpo.

Sin pensarlo siquiera, levantó una mano y le acarició el hombro. Fue trazando la línea de su brazo, deslizándose a lo largo de la piel, despertando nuevamente el deseo con el roce de las temblorosas yemas de sus dedos.

Tristan sonrió y cuando ella llegó a su mano, él se la cogió y se la llevó a los labios para besarla. Ver cómo su boca acariciaba su piel le provocó un estremecimiento de anticipación, pero se resistió.

Tenía que irse de allí.

Haberse rendido a los sentimientos que había entre ellos era algo que se negaba a lamentar. Pero sólo era una fantasía, nada más. Mantenerse lejos de él era la única forma de alcanzar la cordura y concluir su investigación. Fingir que no había experimentado placer y pasión en los brazos de Tristan era la única forma de obligarse a continuar reuniendo pruebas de su culpabilidad. Cosa que era muy difícil de hacer mientras él frotaba incipiente su barba contra su palma.

—Yo... no puedo quedarme —susurró Meredith, pero lo hizo en un tono demasiado bajo y débil como para sonar convincente.

Los ojos de Tristan se oscurecieron y le sujetó la mano con fuerza.

—No te vayas.

Meredith cerró los ojos. Qué duro era resistirse a él. En especial cuando deslizó el brazo alrededor de su cintura y la apretó contra su pecho. La piel de sus cuerpos desnudos entró en contacto y el de ella reaccionó como si tuviera vida propia, de la misma manera que notó que reaccionaba el de él.

—Tristan —dijo, luchando por recordar lo que había ido a hacer a Carmichael, sus obligaciones—. Esto ha sido... un momento irrepetible. Algo que no olvidaré nunca, pero no podemos ir más allá... ¿verdad?

Él la miró, los ojos parecían casi negros en la penumbra. Apretó los labios convirtiéndolos en una línea y frunció el cejo, como si hubiera pensado sobre la verdad que encerraban sus palabras. Pero ¿qué significaba aquello? ¿Su culpabilidad? ¿Sus traiciones?

Meredith sintió una opresión en el pecho, pero no era capaz de abandonar sus brazos.

—Tal vez tengas razón —dijo él.

El disgusto creció dentro de ella, aunque, con esas palabras, Tristan le estuviera facilitando mucho las cosas. Meredith intentó apartarse suavemente, pero él la estrechó aún más fuerte.

—Tal vez no podamos ir más allá de lo que hemos compartido —continuó Tristan—. Es cierto que no puedo hacer promesas de futuro. No sería justo para ti. La caballerosidad me dice que debería dejar que te vayas, que deberíamos fingir que lo de esta noche no ha ocurrido, pero yo... yo quiero...

El corazón de Meredith latía con violencia, propulsando la sangre con tanta fuerza por sus venas que no podía pensar en nada que no fuera Tristan.

—¿Qué es lo que quieres? —lo instó con un susurro, rezando, aunque no estaba muy segura de cuál era la respuesta que podría tener lo que ella deseaba. Si ni siquiera sabía qué era.

Tristan ahuecó una mano contra su mejilla y le dio un beso justo al lado de un ojo.

—Quiero esta noche. Quiero lo que he hallado entre tus brazos, aquí, en mi cama. —Le dio un beso en el pómulo y Meredith notó que el estómago le daba un vuelco—. No creí que la vida aún me reservara algo tan maravilloso, algo me hiciera sentir tan bien después de...

Dejó la frase sin concluir al tiempo que negaba con la cabeza.

—Lo necesito, Meredith. Te necesito a ti.

Se quedó sin aliento mientras una profunda emoción se apoderaba de ella, amenazando con ahogarla.

—Pero no puedes ofrecerme un futuro. No puedes darme nada más que esto.

—No —respondió él en voz baja, tanto que Meredith casi no lo oía—. Ahora mismo no.

—¿Por qué? —preguntó, incapaz de silenciar por completo a la espía que era.

Tristan se apartó un poco y, por un momento, se limitó a mirarla. Lo hizo de tal modo que Meredith creyó que iba a confesarle lo que fuera en lo que estaba envuelto, a explicarle qué era lo que lo atormentaba. Contuvo el aliento, rogando que así fuera. Si confiaba en ella lo bastante como para contarle la verdad, habría una manera de salvarlo. De reparar lo que fuera que hubiera hecho.

Pero en ese momento Tristan negó de nuevo con la cabeza.

—Mi futuro es incierto.

—Nadie conoce lo que le depara el futuro. ¿Por qué es más incierto el tuyo que el de cualquier otra persona? —preguntó, deseando aporrearle el pecho con los puños y exigirle que le contara la verdad.

Él se encogió de hombros.

—Demasiadas cosas para explicarlas ahora. Pero si yo no puedo ver con claridad mi futuro, tampoco puedo ofrecerte uno a ti.

Las lágrimas pugnaban por brotar de los ojos de Meredith, y tuvo que cerrarlos para que Tristan no viera la tortura de su alma. Sus palabras hicieron que se diera cuenta de la atroz realidad. Ella sabía a qué se refería al decir que su futuro era incierto. Hablaba de las mentiras. La lista de pruebas incriminatorias que ella tenía en su habitación y que no dejaba de crecer.

Pero cuando se recuperó de la constatación, también supo con la misma claridad que no podía negar que quería formar parte de ese neblinoso futuro. Pese a todo.

Era algo que no estaba bien. Iba en contra de su carácter. Pero no podía hacer nada para cambiarlo, por mucho que intentara luchar contra sus sentimientos, fingiendo que no existían. Estaban ahí, fortaleciéndose a cada momento que pasaba con él. Las horas robadas que acababan de compartir no hacían más que demostrarlo.

—Sin embargo, aún me deseas, aunque no puedas prometerme nada más que este momento, ¿verdad?

Tristan bajó la cabeza y la besó con la misma pasión y emoción que habían compartido ya. Con todo lo que había de bueno dentro de él y que aún no había sido contaminado. Ella sintió que le estaba dando todo lo que tenía. Pero no era suficiente.

No le importaba. Durante demasiado tiempo se había negado que era una mujer, una mujer con necesidades, con un corazón... y con unas esperanzas que Tristan parecía satisfacer.

—Te deseo más que nada en el mundo, pero si no estás de acuerdo con estas condiciones, lo entenderé. No quiero que esto sea una tortura para ninguno de los dos obligándote a darme más de lo que seas capaz de dar. —Aguardó su respuesta conteniendo el aliento.

Los sentimientos frente al deber. Ganó la pasión, como

no lo había hecho en años. Poco a poco, Meredith hundió los dedos en el pelo de Tristan y lo acercó hacia sí.

—Aceptaré lo que puedas ofrecerme, durante tanto tiempo como puedas hacerlo —susurró—. Esto es un pacto con el diablo, lo sé, pero no puedo negarme.

El alivio se hizo palpable en la habitación. Flotaba en el aire, era visible en el rostro de Tristan, ella lo percibió en sus caricias. La guió hasta colocarla debajo de él y Meredith se rindió a sus manos, a su boca, a los momentos que pudieran compartir.

Fuera de aquella cama, continuaría con su investigación. Pero allí, con él, se prometió ser una mujer, la mujer de Tristan.

No una espía.

Tristan tamborileó con los dedos sobre la barandilla de piedra de la terraza que daba sobre el jardín. Su mente vagaba ociosa mientras los invitados tomaban el té y charlaban animadamente. Era uno de los últimos eventos de la fiesta campestre. No podía creer que estuviera a punto de terminar.

Echó un rápido vistazo al grupo y vio a Meredith. Estaba hechizado con su manera de estar, con la forma en que se le iluminaba el rostro cuando sonreía o se reía de algo que decían a su alrededor, con la manera en que se retiraba el pelo de una de las comisuras de su deliciosa boca.

Se preguntó si cuando la fiesta terminara, su relación terminaría también. Le había dicho que no podía ofrecerle un futuro, pero cuando el oscuro negocio que se traía entre manos llegara a su fin, cosa que podía suceder en los próximos dos días, tal vez eso pudiese cambiar. ¿Y no merecería un poco de felicidad entonces? Ni siquiera su padre podría denegárselo.

Por el momento, lo reconfortaba pensar en un futuro menos distante. Aquella misma noche, en su cama con Meredith. De nuevo apareció la sonrisa que últimamente adornaba sus labios cada vez con más frecuencia. La sonrisa que Meredith le había devuelto.

—Te veo cambiado.

Tristan dio un respingo al oír la voz de Philip justo detrás de él. Borró la expresión de sorpresa de su rostro y se dio la vuelta.

—¿Cambiado? No digas tonterías. Estoy como siempre.

Philip insistió.

—Sí, estás distinto. No me había fijado hasta ahora. Pareces más relajado.

Tristan frunció el cejo. Había intentado que los cambios que se habían operado en su alma no se reflejasen en su comportamiento, sobre todo cuando estaba con Philip, pues su amigo aún tenía dudas sobre Meredith.

—Si lo estoy es porque este asunto con Devlin está a punto de terminar. Eso es lo que percibes.

—No. Es más que alivio. —El otro negó con la cabeza—. Se te ve... feliz. Hacía mucho que no te veía así.

Tristan vaciló un momento al ver a Meredith cambiar de postura. Había notado que la estaba mirando y se dio la vuelta hacia él, muy despacio. Tristan vio su sonrisa.

—Es por ella. —Philip retrocedió un paso—. Es por Meredith Sinclair.

—No seas ridículo. —Tristan se cruzó de brazos y trató de que su rostro no mostrara nada—. Ya te lo he dicho, mi relación con ella es ficticia, para desviar el interés de Devlin.

Philip arqueó una ceja.

—Mientes. —Él fue a defenderse, pero su amigo lo interrumpió con un gesto de la mano—. ¡No arriesgues todo lo que has conseguido, todo lo que has sacrificado, por una mujer! ¡Y menos por una de quien no sabemos a ciencia cierta si está compinchada con Devlin!

Tristan apretó los puños, esforzándose por medir sus palabras.

—Yo sí sé que no tiene nada que ver con él, Philip. Eres tú quien tiene dudas.

Su amigo hizo un gesto hacia ella con una mano.

—Pues ahora mismo está a punto de entablar conversación con ese malnacido.

Tristan giró sobre sus talones y vio a la joven acercándose a Devlin. Su sonrisa parecía sincera, y entonces empezó a hablar con él como si fuera un invitado normal y corriente en vez del mismísimo demonio disfrazado. Una bilis amarga se le subió a la garganta. Qué poco sabía ella del peligro que propiciaba con sus actos.

A menos que... Tristan le había advertido por lo menos dos veces que no se pusiera en el camino de Devlin. No le había dado más explicaciones, cierto, pero ¿por qué no podía hacerle caso sin más? Era casi como si lo estuviera desafiando.

La idea caló en su conciencia. Eso era justo lo que Philip pensaba, ¿no?, que Meredith sabía más de Devlin de lo que él quería admitir. No lo temía porque era su cómplice.

—No —murmuró desechando el pensamiento. No quería pensar que lo único bueno que había en su vida pudiera estar contaminado.

—No puedes cerrar los ojos a la posibilidad sólo porque te estés enamorando de ella —insistió Philip.

Tristan se puso en tensión. Él no le había puesto nombre a lo que sentía por Meredith, y no tenía intención de empezar a hacerlo entonces. Era una insensatez, cuando ni siquiera sabía lo que iba a ocurrir al día siguiente. Lo mejor sería dejar su relación como estaba: una diversión a la que ninguno de los dos podía renunciar en ese momento.

Aun así, la idea de haberse enamorado de Meredith no le parecía tan peregrina ahora que las palabras habían sido dichas.

Continuó mirando a Meredith mientras ésta conversaba con Devlin.

—Entiendo lo que dices, Philip, y aprecio tu preocupación —dijo sin mirarlo—. Me tomo en serio tus palabras, aunque no puedo creer que Meredith esté en connivencia con un hombre como Augustine Devlin.

—Entonces, ¿por qué...? —comenzó Philip, pero se detuvo cuando Tristan levantó una mano para silenciarlo.

—Dentro de unos cuantos días nuestros asuntos con Devlin habrán terminado. Espero conseguir el acceso que tanto tiempo llevo esperando y poder poner fin a esta locura. Entonces, todo estará claro. —Frunció el cejo al ver que Meredith se reía—. También mi futuro, sea el que sea.

Meredith no quería hacer aquello.

Estar a tan corta distancia de Devlin, conversando educadamente con el enemigo, debería resultarle emocionante y excitante, pero en vez de ello se sentía aterrorizada. ¿Y si

Devlin le revelaba algo que incriminara aún más a Tristan? ¿Y si confirmaba sus peores miedos?

Frunció los labios ante la idea. Eso era exactamente lo que tenía que averiguar, por mucho que la asustara. Qué poco decía aquello de su calidad profesional. Charles, Lady M y sus amigas se llevarían una tremenda decepción si la vieran tan insegura, dispuesta a salir corriendo si Devlin confesaba algo que implicara a Tristan.

—¿Ocurre algo, querida señora? —preguntó Devlin con aquella forma suya de arrastrar las palabras con la que mostraba el tedio que le provocaba la vida en general. Una afección bastante común entre los miembros masculinos de la buena sociedad, afección que a Meredith le provocaba aún más desprecio en aquel hombre que tanto dolor había causado.

—No, no, en absoluto, señor Devlin —respondió ella con lo que confiaba fuera una resplandeciente sonrisa. Emily era la maestra del disfraz, no ella, y en esos momentos deseaba tener el talento de su amiga para ocultar su verdadera identidad tanto como sus emociones.

El hombre sonrió a su vez y de nuevo le sorprendió lo atractivo que era. Lo que demostraba que no se podía juzgar a un criminal por su apariencia. Si hubiera que juzgar a Devlin por su aspecto físico, cualquiera lo consideraría un ángel en vez de un demonio.

Pero ella sabía lo que ocultaba su apostura.

—Me alegro. Su expresión parecía reflejar cierto malestar, o incluso enfado.

Meredith maldijo para sí misma.

—Oh, no, señor Devlin. No podría sino estar contenta

en un día como éste. —Se dio la vuelta e hizo un gesto hacia el hermoso jardín, con una generosa sonrisa en los labios—. El sol es cálido y brillante, y los jardines son una delicia, igual que la compañía. ¿Cómo iba a estar molesta o enfadada?

—Pensé que tal vez había tenido alguna desavenencia con nuestro anfitrión.

Meredith se quedó de piedra al ver la sonrisa de Devlin y captar el tono gélido de su voz.

—¿Con nuestro anfitrión? —repitió, parpadeando despreocupada—. ¿Y qué le hace pensar tal cosa? Su señoría y yo no tenemos ningún vínculo especial.

Devlin la observó con repentina agudeza. El fingido tedio había desaparecido de su semblante, reemplazado por un divertido interés que la llevó a creer que aquel hombre sabía algo.

—¿Es eso cierto? —preguntó, al tiempo que se cruzaba de brazos con una astuta sonrisa—. Tal vez entonces mi querido amigo Tristan me haya querido gastar una broma cruel.

Meredith se puso rígida. ¿Estaba jugando con ella?

—¿Su señoría bromeando con algo relacionado conmigo? Bien, señor, soy toda oídos.

Él la observó un momento sin responder, como un jugador de ajedrez considerando su próxima jugada.

—Como ya sabe, lord Carmichael y yo tenemos negocios en común.

Ella asintió.

—Cuando los hombres colaboran en proyectos que requieren de discreción y delicadeza, como el que nos ha reunido a nosotros, a veces terminan haciéndose amigos.

Meredith ocultó una mueca. Cómo odiaba las implicaciones contenidas en aquella afirmación aparentemente inofensiva. Proyectos secretos y delicados. ¿Como traición a la Corona? Y la idea de que Tristan llamase amigo a aquel ser repulsivo le revolvía el estómago.

—Lo entiendo perfectamente —contestó cautelosa—, pero no entiendo qué tengo yo que ver.

—Los hombres hablan, milady. Y lord Carmichael me dijo hace tiempo que alguien había reivindicado ya sus favores: él. —Devlin la observó y Meredith intentó que su rostro no delatara lo que pensaba—. Me parece que todos han visto cómo su amistad se ha ido fortaleciendo desde nuestra llegada a Carmichael, pero que dos personas se interesen por las mismas cosas no quiere decir que exista un nexo de unión entre ellas. Así que dígame, milady, ¿me está mintiendo mi amigo para evitar que me acerque a usted, o es sólo que es usted discreta respecto a sus intenciones?

Sintió que le costaba respirar. Si le decía a Devlin que no había nada entre Tristan y ella eso le permitiría juzgar su reacción a la supuesta mentira de Tristan, lo cual podría darle una idea más clara del vínculo existente entre los dos. Por otra parte, hacerle creer que un día podía acoger de buen grado sus viles intenciones podía abrirle las puertas en aquella y en futuras investigaciones.

Sus pensamientos viraron entonces hacia la carta que no había sido capaz de interceptar y a las amenazas que le había oído proferir aquella vez que estaba oculta en su dormitorio. Dejar a Tristan como mentiroso no haría sino poner a éste en mayor peligro todavía.

Meredith se sonrojó cuando giró la cabeza.

—Dios mío, señor Devlin, qué directo es usted.

—Lo lamento, querida. Normalmente no hablaría con tanta audacia, pero la verdad es que tengo un interés tanto personal como profesional en saber si Carmichael me está mintiendo o no.

Ella lo miró con ingenuidad.

—Bueno, me ha sorprendido que usted lo supiera. No sabía que Tristan hablara de nuestra... relación, ni siquiera con sus amigos más íntimos. Hasta ahora era un secreto entre los dos. Pero puedo decirle que no le ha mentido, señor Devlin.

El hombre arqueó una ceja.

—No diré que no me disguste constatar que mis esperanzas de tener una oportunidad de ganarme el corazón de una dama tan exquisita como usted hayan quedado hechas añicos.

Ella forzó una carcajada juguetona, aunque la bilis le quemaba la garganta ante la mera idea de que algo así pudiera ocurrir.

—Dudo que guarde usted luto mucho tiempo. Desde luego, hay más de una y más de dos damas, aquí y en Londres, dispuestas a llenar el vacío.

Devlin le cogió la mano. Meredith sintió que se le aceleraba el pulso debido a un momentáneo temor cuando él se la llevó a los labios y depositó un breve beso en sus nudillos. Aunque llevaba guantes, Meredith juraría que había sentido el hielo de sus labios traspasar el tejido. Notó como si le penetrara hasta los mismos huesos, y tuvo que hacer un tremendo esfuerzo para no apartar la mano de un tirón.

—Se lo agradezco, milady —dijo él guiñándole un ojo.

Meredith abrió la boca para responder, confiando en poder sonsacarle algo provechoso para su investigación ahora que parecía sentirse cómodo con ella, pero antes de que pudiera decir nada, notó que alguien le aferraba la muñeca.

Se volvió y vio que Tristan tiraba de ella para apartarla de Devlin por segunda vez en pocos días, y le colocaba a continuación la mano en el hueco de su brazo doblado. Lanzó a Devlin una mirada iracunda que le recordó a Meredith lo peligroso que podía ser. Aunque su contacto también le recordó otras cosas.

Deseo.

—Meredith —dijo apretando la mandíbula con fuerza, casi sin mirarla—. Me gustaría robarte unos minutos, si puedes soportar apartarte del señor Devlin.

Mirando a éste por el rabillo del ojo, ella le contestó:

—Por supuesto. Buenas tardes, señor...

Pero Tristan ya se la llevaba por el sendero del jardín en dirección a la casa y a lo que fuera que le tuviese reservado. A juzgar por la furia que llameaba en sus ojos y lo apretados que tenía los labios, no iba a ser nada agradable.

14

Tristan cerró de un portazo la puerta del saloncito y se volvió hacia Meredith, pero antes de que le diera tiempo a decir nada, ella se soltó del brazo de él, que aún la agarraba y recorrió la estancia, furiosa.

—Estoy empezando a cansarme de esta manía tuya, Tristan. No puedes plantearte y exigir que vaya contigo cuando te venga en gana. ¡Y, desde luego, no tienes ningún derecho a arrastrarme por ahí como si fuera un muñeco!

Él inspiró profundamente varias veces mientras la observaba caminar arriba y abajo delante de la chimenea. Los ojos de ella resplandecían más que las llamas, y se sintió atraído hacia su calor. Pero no podía verla con Devlin. Él le había cogido la mano. Y a ella no parecía haberle importado.

¿Estaría Philip en lo cierto? ¿Sería una más de las elaboradas pruebas que Devlin se deleitaba pergeñando con el único objetivo de comprobar su lealtad? Y, de ser así, ¿podía confiar en lo que Meredith decía o hacía, ya fuese en un saloncito o en su dormitorio?

Cerró los ojos con fuerza para bloquear la imagen de Meredith con Devlin y las mentiras que tal vez ella le estuviese diciendo. Cuando lo tocaba, sentía que era sincera; podía sentir su deseo, percibía su anhelo de él en cada parte de su cuerpo. Tendría que seguir confiando en esas sensaciones un poco más.

—Era una conversación privada, Tristan —continuó ella.

La afirmación lo sacó de su ensimismamiento.

—Con un hombre peligroso. ¡Te he advertido contra Augustine Devlin un montón de veces! —Inspiró profundamente en un intento de calmarse—. Por favor, Meredith, créeme cuando te digo que sólo intento protegerte.

Ella apretó los labios convirtiéndolos en una delgada línea y escudriñó su rostro con unos ojos que le penetraban el alma. Tristan quiso irse de allí, pero lo tenía atrapado, ya no había escapatoria.

—¿Por eso le dijiste que había algo entre tú y yo aun antes de que fuera cierto?

La estupefacción hizo que a Tristan se le hiciese un nudo en la garganta. Ella lo miraba con una mirada que suplicaba una explicación, pero en sus ojos había furia además de esperanza. Santo Dios, ¿qué le habría dicho Devlin?

Tristan hizo desaparecer toda expresión de su rostro con sumo cuidado. Era mejor no dar información de manera demasiado apresurada.

—Lo que le dije o dejé de decir no es la cuestión, Meredith —insistió. Ella respondió con un resoplido de exasperación—. La cuestión es que Devlin es un villano. No quiero que tengas nada que ver con él.

—¿Y si es un villano, me puedes decir por qué diantres te has aliado con él? —Meredith negó con la cabeza—. Me has dicho una y otra vez que es un hombre del que no se puede uno fiar, pero tú sigues haciendo negocios con él. Lo has invitado a tu propia casa. ¡Con tu familia, Tristan! Un hombre que podría destruirte y lo haría...

Dejó la frase a medias y se dio la vuelta de repente. Tristan estaba perplejo. Meredith había llegado con su apasionado ruego mucho más lejos de lo que él esperaba. Era casi como si de verdad comprendiera lo imprevisible y peligroso que era Devlin.

Aun así, y pese a sus crecientes dudas, Tristan se sorprendió deseando darle una explicación. No otra excusa acerca de por qué seguía teniendo negocios con Devlin; no quería mentir más, llevaba demasiado tiempo haciéndolo.

Quería contarle la verdad. Decirle qué era lo que lo había llevado hasta el agujero negro y solitario en que se encontraba. Tal vez comprendiera sus motivaciones. Tal vez encontrara en ella el perdón que constantemente buscaba en sus brazos.

Meredith se dio la vuelta y lo miró con ojos brillantes a causa de las lágrimas no derramadas. No podía contárselo. La pondría en peligro. Además de que, cuando lo supiera, podría salir corriendo horrorizada. Y él no quería perderla. Aunque no fuera realmente suya.

—Hay cosas que no puedo explicarte —susurró—. Complicaciones.

Ella dejó escapar un suspiro de disgusto y bajó la cabeza. Su decepción era evidente, a juzgar por cómo se le hundieron los hombros, cerró los puños a los costados y apartó la vista de él. Era casi como si ya supiera de antemano que mentía.

Pero no podía ser. Seguro que se trataba de una broma pesada de su conciencia.

—Muy bien —dijo con la mirada clavada en el suelo—. No puedes decirme por qué sigues colaborando con Devlin, pero sí tienes que explicarme por qué decidiste hablarle de mí, de nosotros. Eso tengo derecho a saberlo.

Tristan la miró fijamente. ¿Qué parte de la verdad serviría para aliviar su preocupación sin crearle más confusión?

Inspiró hondo y finalmente dijo:

—Devlin vino a hablar conmigo el segundo día de la fiesta. Me comentó que estaba interesado en cortejarte. Confiaba en que yo pudiera hablarle de ti y decirle cómo hacerlo, puesto que tú y yo ya nos conocíamos.

Ella se cruzó de brazos e hizo un gesto de asentimiento con la cabeza, animándolo a continuar.

—¿Y?

—Con su reputación, sabía que no era el tipo de hombre que aceptaría un no por respuesta. —Vaciló antes de continuar—. En el caso de que rechazaras sus insinuaciones, podría querer vengarse. En el de que las aceptaras, quedarías expuesta a sus gustos reprobables. Fuera como fuese, dejarle creer que tenía oportunidad de cortejarte te ponía en peligro.

Meredith mantuvo los brazos cruzados, como un escudo delante de su pecho. Tristan frunció el cejo. Detestaba verla tan reservada, y más aún cuando de quien se protegía era de él. Después de los momentos de placer y pasión que habían compartido, detestaba que sus ojos no brillaran de deseo, y detestaba aún más que éste hubiera sido reemplazado por cautela.

Ella se quedó pensando un momento en lo que le acababa de decir.

—Entonces, ¿afirmaste estar interesado por mí con qué fin? ¿Protegerme? ¿Pensaste que Devlin no coquetearía conmigo si sabía que tú ya tenías un lugar en mi corazón?

Él asintió.

—Si Devlin creía que cortejarte pondría en peligro nuestro negocio, no se arriesgaría.

El dolor se reflejó en el semblante de Meredith antes de que ésta se volviera.

—¿Y por eso lo hiciste? ¿Para mantener las apariencias ante él? ¿Por eso me llevaste a tu cama? ¿Para llevar a cabo alguna estúpida charada?

Tristan no vaciló. En tres largas zancadas cubrió la distancia que los separaba y le sujetó el codo, rompiendo así el escudo físico que ella había levantado entre los dos, y la obligó a mirarlo a los ojos.

El dolor seguía siendo patente en su rostro, aunque se esforzó por ocultarlo. Él tenía que borrarlo.

—No —contestó con firmeza—. Pese a no dejar de repetirme a mí mismo que sólo te estaba cortejando para protegerte, era mentira. Flirteé y coqueteé contigo porque te deseaba. Deseaba que lo que le había dicho a Devlin fuera cierto.

Ella entreabrió los labios, sorprendida.

—Cada vez que te besaba era porque no podía seguir negándome el placer de tocarte —continuó. La estancia empezó a encoger, y la temperatura subió cuando la estrechó contra su cuerpo—. Y cuando viniste a mi habitación y te me ofreciste, te hice el amor por puro deseo de hacerte mía.

—Tristan —susurró Meredith.

—Lo que hay entre nosotros es real. No tiene nada que ver con Augustine Devlin.

Se dio cuenta entonces de lo cerca que estaban. El aliento de ella le rozaba la garganta y cada tembloroso movimiento de su cuerpo reverberaba en el suyo.

También se dio cuenta de que si la tocaba entonces no

habría nada en el mundo capaz de detenerlo. Deseaba saborearla, acariciarla, hacerla suya.

Ahuecó la mano contra su nuca y Meredith entreabrió los labios al tiempo que lo miraba.

—Tristan —comenzó a decir con voz temblorosa—. Pero yo...

Él la atajó bajando la cabeza y besándola antes de que pudiera rechazarlo. Si su intención era protestar, las palabras se perdieron, igual que el sentimiento de rechazo. Casi de inmediato, ella hundió los dedos en su pelo y le devolvió el beso con el mismo ardor y avidez que mostraba él.

Tristan la hizo avanzar hacia atrás paso a paso hasta que su espalda chocó contra la pared. Meredith murmuró algo cariñoso, pero se perdió en los labios de él. Adelantó las caderas que se estrecharon contra las de él enviando poderosas sacudidas de placer y deseo por todo el cuerpo de Tristan. Gimió. Estaba perdiendo el control, pero el beso de Meredith era como un bálsamo capaz de borrar los temores que lo atormentaban.

Se entregó a ella. Le acarició el paladar con la punta de la lengua y saboreó la cálida miel de sus labios. Igual que siempre que se besaban, deseó memorizar su sabor y los débiles sonidos como maullidos de placer que emitía. Quería recordar cada momento por si fuera el último.

Ella parecía igual de desesperada por conseguir que él dejara su impronta en su cuerpo. Como si también fuera consciente de que el fin de aquellas horas robadas estaba a la vuelta de la esquina. Se preguntó vagamente por qué. ¿Sería porque le había dicho que no podía ofrecerle un futuro? ¿O habría algo más?

Pero entonces Meredith empezó a desabrocharle los botones de la camisa para intentar acariciar su piel desnuda, y todas esas preguntas dejaron de importar. Lo único que importaba era la manera en que lo arañaba suavemente con las prisas o el eco de su jadeante respiración cuando interrumpió el beso para mirarlo.

Tiró de la camisa y al fin logró descubrirle el torso al completo. Alzó la boca al tiempo que acercaba las manos a su pecho.

Meredith no pudo reprimir el pequeño suspiro de placer cuando acarició la piel caliente de Tristan. Era una sensación de lo más agradable, y quería más. Parecía que nunca fuese a tener bastante, pese a haber pasado las últimas tres noches en su cama. En ese momento, se sentía como si lo estuviera tocando por primera vez, llena de incontenible excitación.

Tristan tampoco era inmune al devastador deseo, como quedó claro por su gemido gutural al deslizarle ella una mano por el torso, y la forma en que adelantó las caderas. Meredith cerró los ojos y saboreó cada sensación. Sintió el calor húmedo que invadía su entrepierna, preparándola para lo inevitable.

Él iba a hacerla suya. Y ella se rendiría de buena gana... una vez más. Olvidaría por unos pocos momentos por qué había ido a Carmichael, y esos pocos momentos serían luego los más felices.

Luego... Bueno, no iba a ponerse a pensar en eso entonces. No cuando Tristan se movía delante de ella, desabrochándole los pequeños botones que cerraban la parte delantera de su vestido. Se arqueó hacia sus dedos, jadeando cuando le rozaban los ávidos pechos.

Por fin, consiguió desabrochar el último botón que lo separaba del cielo y dejó que el vestido resbalase por los hombros de Meredith hasta quedar arrugado en torno a su cintura mientras le daba otro profundo beso lleno de promesas.

Ella se sintió perversamente excitada ante su contacto, rindiéndose a él. Empezó a frotarse contra el pecho de Tristan, muy despacio, hasta que los pezones se le irguieron debajo de la camisola de seda.

Gimiendo, él le aferró las nalgas y la levantó al tiempo que la apretaba contra su impresionante erección. Meredith echó la cabeza hacia atrás con un quedo gemido mientras él le besaba la garganta.

Le pareció oír un sonido lejano, pero el deseo le nublaba los sentidos. Lo único que existía en aquel momento era Tristan, no había sitio para nada más que su almizclado aroma a hombre, el roce de su piel, el calor de su boca. Nada más importaba.

Sin embargo, el molesto ruido era insistente. La neblina que la rodeaba se despejó y el mundo exterior cobró forma. El ruido era una voz. La voz de una mujer. Y la mujer no era otra que lady Constance Carmichael.

El corazón de Meredith, hasta el momento latiendo al ritmo vertiginoso de su deseo carnal, casi se detuvo de golpe cuando giró la cabeza y la vio. Lady Carmichael estaba de pie en el umbral del salón, roja como un tomate mientras volvía a pronunciar el nombre de su hijo una vez más.

—Tristan —susurró Meredith, dándole unos golpecitos en el hombro mientras intentaba olvidar la delicia de su boca descendiendo por su garganta, justo donde le latía el pulso—. ¡Tristan!

Éste levantó la cabeza, y antes de que pudiera decir las escandalosas palabras que ella supuso que tenía en mente, vio la expresión de su rostro. Siguió la dirección de su mirada y vio a su madre que intentaba taparse los ojos.

Soltó a Meredith de inmediato y se dio la vuelta escudándola con su cuerpo mientras ella se recolocaba la ropa a toda prisa y se abrochaba los botones que con tanto placer él le había desabrochado.

—¡Madre! —exclamó Tristan con voz ahogada y la sangre le subió de golpe a las mejillas. Santo Dios, ¿se estaba sonrojando? Era una situación de lo más violenta.

—Lo... lo siento —tartamudeó la mujer, esquivando su mirada. Tristan no estaba seguro de si lo hacía por ella o por él, o bien por Meredith, que aún forcejeaba en su intento por recolocarse el vestido—. Lord Farthingworth ha pedido ver tu nueva yegua. Al no encontrarte en ningún lado, he preguntado y me han dicho que te habían visto entrar en la casa, así que venía a buscarte.

Tristan bajó la vista y se miró la camisa desabotonada y por fuera de los pantalones. Empezó a adecentarse mientras intentaba buscar una explicación.

—Ah —fue lo único que le salió.

—Lo siento muchísimo —se excusó su madre, mirándolo por el rabillo del ojo.

La mujer pareció aliviada cuando su hijo se colocó bien la ropa, y aún más cuando Meredith salió de detrás de él. Llevaba el vestido arrugado y algo torcido, pero por lo menos lo tenía abrochado. Incluso se las había arreglado para retocarse un poco el peinado. Pese a todo, no pudo borrar las huellas del placer interrumpido. Era tremendamente decepcionante que Tristan no hubiera podido terminar de satisfacerla.

—No, milady —dijo Meredith con apenas un susurro ronco.

Tristan se volvió hacia ella estupefacto. Jamás le había oído ese tono antes. Avergonzado, incómodo.

Y lo peor era que él había sido el causante. La situación se había originado por su deseo descontrolado. La culpa se cebó en él.

—Soy yo la que debería disculparse por... por... —prosiguió Meredith con incomodidad—. Perdóneme.

Y sin mirar a ninguno de los dos, salió por la puerta dejando a Tristan a solas con su madre. Éste miró a la mujer y pudo ver su cambio de expresión ahora que estaban a solas. Un nuevo brillo había sustituido la estupefacción de su mirada y la sonrisa comenzaba a abrirse paso en sus labios.

Tristan sabía que tenía un problema. Uno de esos de los que no se puede escapar.

Meredith salió del saloncito cubriéndose las mejillas ardientes mientras se encaminba hacia la escalinata principal. Tenía que ir a su habitación, lejos de la gente, de Constance... de Tristan y de su contacto, que la hipnotizaba hasta hacerle perder el control. Ningún hombre había tenido nunca semejante poder sobre ella.

¡Sólo un potencial traidor! ¿Qué le estaba ocurriendo?

Su contacto, no, la necesidad que ella tenía de ese contacto, mejor dicho, había estado a punto de llevarla a hacer el amor con él en plena tarde, en un saloncito al que todo el mundo tenía acceso, ¡por todos los santos! Su adiestramiento no dictaba ningún protocolo respecto a ese tipo de actividades, pero cualquier persona con un poco de sentido común hubiese cerrado con llave antes de empezar a desnudarse.

La verdad era que estaba tan cegada por el deseo que no se había parado a pensar en los riesgos. Ella, que siempre lo analizaba todo con tanto cuidado, que jamás se dejaba llevar, ni siquiera en las situaciones más emotivas.

Sin embargo, bastaba un roce de los labios de Tristan para que toda su prudencia se esfumara. Y, lo que era aún peor, no le importaba. Cuando la tocaba, se sentía más viva de lo que podía recordar. Se sentía libre y adoraba la sensación.

Con un quedo gemido de frustración, se detuvo en mitad de la escalera y se sentó en un escalón. Enterró el rostro entre las manos mientras trataba de recobrar la compostura.

Qué lejos había llegado en unas pocas semanas. Se había puesto en una situación en que los sentimientos luchaban contra las pruebas, en que la intuición la había llevado a la cama del sospechoso; al mismo sospechoso al que había permitido que se fuera apoderando de su corazón poco a poco.

—Disculpe, milady.

Se apartó las manos de la cara y se encontró de frente con un criado que la miraba con visible incomodidad mientras hacía como si el hecho de que una invitada estuviera sentada en medio de la escalera fuera lo más normal del mundo.

Meredith se puso de pie a toda prisa.

—Desde luego, parezco novata.

—¿Cómo dice? —preguntó el joven.

—Nada, nada. —Se alisó el vestido y trató de no pensar

en que habían sido las manos de Tristan las causantes de su aspecto... y de su estado—. ¿Quería alguna cosa?

El criado se metió entonces la mano en el bolsillo y sacó un grueso sobre. Se lo tendió y dijo:

—Acaba de llegar.

Meredith se quedó helada al reconocer la letra: Anastasia.

—Gracias —susurró al tiempo que lo cogía.

—¿Se encuentra usted bien, milady? —preguntó el chico, preocupado al ver su súbita palidez. Ella misma notaba cómo se ponía lívida, o sea que él podía verlo también—. ¿Quiere que le traiga algo?

—No —respondió en un susurro mientras se daba la vuelta y continuaba subiendo hacia su habitación—. Estoy bien.

—¿Quiere que le diga a su doncella que suba a atenderla?

Meredith ni siquiera se volvió para mirarlo. No podía apartar los ojos de la carta.

—No. Prefiero estar sola, gracias.

Él dijo algo más, pero ella no lo oyó. Continuó hasta su dormitorio sin mirar alrededor. Sostenía el sobre dirigido a ella con la meticulosa caligrafía de Ana.

Dentro había respuestas. Meredith cruzó la estancia y se sentó en una silla junto al fuego. Respuestas que ella necesitaba conocer.

Pero ¿realmente quería verlas si resultaban ser incriminatorias para Tristan? No. No quería. Por primera vez aceptaba lo que era verdad desde hacía tiempo: no quería saber si Tristan había hecho todo aquello de lo que se le acusaba. No quería saber nada excepto que Tristan la hacía vibrar. Que lo deseaba y él le correspondía con la misma poderosa respuesta.

Miró la carta una vez más y a continuación contempló las llamas. Resultaría muy fácil echar el mensaje al fuego, dejar que éste devorara los horrores que a buen seguro contenía. Entonces, ella podría volver con Tristan y fingir que no sabía lo que sabía. Que no había visto lo que había visto.

¿Podía hacerlo?

Alargó la carta con pulso tembloroso. El calor del fuego le caldeaba la piel de la mano conforme la acercaba al hogar. Los ojos le escocían a causa de las lágrimas, le quemaban mientras observaba las llamas.

—No puedo —susurró, retirándola con un suspiro—. Soy lo que soy. No puedo fingir que no lo soy sólo porque desearía que nunca me hubieran encargado este trabajo. Tengo que acabarlo o nunca tendré paz.

Dio la vuelta a la carta, rompió el sello y sacó las páginas manuscritas. Ana había descifrado el código de las cartas que Devlin intercambiaba con Tristan. Meredith había sido capaz de recordar casi una página completa de texto y Ana incluía la traducción de la misma.

El corazón se le rompía a cada palabra. Devlin escribía todo el rato acerca del «objeto» del que habían hablado y de su deseo de que Tristan lo consiguiera. Al parecer, habían hablado de ese «objeto» con anterioridad, porque Devlin no lo describía. También decía algo sobre encontrar el lugar perfecto para realizar la entrega del «objeto» y que Tristan recibiría lo que deseaba si lo hacía: acceso al círculo íntimo de Devlin y su grupo.

Las lágrimas acudieron a sus ojos, pero parpadeó con fuerza para contenerlas mientras leía las últimas palabras de elogio hacia Tristan por su trabajo con Devlin hasta la fecha.

—... «Tu lealtad será recompensada, lord Carmichael. Te lo aseguro» —leyó en voz alta, notando que la bilis le subía a la garganta.

Su peor pesadilla se había hecho realidad. El texto de la carta no constituía prueba suficiente para arrestar a Tristan, pero era evidente que la pintura era el «objeto» al que Devlin se refería. Tristan había hecho cosas para aquel malnacido, y se había ofrecido a hacer más. El cuadro era el último paso, la barrera final que se interponía entre él y un lugar dentro del círculo de escogidos de una de las peores organizaciones de traidores de la historia del país.

Se sentía como si le estuvieran desgarrando el corazón, a lo que se añadía una violenta furia. ¿Qué motivos tenía Tristan para obrar así? ¿Qué lo había llevado a traicionar así a su país cuando no tenía motivos económicos para ello? Aun en el caso de que culpara al gobierno por la trágica muerte de su hermano, ¿por qué habría decidido unirse a una organización que había provocado muchas otras muertes como la de Edmund?

Y lo que era aún más importante, ¿qué iba a hacer ella al respecto? El tiempo se le agotaba y debía tomar ciertas decisiones sobre el caso.

Y otras sobre su corazón.

15

Tristan se removió con incomodidad. Nada más salir Meredith por la puerta, muerta de vergüenza, la expresión de estupefacción de su madre se tornó la imagen de un gato que se encuentra con un plato de nata. Y ahora estaba mirándolo atentamente, lo cual lo hacía aún más consciente de lo desarreglado de su aspecto y de la causa de su apariencia.

Se sintió tremendamente culpable al pensar en la situación en la que se había puesto él solo. Y también en la que había puesto a su familia, no sólo por su arrebato de lujuria, sino por todo lo que había hecho a lo largo del último año.

—Te pido disculpas, madre —murmuró bajando la cabeza.

Ella pareció sorprendida.

—¿Que te disculpe?

Tristan asintió ceñudo.

—He hecho todo lo que he podido por proteger a esta familia de los escándalos que pudieran ensuciar su nombre, y comportarme como mi padre consideraba que debía hacerlo un marqués. Pero ahora he fracasado.

Su madre frunció el cejo.

—¿Crees que me siento humillada por esta... —gesticuló rápidamente con la mano— esta pequeña indiscreción?

—Yo...

Constance lo cortó acercándose a él desde el otro extremo de la habitación y poniéndole una mano en el brazo.

—Pues no es así, Tristan.

Él se sintió invadido por un alivio tremendo e inesperado. Aunque su madre no sabía ni por asomo los asuntos en los que estaba metido, el hecho de que no lo despreciara le dio algo de esperanza.

Lady Carmichael sonrió de una manera que la hacía parecer mucho más joven.

—Mi querido hijo, no creo que te haya ocultado en ningún momento que me gustaría que te casaras y tuvieras hijos.

—No, no lo has hecho —convino él con una sonrisa irónica, tras lo cual se dirigió al aparador situado en un rincón de la estancia y le ofreció a su madre tomar un poco de jerez. Ella aceptó, y Tristan sirvió dos copas, consiguiendo a duras penas no beberse de un trago lo que quedaba en la botella.

Constance dio un sorbo y continuó hablando.

—Es obvio que entre Meredith y tú hay algo.

Él dio un respingo al oírlo y sus pensamientos volvieron al tema que había estado tratando de evitar. Una vez que empezaba a pensar en Meredith le costaba parar. Y tenía que hacerlo. Por un buen montón de razones no podía permitir que continuara aquella obsesión. Jamás debería haber llegado tan lejos, pero el problema era que resistirse a Meredith le resultaba tan imposible como dejar de respirar. Desearla se había convertido en algo natural en él.

—Supongo que después de lo que has presenciado, sería una estupidez negarlo —dijo con un suspiro.

Ella volvió a sonreír.

—Sinceramente, no podría estar más contenta. Un compromiso rápido es obligado, pero eso no significa que no podamos organizar una preciosa boda familiar.

Tristan retrocedió.

—¿Compromiso? ¿Boda?

—Por supuesto. Eres el único hijo que me queda por casar. Aún tenemos unas cuantas semanas, hasta uno o dos meses, para disfrutar de los placeres de un compromiso. —Vaciló antes de continuar, y se ruborizó—. A menos que Meredith esté ya encinta.

Tristan retrocedió aún más. Se negaba a pensar en ello, por estúpido que fuera negarlo.

—No. Yo... yo no lo sé. Madre, Meredith y yo no teníamos pensado nada más allá de... de...

La mujer apretó los labios convirtiéndolos en una delgada línea mientras le sostenía la mirada. Tristan conocía esa expresión. Así lo miraba cuando era niño y hacía alguna travesura. A continuación, lady Carmichael puso los brazos en jarras.

—¿Tienes una... una... —bajó la voz hasta convertirla en un susurro— una relación física con una dama de la alta sociedad y me dices que no lo habéis pensado?

Oírselo decir a otra persona hacía que sonara aún peor.

—Es complicado.

Su madre negó con la cabeza, furiosa.

—No, no lo es. Las personas tomamos decisiones, Tristan, y esas decisiones conllevan consecuencias.

Sus palabras dieron en el blanco como una bala.

—¿Crees que no lo sé? —Lo dijo en voz muy baja, mientras consideraba una vez más sus acciones recientes. Y las consecuencias de las mismas.

Ella no le hizo ningún caso.

—Acabas de admitir que no sabes si lleva a tu hijo en su seno.

Esa impactante posibilidad se abrió paso en su interior por segunda vez. Vio a Meredith embarazada de su hijo. Un hijo o hija suyo. Se vio formando una familia con la mujer que había llenado su vida por completo en tan poco tiempo, a la que quería desde hacía tanto pese a habérselo negado a sí mismo.

—Tienes que pedir su mano, Tristan.

La imagen de Augustine Devlin invadió sus placenteras ensoñaciones haciendo añicos la idea de un futuro... con Meredith. Tristan esbozó una mueca.

—No puedo.

—Tienes que hacerlo. —Su madre le cogió la mano. Las imágenes desaparecieron de su mente y, al bajar la vista, la vio a ella y sólo a ella. No sus fantasías ni sus pesadillas—. Sé que lo has pasado mal desde la muerte de Edmund. Te has torturado pensando en lo que deberías haber hecho.

Él volvió la cabeza, apesadumbrado.

—Le fallé.

—¡No es cierto! —le espetó Constance, con lágrimas en los ojos—. Tienes metida esa absurda idea de lo que deberías hacer y lo que deberías ser, por culpa de tu padre.

—Él era el mejor de los hombres —comenzó a decir Tristan, ceñudo.

Su madre asintió.

—Sí, lo era. Pero ¡también era humano! Y como tal tenía fallos. No era perfecto, y pese a lo que puedas recordar, él nunca esperó que tú lo fueras tampoco. —Suspiró—. No le fallaste a tu hermano. Pero si no haces lo correcto con Meredith, sí le fallarás a ella. Y a ti mismo.

Tristan se zafó de su madre. Ella tenía razón; no se le había ocurrido mirarlo desde esa perspectiva. Había puesto a Meredith en una situación extremadamente delicada. De nada servía que al principio su intención fuera protegerla, ni que ahora creyera que la forma de hacerlo era teniéndola cerca.

Lady Carmichael levantó la cabeza y lo miró con una ternura y un cariño que no estaba muy seguro de merecer.

—Es evidente que sientes algo por la joven. Casarte con ella es lo correcto. Y no sólo por convenciones sociales, sino porque estando con ella has vuelto a sonreír, y hacía mucho que no te veía hacerlo.

Tristan pensó en sus palabras. Era verdad. Meredith lo hacía... feliz. Y estaba seguro de que lo haría feliz el resto de sus días.

Lo menos que podía hacer era esforzarse por hacer lo mismo por ella.

Rindiéndose a su destino, abrazó brevemente a su madre.

—Tienes razón. Hablaré con ella esta noche.

Meredith debería haber quemado la carta de Ana hacía horas con el fin de proteger el caso. Aunque estuviera codificada, no había razón para conservarla.

Pero aun así seguía sosteniéndola en la mano. Repasó las palabras una y otra vez pese a tenerlas grabadas en la mente. Dudaba mucho que pudiera olvidarlas.

—¿Meredith?

Se levantó de un salto al oír la voz de Tristan desde la

puerta. Se dio la vuelta ocultando tras la espalda la carta que constituía una pieza más del destino de Tristan y se obligó a sonreír.

—¡Qué susto me has dado!

Él entró en la habitación y Meredith sintió que se excitaba. Era absurdo a aquella distancia, pero juraría que podía notar el calor que emitía su cuerpo y oler el masculino aroma de su piel, así como una pizca de deseo.

Se cortó con el filo del sobre, e hizo una mueca por el escozor, recordándole aquello lo que era Tristan en realidad.

—Lo siento. He llamado, pero no has contestado —respondió él, deteniéndose de pronto, como si acabara de darse cuenta de que se le estaba acercando—. ¿Te ocurre algo?

Ella dio un respingo. ¿Tan evidente era su turbación? ¿Habría visto la carta que tenía en la mano? Retrocedió poco a poco en dirección a la chimenea. La arrojaría al fuego en un momento en que Tristan no mirara.

—No. ¿Por qué?

Él ladeó la cabeza.

—Parecías muy alterada después de que mi madre nos ha descubierto. Y con razón. Lamento haber sido tan descuidado y haberte puesto en esa situación.

Ella guardó silencio y, por un momento, se olvidó de todo excepto de los excitantes recuerdos de lo sucedido en el salón, de cómo se habían arrancado la ropa mutuamente, prescindiendo de toda la precaución. El corazón le latía a toda velocidad al recordarlo, y sentía un hormigueo por todo el cuerpo.

—No tienes que disculparte —contestó en voz baja—. Los dos nos hemos dejado llevar por... —Vaciló un momento. ¿Por qué? ¿Por el deseo? ¿Los sentimientos?—. Nos hemos dejado llevar por todo.

—Quería hablar contigo sobre eso —dijo él—. ¿Te importa que cierre la puerta? Es un asunto privado.

Ella asintió con la cabeza. Cuando Tristan se dio la vuelta, aprovechó para tirar la carta al fuego, y se dirigió apresuradamente a la zona de estar de su alcoba. Le hizo un gesto con la mano para que se sentara él también y, por unos momentos, los dos guardaron silencio. Ella lo miró ladeando la cabeza: una delgada capa de sudor había brotado de su labio superior, y se había puesto muy pálido. Se lo veía nervioso. Meredith sintió que su curiosidad y preocupación iban en aumento.

—Tristan... —dijo, rompiendo el silencio.

Él la interrumpió con un carraspeo.

—Sí. El motivo de mi visita. Sé... sé que te dije que no podía ofrecerte un futuro, pero las cosas han cambiado. Nos han pillado en una delicada situación, lo que implica que ya no podemos seguir manteniendo lo nuestro en secreto.

Ella frunció el cejo.

—¿Qué quieres decir?

—Quiero decir que... —Le tomó la mano y empezó a acariciarle el dorso con el pulgar, abrasándole la piel y haciendo que le flaqueasen las rodillas—. Cásate conmigo, Meredith.

Ella se quedó boquiabierta, y tiró de la mano para liberarla de la de él. A continuación, se puso de pie y se acercó a mirar por la ventana.

No podía respirar. El caos que reinaba en su cabeza había llegado al límite. En su cerebro, las pruebas de la culpabilidad de Tristan chocaban con el recuerdo de los besos compartidos; las mentiras con el sexo; los sentimientos con la intuición. Pero una cosa sobresalía por encima de todas: ella quería casarse con él.

Pese a saber que probablemente fuera un traidor, que no sería capaz de salvarlo del destino que lo esperaba, que no debería querer salvarlo. Pese a todo ello, quería ser su esposa. Huir de su deber, de sus actividades, del dolor que la aguardaba en un futuro no muy lejano. Su corazón y su alma le gritaban que aceptara sin vacilar.

Giró sobre sus talones y por el rabillo del ojo vio una punta del sobre que ardía en el fuego. Era tan grueso que las llamas aún no lo habían devorado por completo. Todavía se distinguía su forma entre las cenizas, y en su mente seguían claras las palabras que Augustine Devlin le había escrito a Tristan.

Volvió la cabeza un poco más y vio el montón de papeles que tenía encima de una mesa cercana. Más anotaciones en clave. Notas para Ana y Emily, así como el borrador del informe que estaba escribiendo para Charlie. Todo ello sería el fin de Tristan. La maquinaria de su destrucción se había puesto ya en marcha. Tanto por parte de ella como por parte de él.

Lo miró a los ojos. Toda su alma le gritaba que le contase la verdad pura y dura, y le exigiese lo mismo a él. Abrió la boca e inspiró, dispuesta a hacerlo, pero al final su adiestramiento pudo más.

Si le revelaba quién era, él podría cerrarse en banda al instante, y podría advertir a Devlin de que el gobierno les seguía la pista, y así ocultar pruebas. Todo aquello por lo que había trabajado, todo cuanto había sacrificado, habría sido entonces en vano.

—Tristan —dijo en un susurro, y en el pecho un dolor como no había sufrido nunca antes—. No puedo casarme contigo.

El mundo de Tristan se ralentizó hasta un grado doloroso, mientras las palabras de Meredith resonaban por la habitación, repentinamente silenciosa. Una horrible decepción se alojó en su pecho, extendiéndose después por todo su ser hasta no dejar lugar para ningún otro sentimiento. No se había dado cuenta de hasta qué punto quería casarse con ella. De lo mucho que la deseaba.

De lo mucho que la amaba.

Tomar conciencia de esto último no fue realmente una sorpresa, tal vez porque, pensándolo fríamente, se daba cuenta de que la había amado desde la noche en que entró en aquella taberna, muchos años atrás, y vio que trataban de abusar de ella. Cuando la rescató y la llevó a casa, estaba ya enamorado de la frágil fortaleza que resplandecía en sus ojos aterrorizados.

Por entonces, se convenció de que el motivo para alejarla de él era porque había estado a punto de matar a un hombre por defender su honor, que la cólera que había sentido esa noche había sido demasiado intensa. Pero no era la furia a lo que le tenía miedo, sino al amor.

Creyó que podría olvidarlo, pero con los años, el recuerdo de Meredith no había hecho más que volverse más nítido. Igual que sus sentimientos por ella, en secreto, eso sí. Evitarla no le había servido de nada, pero cuando se decidió a salir en su busca y decirle lo que sentía, Meredith ya estaba casada. Hizo a un lado el dolor de haberla perdido y siguió adelante, pero eso no quería decir que la hubiese olvidado.

La había visto en cada salón de baile y en cada velada social a lo largo de los años. Nunca se acercó a hablarle, pero la contemplaba y absorbía la calidez de su luz. La había amado durante el año que guardó luto por su esposo, pero después de eso, su situación personal le había impedido dedicarse a cortejar a nadie.

Todavía la amaba. La amaba aunque acabase de rechazarlo. Cuando su hermano huyó, y después murió, Tristan se sorprendió buscando a Meredith. Encontrarla fue como ver la luz tras una oscura existencia llena de culpabilidad.

Pero nunca había querido reconocer esos sentimientos, reconocer que la deseaba, hasta que Meredith se acercó a hablar con él en Londres. Entonces le había resultado imposible ignorar la atracción y lo que sentía, pese a sus esfuerzos.

Y allí estaba ahora, en una habitación con la mujer a la que llevaba tanto tiempo amando que ya ni se acordaba de cuándo no la había amado, pero ella no quería ser su esposa. No correspondía a sus sentimientos.

—¿Tristan? —susurró sin mirarlo a los ojos, tan sólo se permitió mirarlo de reojo.

Él se sobrepuso rápidamente.

—¿Por qué no puedes ser mi esposa?

Tal vez fuera ridículo pedir que le explicara su rechazo, pero quería saberlo. Necesitaba conocerlo.

Meredith vaciló, y Tristan se dio cuenta de que se estaba enfrentando a unas fuertes contradicciones, lo que le hizo albergar esperanzas.

—La primera noche que hicimos el amor —comenzó

ella, mirándolo a los ojos. La tormenta emocional había hecho que se le oscurecieran y adquirieran un peligroso tono azul—, mientras estábamos juntos en tu cama me dijiste que no podías ofrecerme un futuro, que lo que había entre nosotros sólo podía ser temporal. ¿Ha cambiado algo?

—Nos han pillado in fraganti, Meredith —respondió él, aunque sabía que era mentira. Lo cierto era que la insistencia de su madre no tenía nada que ver con que la estuviera pidiendo en matrimonio. Era el último escalón en lo que parecía un camino que conducía hasta ella—. El decoro exige que...

Ella frunció el cejo.

—¿De modo que nuestra unión se fundamentaría en las expectativas sociales? ¿Se basaría en el hecho de que cuando un caballero se acuesta con una dama, debe también tomarla por esposa?

Tristan se removió, inquieto. Ahora que lo había rechazado, no era capaz de encontrar una explicación mejor. Darle una parte de su corazón demasiado grande podría causarle aún más dolor del que estaba experimentando.

—Tú sabes que entre nosotros hay algo más que eso —admitió él, tendiendo un brazo hacia ella.

Meredith le permitió que le cogiera la mano, aunque a regañadientes.

—Pero sea como sea, ya estaba allí antes de hoy. Igual que también existía la posibilidad de que nos descubrieran. Pese a ello, tú me dijiste que no podías prometerme un futuro, y yo no lo esperaba tampoco. Así que debo preguntártelo de nuevo... ¿ha cambiado algo, dejando a un lado el hecho de que tu madre nos haya visto esta tarde?

Tristan cerró los ojos. Lo que había cambiado era que se había dado cuenta de lo mucho que la amaba. Pero tal vez eso no fuera suficiente. Aún no había terminado el peligroso asunto que se traía entre manos con Devlin. Las mentiras, los secretos que ocultaba en su casa y en su corazón. La razón por la que antes se había mantenido alejado de ella.

—No —contestó él en voz baja, soltándole la mano—. En mi vida, nada ha cambiado.

—Dudo que tu madre vaya a dañar mi reputación o la tuya contándole a todo el mundo nuestra pequeña indiscreción —razonó—. Desea que te cases, pero no a costa de tu sufrimiento. Y apuesto a que tampoco del mío.

—Entonces, ¿me estás diciendo que no quieres que tengamos un futuro juntos? —preguntó con tono acerado ante su imperturbabilidad.

Meredith inspiró profundamente y, por primera vez, Tristan vio emociones en su rostro. Dolor y furia en igual medida. Y otras cosas que no sabría definir. Pero eran emociones reales, que demostraban que estaba tan ligada a él como él a ella.

Sin embargo, negó nuevamente con la cabeza.

—No puedo casarme contigo porque no quiero volver a verme sometida de nuevo a los deseos de un hombre. —La voz le temblaba ligeramente—. Ni siquiera a los tuyos.

—Pero yo sé que te importo —replicó él, asumiendo los riesgos que había evitado hasta ese momento—. Puedo verlo en tus ojos.

Pareció sorprendida de que Tristan hubiera podido ver ese sentimiento en ella, e inmediatamente adoptó un semblante inexpresivo, y retrocedió un paso.

—Eso no tiene importancia, Tristan. Tú y yo hicimos un trato. No nos empeñaríamos en perseguir un futuro imposible. Me importas, pero una vida juntos es tan imposible ahora como aquella primera noche.

Él la imitó y retrocedió un paso. De nuevo sintió decepción, mezclada esta vez con enfado. Estaba enfadado consigo mismo por haberse atrevido a soñar, por haberse olvidado de las barreras que lo separaban de la felicidad. Se había permitido fantasías de algo más, y ahora tendría que olvidarlas. Olvidarse de que amaba a aquella mujer y concentrarse nuevamente en los importantes asuntos que tenía entre manos.

—Entiendo, milady —dijo, al tiempo que le hacía una rígida inclinación de cabeza, usando la formalidad como un escudo.

A continuación, se dirigió hacia la puerta, pero al llegar a ella se dio la vuelta. Meredith estaba mirándolo, los puños apretados a lo largo de los costados, temblando. A la mortecina luz del fuego vio el brillo de las lágrimas en sus ojos.

—Si cambias de opinión, mi ofrecimiento sigue en pie.

Y entonces se volvió, antes de ver la reacción de ella a sus palabras, y cerró la puerta tras de sí.

La vela de Meredith se había consumido casi por completo, pero ella no se había dado cuenta. Estaba demasiado ocupada sentada en el suelo, delante de la chimenea, rodeada de las pruebas que había recopilado. También había escrito un informe detallado del caso. Había dedicado cuatro horas a revisar todo el material que tenía en busca de algo, cualquier cosa, que pudiera utilizar para limpiar el nombre de Tristan.

Algo que le permitiera aceptar su proposición matrimonial.

Dejó escapar un suspiro mientras se levantaba, y estiró la espalda antes de dirigirse a la ventana. Fuera reinaba la oscuridad, sólo podía ver su rostro reflejado en los cristales. Y era una visión descorazonadora. Tenía los ojos hinchados de tanto intentar aguantar las lágrimas y el rostro demacrado a causa del disgusto, la rabia y el anhelo.

Sí, anhelo. Admitía que eso era lo que sentía. La proposición de Tristan resonaba en su cabeza como el coro de un aleluya. Le recordó lo liviano que sentía su corazón cuando estaba entre sus brazos; y cuando la tocaba, casi podía olvidar una vida entera de soledad.

Pero era peligroso permitirse sentir así. Sabía a ciencia cierta que debería separarse de él en cuanto presentara el caso a sus superiores: estaba involucrado en un asunto de mentiras y traición por un motivo que ella no podía comprender en absoluto.

Se apartó de su pálido reflejo para dirigirse al otro extremo de la habitación. Bajó la vista y observó la ingente cantidad de pruebas. No había nada que decir y nada que hacer que pudiera exonerarlo.

Nada excepto la vocecilla de su cabeza. El corazón le decía que él no haría, no podría, hacer jamás aquellas cosas. No sólo por la manera en que había muerto Edmund, sino por el noble corazón que ella creía firmemente que poseía. La misma vocecilla le decía que debía darle una oportunidad para explicarse y defenderse antes de entregarlo a quienes lo condenarían a un lejano destierro o algo peor.

—Tengo que decírselo. —Se secó las lágrimas.

Por primera vez desde que llegó a Carmichael se sentía segura de sí misma. Aquélla era la decisión correcta. Tenía pruebas suficientes como para que Tristan tuviese que contarle la verdad o, al menos negar, lo que ella había descubierto.

Las manos le temblaban cuando se dirigió hacia la puerta. Los pasillos estaban a oscuras a aquellas horas de la noche. No había sirvientes ocupados en sus tareas y la mayoría de los invitados se habían retirado ya a sus habitaciones. Pero tenía la impresión de que Tristan aún estaría despierto. No sabía por qué pero imaginaba que no debía de dormir mucho últimamente, y era evidente que la discusión que habían tenido sobre el matrimonio lo había disgustado.

Bajó la escalera procurando no hacer ruido. Por alguna razón, creía que no podría enfrentarse a él en su dormitorio. Resultaría demasiado fácil sucumbir a sus caricias allí, por lo que rezó para que estuviera en su estudio privado, o en la biblioteca, o en cualquier otra parte.

Al doblar una esquina, fue a parar a una amplia galería de cuyas paredes colgaban retratos de familia a ambos lados. Allí, de pie en mitad del pasillo, estaba Tristan. Tan inmerso en sus pensamientos que no la había oído llegar.

Contemplaba un retrato de gran tamaño. Meredith no alcanzaba a ver quién era la persona retratada, pero a juzgar por el lenguaje de su cuerpo, estaba claro que era el de alguien importante para él. Tenía una expresión sombría, las cejas fruncidas mientras estudiaba detenidamente el cuadro.

Por instinto, Meredith se escondió en las sombras. La actitud y la expresión de Tristan le decían que estaba presenciando un momento importante. De algún modo, clave para él, aunque no para el caso.

Quizá para ambos.

—Lo estoy intentando, padre —le oyó decir entonces en voz tan baja que no lo habría oído de no ser porque el sonido reverberó en la galería.

De pronto se puso rígido, como si hubiera percibido la presencia de alguien. Meredith se aplastó contra la pared, ocultándose en las sombras, mientras él miraba a su alrededor, y tuvo que contener el aliento al ver la expresión atormentada de su rostro. Toda la emoción que a menudo percibía justo bajo la superficie, los sentimientos que tan bien se le daba ocultar, habían abandonado la máscara de las convenciones sociales. Parecía completamente... destrozado. Y lo único que deseaba Meredith era reconfortarlo.

Pero antes de que pudiera hacer algo tan estúpido, Tristan giró sobre sus talones y echó a andar por el pasillo a paso vivo. Ella no tuvo más remedio que seguirlo. Pasó de largo varios salones y la biblioteca, y se detuvo al llegar a su despacho. Allí vaciló un momento.

Se inclinó hacia adelante y apoyó la cabeza en la puerta un momento antes de abrir y entrar.

Meredith avanzó todo lo de prisa que pudo sin que se oyeran sus pasos. Pegó el oído a la puerta, pero no oyó nada. Tristan se movía por el despacho, pero no estaba cerca de la entrada. Se mordió el labio mientras giraba el pomo con cuidado de no hacer ruido.

Consiguió abrir la puerta, sólo una rendija, y acercó un ojo a ella, pero no vio nada interesante. Sólo alcanzaba a distinguir una parte del escritorio de Tristan y la parte de la izquierda de la habitación, con la librería y el sillón de lectura. Ni rastro de él.

Abrió un poco más. Tampoco estaba sentado a su escritorio. Finalmente, dio un paso dentro y echó un vistazo.

Tristan estaba de pie en el otro extremo de la estancia, de espaldas a ella, de nuevo tan ensimismado que no se percató de su llegada. Estaba mirando el retrato de su hermano que ella había visto el día que estuvo registrando la habitación.

Abrió la boca para decirle que estaba allí, para empezar a confesar lo que había ido a hacer a su casa y exigirle la verdad de su traición, cuando Tristan se inclinó hacia adelante y empezó a trastear con el marco. La escasez de luz no permitía a Meredith ver qué era exactamente lo que estaba haciendo, pero oyó un clic y, para su sorpresa, el retrato de Edmund se separó del marco.

Las náuseas la asaltaron al ver lo que tenía delante, y tuvo que agarrarse al borde de la puerta para no caerse. Detrás de la inofensiva pintura de su hermano, apareció el cuadro que había desaparecido de la casa de subastas Genevieve hacía menos de un mes, el cuadro que ella estaba buscando, pero que en el fondo no quería encontrar.

Arañó con las uñas el marco de la puerta y luchó por reprimir un gemido de angustia. A pesar de las pruebas que demostraban lo contrario, había creído a la vocecita interior que le decía que él jamás sería capaz de semejante delito.

Ahora ya no podía seguir negando la realidad.

—Dos días más —dijo entonces Tristan.

La sorprendió tanto oír su voz que, por un momento, creyó que se lo decía a ella.

—Dentro de dos días serás de Devlin —añadió— y no tendré que volver a verte. Todo esto terminará entonces.

Meredith se apartó de la puerta antes de que él se diera

la vuelta y la pillara espiándolo, y se las ingenió para cerrar sin hacer ruido. Casi no veía por donde iba mientras se alejaba de allí, de la pintura que demostraba que sus temores eran ciertos, de la voz de Tristan que demostraba bien a las claras que era partícipe de los insidiosos planes de Devlin, y del dolor de su corazón, aunque mucho se temía que nunca podría correr lo bastante de prisa como para dejar este último atrás.

Oyó que se abría la puerta del despacho de Tristan para cerrarse a continuación y miró hacia atrás. Venía en su misma dirección. Si seguía corriendo por aquel pasillo, no habría modo de escapar sin que la viera, así que se metió en el hueco de la puerta de la primera habitación que vio y se aplastó contra su superficie, conteniendo la respiración a medida que las firmes zancadas se acercaban. Él pasó de largo sin percartarse de su presencia, y Meredith se quedó mirando su espalda mientras se alejaba, al tiempo que trataba de recuperar el aliento. Tenía la impresión de que el corazón le iba a explotar de un momento a otro, y el violento fluir de la sangre le martilleaba en los oídos.

Quería llorar. Quería ir detrás de Tristan y aporrearle el pecho con los puños. Quería gritar de frustración hasta echar la casa abajo con sus gritos.

Pero no podía.

En vez de eso, recurrió a los ejercicios de relajación que le habían enseñado en su adiestramiento. Poco a poco, se concentró en respirar hasta que pudo controlar sus emociones y hacerlas a un lado. No tenía ninguna duda de que volvería sobre ellas más tarde.

Pero por el momento tenía trabajo que hacer, algo que

no podía seguir evitando ni pretender que era un error. Tenía que escribir una carta que, gracias a sus contactos, llegaría a Londres al alba.

Mientras observaba la odiosa pintura, Tristan había dicho que pronto terminaría todo.

Y tenía razón.

16

Meredith pensaba que en su vida había habido momentos de tormento: tras la muerte de sus padres, durante la larga noche antes de que Tristan llegara para rescatarla de su propia estupidez, incluso al principio del período de entrenamiento, cuando su mimado cuerpo se rebelaba contra el dolor provocado por el ejercicio físico.

Pero ahora se daba cuenta de que todas esas penas no habían sido más que pequeñas molestias. El verdadero tormento era la angustia que sentía mientras esperaba lo inevitable sentada a la mesa de la cena.

La noche anterior, nada más regresar a su habitación, había escrito la carta, la odiosa carta que condenaba a Tristan a un destino en el que Meredith no quería pensar. Su cochero se la había llevado a un contacto que estaba esperando en Carmichael. Había luna llena y los caminos estaban en buenas condiciones, de modo que era muy probable que hubiera llegado a Londres a tiempo para que Charlie la leyera a la hora del desayuno. Su superior no solía perder tiempo cuando había que efectuar un arresto, por lo que no dudaba de que habría partido en dirección a Carmichael en cuestión de horas.

Echó una ojeada al reloj situado en una esquina del comedor. ¿De cuánto tiempo disponía antes de que Charlie llegara?

Miró entonces a Tristan, que charlaba con otro caballero sentado en su sitio, a la cabecera de la mesa. No tenía ni idea de que el fin estaba muy próximo. Aun así, parecía cansado. Extenuado. En sus ojos no vio la calidez y la luz con las que tan familiarizada estaba; la piel se le veía amarillenta y tenía ojeras.

—Lord Carmichael, algunas de nosotras nos preguntábamos adónde había ido su amigo —dijo una de las damas, sentada un poco más allá.

Meredith vio que se trataba de la corpulenta lady Blakensheft, cuya hija, Hester, había sido presentada en sociedad dos años atrás. Su señoría llevaba a la caza de un esposo para ella desde entonces.

—¿Mi amigo, milady? —preguntó Tristan sin comprender.

—El señor Devlin. Algunas de nosotras nos hemos percatado de su ausencia esta mañana, mientras jugábamos al mazo, y veo que tampoco está aquí esta noche —explicó lady Blakensheft.

Meredith echó una ojeada a la mesa con los ojos muy abiertos. Ella no había ido a la partida de mazo porque era incapaz de fingir que lo estaba pasando bien cuando sabía lo que estaba a punto de suceder. Y durante la cena estaba tan sumisa en sus pensamientos que no se había dado cuenta de la ausencia de Devlin.

Y ahora iba a pagar por ello. Cuando Charlie se presentara en Carmichael para llevarse a Tristan, no iba a poder decirle adónde ni cuándo se había ido Devlin. Una vez más, su confusión emocional le había impedido cumplir con su deber.

Miró a Tristan esperando ansiosa su respuesta. Por lo menos, algo podría sacar de allí.

Los ojos de él se iluminaron. Se diría que su expresión era de triunfo, como si por fin hubiera ganado una batalla que llevaba librando mucho tiempo. ¿Con Devlin? Y, de ser así, ¿cuál habría sido el motivo del enfrentamiento?

—El señor Devlin ha tenido que ausentarse por negocios —contestó—. Me temo que ya no regresará.

El pánico se apoderó de ella. ¿Habría llevado ya a cabo el traspaso de la pintura? Pero eso era imposible. De haberse ido Devlin de Carmichael cargando con el cuadro, habría tenido que utilizar un carruaje, y en ese caso su cochero y su lacayo la habrían informado de movimientos sospechosos. Mientras que si había partido a caballo, tal como había llegado a la mansión, su cochero habría pensado que salía a dar un paseo y no le habría resultado extraño, por eso no le había dicho nada.

Pero como había estado escondiéndose como una cobarde, no había hablado todavía con el hombre. Algo que tendría que solucionar en cuanto pudiera escapar de la cena.

Lady Blakensheft hizo una mueca de decepción. Era obvio que había estado considerando a Devlin como posible esposo para su hija. Por suerte para ella, su deseo no se había hecho realidad.

—Es una pena —suspiró para, a continuación, dirigir su atención hacia el siguiente posible candidato que tenía en su lista.

—Sí. —Tristan hizo girar el líquido en el interior de su copa—. Una pena.

El tono con que lo dijo hizo que Meredith girase la cabeza para mirarlo. Estaba bastante segura de que el cuadro no se había movido de Carmichael, entonces, ¿por qué Devlin se había ido sin él? ¿Y por qué estaba Tristan tan contento? Por lo que había presenciado la víspera, éste parecía bastante ansioso por deshacerse de la pintura, pero la red que había tejido a su alrededor era tan compleja que no sabía qué pensar. Lo que sobre todo no alcanzaba a comprender eran sus motivos. Y lo único que podía hacer era rezar por conocerlos algún día. Tal vez así encontrara algo de paz.

Algo que dudaba mucho.

Tristan pareció notar que lo estaba mirando y dirigió la vista hacia ella. Fue una mirada rebosante de calor y emoción, deseo y decepción, pero sólo duró un momento, al cabo del cual la apartó y siguió con su conversación.

Meredith frunció el cejo con rabia. ¿Por qué habría actuado como lo había hecho?

Él afirmaba que quería protegerla, pero ¿qué clase de protección podría proporcionarle traicionando a su país? Sentía tal pesar que casi no oyó a lady Carmichael levantarse de su asiento y anunciar que las damas se retirarían al salón sur mientras los caballeros disfrutaban de su oporto en la sala de billar.

Tremendamente aliviada, Meredith miró cómo los demás se ponían en pie e iban saliendo del comedor. Intentó pare cer ocupada cuando Tristan pasó junto a ella de camino a la puerta. La devoró con la mirada, pero eligió escoltar a otra dama. Meredith fue la última en levantarse.

No tenía ganas de ir con las demás mujeres. Tal como se sentía, dudaba que fuera una compañía agradable para nadie, y no confiaba demasiado en ser capaz de ocultar sus emociones. Además, tenía que ir a ver a su cochero lo antes posible.

Salió al corredor justo en el momento en que lady Carmichael abandonaba el salón al que había llevado a las mujeres. Meredith oyó las risas y el murmullo de las conversaciones.

—Ah, aquí está, querida —dijo la dama con una sonrisa sincera. A Meredith le sorprendió su expresión. Estaba segura de que, a esas alturas, ya debía de saber que había rechazado la proposición de Tristan, y había imaginado que se mostraría fría y educada, no verdaderamente amable.

De hecho, había contado con ello. Sin embargo, y pese a lo que la obligaba el deber, no le hacía ninguna gracia arruinar el nombre de la familia Carmichael. No había tenido el valor de enfrentarse a su señoría desde que los sorprendiera en el salón el día antes. Se sonrojaba al recordar el placentero encuentro amoroso que había interrumpido la buena mujer.

—Buenas noches —dijo Meredith con una tenue versión de la resplandeciente sonrisa de lady Carmichael.

—¿Le apetece unirse a nosotras? —preguntó Constance.

Meredith suspiró.

—Me temo que no me encuentro demasiado bien de nuevo...

Constance no la dejó terminar.

—Si no está de humor para charlas y ruido, no quiero obligarla a inventarse una excusa, pero ¿le importa que hablemos un momento antes de que se vaya?

Ella notó que el corazón empezaba a latirle con violencia.

—Por supuesto.

Constance gesticuló en dirección a otro pequeño salón cercano y cerró la puerta tras ellas. Meredith miró por encima del hombro con cierta cautela. Lady Carmichael quería hablar a solas.

—A juzgar por su expresión cualquiera diría que cree que

me la voy a comer —comentó la mujer, riéndose—. Le aseguro que no tengo intención de hacerlo.

Meredith no pudo evitar sonreír, y esta vez no tuvo que forzar la expresión.

—Claro que no, milady.

—Creo que está preocupada porque ha rechazado la proposición de matrimonio de mi hijo y teme que vaya a juzgarla con dureza por ello o por lo que presencié la otra tarde.

Ella retrocedió un paso. No podía creer que lady Carmichael estuviera siendo tan directa.

—Admito que estoy avergonzada por lo de ayer —contestó en voz baja. Y no mentía. No le gustaba que la hubieran descubierto en tan delicada situación, especialmente sabiendo lo escandaloso que eso debía de ser para una dama refinada como Constance Archer—. Y no la culpo si está molesta conmigo por haber rechazado la proposición de Tristan.

El rostro de lady Carmichael se suavizó.

—Querida, no estoy enfadada. Confiaba en que aceptaría, pero desconozco sus razones para rechazarle. Aunque jamás osaría juzgarlas. Ni tampoco a usted. —Sonrió—. Sólo espero que no juzgue usted tampoco a Tristan con demasiada dureza.

A Meredith se le encogió el corazón. Si supiera la dureza con que lo iban a juzgar...

—¿Juzgar a Tristan?

—Sé que a veces puede parecer distante, pero confío en que sepa ver cómo es verdaderamente. —Constance le sostuvo la mirada con firmeza—. Mi hijo es el hombre más honrado que he conocido. Tal vez no se le dé bien expresar sus sentimientos, pero los tiene, y son sentimientos profundos. Por eso ha llorado durante tanto tiempo la pérdida de su hermano. Sólo tú has conseguido borrar el vacío de sus ojos, Meredith.

Ésta se apartó de ella, de las palabras que tanto la afectaban. De nuevo la batalla entre las emociones y las pruebas. Cada vez que estaba con Tristan, sentía exactamente que era justo como su madre lo describía. Un hombre honrado. Decente. De sentimientos apasionados, aunque los ocultara bajo un manto de decoro.

Y sin embargo, todo lo señalaba como un hombre de la peor calaña. Decían que aquellos sentimientos no eran reales.

Pero existían. En su mente. En su corazón.

—No volveré a hablarte de esto —le aseguró lady Carmichael—. Y si persistes en rechazarlo, no te lo tendré en cuenta. Sólo confío en que vengas a visitarme de vez en cuando, y aceptes que yo vaya a visitarte.

—Por supuesto —se apresuró a decir Meredith—. Yo jamás le daría a usted la espalda.

Constance sonrió.

—Espero que no se la des tampoco a mi hijo. La vida es muy corta. Lamentar cosas es una pesada carga. —Se dirigió hacia la puerta—. He de ir a atender a mis invitados. Me alegrará mucho si decides unirte a nosotros más tarde. Si no, te deseo buenas noches.

—Buenas noches —contestó Meredith con un susurro, dándose la vuelta cuando la puerta se cerró—. La vida es muy corta —repitió.

Lady Carmichael no sabía cuánta verdad contenían sus palabras. El tiempo de Meredith para estar con Tristan estaba llegando a su fin a marchas forzadas. Tenía que aprovecharlo al máximo antes de que eso sucediera. Ya tendría tiempo de lamentarse amargamente cuando el caso se cerrara.

Con sus sentimientos tan claros como no los había tenido en mucho tiempo, salió del salón a toda prisa para ocuparse de unos pocos detalles antes de permitirse pasar unos últimos minutos a solas con el hombre que amaba.

Tristan estaba en su despacho, andando de un lado para otro. Su caos emocional le impedía disfrutar con el resto de los invitados en el salón del piso inferior. Había quien jugaba a las cartas, las damas se turnaban al pianoforte, algunas parejas bailaban contradanzas informales y conversaban en voz tan alta que había tenido que cerrar la puerta para no oírlo.

Podría haberse quedado, pese a lo mucho que lo incomodaban aquellas situaciones, si no fuera porque Meredith no estaba. Se había esfumado en algún momento entre el término de la cena y cuando los hombres se reunieron con las damas una hora después. Su madre no quería decirle nada, pero tenía la impresión de que había hablado con ella. Y, conociéndola, lo más probable era que hubiera estado haciendo campaña a favor de él.

Sin embargo, Meredith no estaba allí. No quería verlo.

Se sentó al escritorio y se pasó una mano por la cara. Lo único bueno a lo que podía agarrarse en aquellos momentos era que se había ocupado del otro problema de su vida. Ahora tenía libertad para entregarle la dichosa pintura a Devlin.

Por el rabillo del ojo vio el retrato de su hermano. Edmund era la razón de todo lo que había hecho. Tenía sentido que fuera su retrato el que le proporcionara la última pieza del rompecabezas que finalmente iba a darle acceso a la banda de Devlin.

A éste no le había hecho gracia que lo enviara a buscar al líder de su banda, pero él le había dejado poca opción. Devlin no tenía ni idea de dónde guardaba la preciada pintura, y sin ella no podía llevar a cabo su próxima traición. Hasta que Devlin no le diera lo que él quería, es decir, conocer al hombre que dirigía la red de traidores, no tendría lo que a su vez deseaba.

No pudo evitar sonreír. Pronto acabaría todo. Podría cerrar la peor parte de su vida y empezar de cero. Con el tiempo, podía ser que lograra convencer a Meredith...

No, aquél no era momento de pensar en ella. Lo que tenía que hacer era dedicar toda su energía, su tiempo y sus emociones, a completar la última parte de su venganza. Eso era lo único que importaba. Ojalá su corazón estuviera de acuerdo. Pero éste insistía en que un futuro con Meredith merecía más la pena que vivir en el pasado. Que su hermano no querría que lo arriesgara todo por él.

La puerta del gabinete se abrió, pero Tristan no levantó la vista.

—No necesito nada —dijo, entrelazando los dedos debajo de la barbilla, con la vista fija en el retrato de su hermano pintado cuando éste estaba en la flor de la vida.

—¿Nada?

El sonido de la voz de Meredith hizo que girara el sillón por completo. Allí estaba, como si hubiera acudido a la llamada de sus pensamientos. Deseaba tomarla entre sus brazos, pero se conformó con levantarse y quedarse detrás de su escritorio. Ya se había abierto a ella una vez. No por completo, pero sí lo máximo que le habían permitido los secretos que pendían sobre su cabeza como una guillotina, y ella lo había rechazado. No deseaba una segunda dosis de dolor.

—Meredith. —Le hizo una señal hacia el sillón que había frente al escritorio.

En vez de tomar asiento, ella se acercó a la chimenea. Levantó la vista y la recorrió un estremecimiento al mirar el retrato del hermano de Tristan, casi igual al que seguramente debía de recorrerlo a él. Pero ¿por qué? Sólo lo había visto un par de veces cuando era niña. No había ningún motivo para que su imagen la emocionara de aquel modo.

Meredith se dio entonces la vuelta y ver la desesperación que había en sus ojos detuvo los turbulentos pensamientos de Tristan.

—Soy consciente de que te he hecho daño al rechazarte —dijo Meredith.

El corazón de él empezó a latir con violencia, y se aferró con fuerza al borde del escritorio.

—No te lo voy a negar —respondió, calibrando cuidadosamente su tono. Si no había ido a verlo para decirle que había cambiado de opinión, no tenía ganas de ponerse en ridículo.

Ella bajó la cabeza.

—También creo que, pese a todo, eras sincero en tu proposición.

Tristan frunció el cejo.

—¿Dudas de mí en otros aspectos?

Ella esbozó una mueca de dolor, pero no respondió. Levantó la vista hacia él. Sin vacilar. La desesperación de antes había desaparecido, pero Tristan había visto cuán a menudo ocultaba sus sentimientos. Se preguntó por qué escondía tanto de sí misma tras la apariencia de una frívola mariposa.

—Tristan, dentro de poco van a ocurrir cosas que sólo contribuirán a aumentar el dolor, el enfado o lo que sea que hay entre nosotros. —Dio un paso hacia él—. Van a ocurrir cosas que cambiarán nuestras vidas para siempre.

Él negó con la cabeza confuso.

—¿Qué cosas?

—Pero antes de que ocurran, quisiera pedirte un favor.

Se le acercó más, lenta pero segura, sin dejar de mirarlo, ni siquiera cuando se acercó tanto que sus cuerpos se rozaron, envolviéndolo en su delicioso aroma floral y llenándolo con su luz. Sentir su calidez lo hizo sentir completo.

—¿Qué es lo que quieres? —preguntó con la voz ronca por el deseo y la emoción.

—Un último beso. —Se le quebró la voz y los ojos le brillaron a causa de las lágrimas—. Sólo quiero que me beses una vez más. Antes... antes de que sea demasiado tarde.

Tristan no comprendió la ominosa naturaleza de su petición. Tal vez no quisiera volver a verlo una vez se marchara. Quizá creyera que había roto el frágil vínculo que los unía al rechazar su proposición, o también cabía la posibilidad de que el temblor de sus manos se debiera a algo mucho más grave de lo que él pudiera imaginar.

Pero no le importaba. Ella le estaba ofreciendo el cielo, y aunque le costara un pedazo más de corazón, lo aceptaría. Pero se tomó su tiempo en saborearlo. Si había de ser el último beso que compartieran, tal como ella decía, se aseguraría de que ninguno de los dos lo olvidara.

Levantó las manos muy despacio, y con una le acarició la mejilla mientras la otra descendía por su brazo. Meredith se estremeció y entonces, rodeándole la cintura, la acercó aún más.

Ella suspiró, pero el sonido fue más como un sollozo. Levantó la cara ofreciéndole su boca, pero Tristan no la aceptó de inmediato. Optó por depositar un suave beso en la comisura de un ojo y saborear el rastro salado de las lágrimas derramadas y las que estaba conteniendo. Después la besó en la mejilla, le acarició dulcemente la oreja con los labios, y le depositó un tierno beso en la punta de la nariz.

Era como si el tiempo entre ellos hubiera quedado suspendido alargándose infinitamente hasta que por fin le rozó la comisura de los labios. Meredith dejó escapar otro suspiro entrecortado, aunque algo más aliviado. Entonces se arqueó contra él y el beso se tornó más apasionado.

Tristan la saboreó como si fuese la primera vez, aprendiéndose su sabor, probando su receptividad. En cierta forma, aquel «último» beso era igual que el primero. Desconocido. Inesperado. Y, por algún motivo, temía que sólo fuera producto de su imaginación. Pero la calidez de Meredith era la prueba de que no se trataba de una fantasía.

La desesperación que ella había estado reprimiendo emergió nuevamente. Se aferró a él con ansia, agarrando la tela de su chaqueta mientras su lengua se enredaba con la de él, suplicando más, exigiendo más.

Tristan le dio lo que quería. Profundizó el beso, casi a punto de perder el control.

Él tal vez se hubiese dejado arrastrar por el deseo, de no ser porque percibía que Meredith estaba conteniéndose. Sabía que si le preguntara si quería que le hiciera el amor, ella se echaría atrás. Y aún no quería perderla, de modo que intentó controlar la desenfrenada pasión que despertaba en él.

Oyó ruidos en el pasillo, interfiriendo en el placentero abandono que experimentaba cada vez que la tocaba, pero los ignoró y prosiguió con la exploración de sus labios. Ella permitió que la besara una vez más, y entonces se apartó. Lejos de sus labios, lejos de sus brazos. Por algún motivo, Tristan no quería dejarla ir. Una parte de él le gritaba que, si la soltaba, tal vez no volviera a estrecharla entre sus brazos nunca más.

Pero ella insistió y se separaron. Sus ojos brillaban de deseo y por las lágrimas.

—Tristan —susurró—, sólo espero que puedas comprenderlo.

—¿Comprender? —Ahora sí prestaba atención a los ruidos procedentes del pasillo. Estaban cada vez más cerca. Eran pasos y voces.

—Sí.

Nada más decirlo, la puerta del despacho se abrió y entraron varios hombres seguidos por su mayordomo y dos lacayos. Tristan se puso rígido al verlos irrumpir así sin anunciarse.

Los intrusos eran tres. Todos iban bien vestidos, aunque sus ropas estaban un poco arrugadas a causa del viaje; aun así, era evidente que pertenecían a la clase media alta. No tenían su rango. El requerido para invadir la casa de un hombre sin permiso. No conocía a ninguno de los tres. Uno de ellos era corpulento, calvo, y parecía el líder, a juzgar por la manera en que los otros dos aguardaban a su lado, observando a los sirvientes y a Tristan.

—Lo lamento, señor —dijo el mayordomo abriéndose paso hacia adelante—. Han entrado por la fuerza y no he podido detenerlos.

—Está bien, Jensen —contestó Tristan con tono tranquilizador—. Al parecer, estos hombres han venido a hacer algo aquí. O al menos eso creen.

El mayordomo se cruzó de brazos, y no se movió de allí, dispuesto a echarlos de las orejas si era necesario. Tristan sonrió ante su lealtad, pero su sonrisa se borró al ver a Meredith. Estaba de pie junto a la puerta, pero no parecía sorprendida ni asustada por la súbita interrupción. De hecho lo que parecía era resignada.

Avanzó un paso y dijo algo en voz baja a los criados. Para sorpresa de Tristan, éstos salieron de la habitación. Meredith cerró tras ellos, y sólo entonces se volvió a mirarlo. Él le sostuvo la mirada y vio culpa en ella.

Meredith conocía a aquellos hombres y sabía por qué estaban allí.

—¿Quiénes son ustedes? —preguntó entonces irguiéndose cuan alto era.

—Me llamo Charles Isley, lord Carmichael —contestó el hombre calvo avanzando un paso.

Tristan negó con la cabeza. El nombre no le decía nada.

—¿Y con qué motivo invaden mi casa e interrumpen una reunión privada a estas horas de la noche?

Isley frunció el cejo.

—Milord, soy agente del Departamento de Guerra, al servicio de la Corona. Tengo órdenes de ponerlo bajo custodia. Debe venir a Londres conmigo ahora mismo.

Tristan sintió que el mundo se le venía encima. ¿Bajo custodia? Eso significaba que estaba acusado de algún delito. Sus mejillas perdieron el color, aunque se obligó a mantenerse erguido, manteniendo la compostura. No podía dejar que vieran que llevaba más de un año temiendo que ocurriera algo así.

—¿Van a detenerme? —preguntó, y le complació notar que no le temblaba la voz—. ¿Quiere eso decir que estoy acusado de algún delito?

—Sí, milord. —Isley asintió una sola vez, bruscamente y con la mínima cortesía imprescindible—. Se le acusa de traición a la Corona.

17

La palabra «traición» traspasó a Meredith. No la sorprendió oírla. Había estado esperando aquello, lo había sabido todo el tiempo, lo había demostrado... pero cuando Charlie lo dijo en voz alta, no pudo evitar estremecerse de miedo, consciente de lo que significaba para Tristan... y para ella.

Éste también se estremeció, casi al mismo tiempo. Pero igual que en el caso de ella, su rostro no mostraba sorpresa. Había furia en sus ojos, sí. Y frustración. Y también alguna cosa más.

Resignación.

En cierto sentido, en el rincón más recóndito de su corazón, él había estado esperando que aquello ocurriera, incluso temiéndolo. Lo que confirmaba su culpabilidad más que cualquier confesión.

Observó a Charlie mientras le explicaba la situación a Tristan, observó a éste argumentar, pero era como si hablaran en un idioma desconocido. Meredith no comprendía lo que decían porque una tromba de imágenes asaltaba su cerebro.

Tristan de niño, jugando en casa de los tíos de ella. La noche en que ella huyó y se refugió en una posada de mala muerte. Recordó su cara cuando reconoció a la chica a la que acababa de salvar de ser violada o algo peor. La furia con que atacó a su asaltante. Protegerla había sido su principal empeño, tanto del hombre que habría abusado de ella como de las consecuencias que tendría para Meredith el hecho de haber huido de sus tíos. Nunca le había contado a nadie dónde la encontró ni por qué estaba allí, ni siquiera cuando se apartó y no quiso volver a verla.

¿Qué había cambiado desde entonces? ¿Qué había transformado a su noble caballero en un vil traidor a lo que para ella era tan importante?

¿Y por qué no lograba evitar que le diera lo mismo lo que quiera que hubiese hecho cambiar a Tristan? Estaba rota de dolor y detestaba estar así. Se maldijo por su debilidad y por el escozor de las lágrimas en sus ojos. Sólo quería olvidarle y seguir adelante.

Pero no podía.

Porque ahora tenía nuevos recuerdos: la ternura de sus besos, el placer al hacer el amor, y también el tiempo que habían pasado juntos, cuando él le había hecho creer que seguía siendo decente, bueno.

La voz de Charlie penetró en su neblina emocional.

—Voy a tener que esposarlo para escoltarlo hasta el carruaje, milord.

Tristan abrió desmesuradamente los ojos y negó con la cabeza.

—No. Mi madre está abajo con nuestros invitados. ¡Me vería salir con grilletes!

Los dos agentes que acompañaban a Charlie dieron un paso al frente y sujetaron a Tristan cada uno por un hombro. Él se resistió. Meredith sabía que lo haría. Se escabulló de entre las manos de los hombres, dando codazos a diestro y siniestro.

Sintió que se le partía el corazón. Si no paraba, podía acabar muerto.

Entonces dio un paso al frente con las manos en alto.

—¡Espera, Charlie!

Al oír su voz, todo el mundo se detuvo y se volvió a mirarla. Tristan la miró con expresión traicionada. Charlie arqueó una ceja. Nunca antes se había entrometido en un arresto. De hecho, normalmente no estaba presente, como una medida para proteger su identidad.

Pero no había nada normal en aquella detención.

—¿Qué ocurre, Meredith?

Se colocó entre los dos, de espaldas al hombre al que había traicionado, incapaz de mirarlo a la cara.

—Lord Carmichael tiene razón. Si lo esposas, todo el mundo sabrá de su arresto.

Charlie negó con la cabeza.

—¿Y por qué habría de importar eso?

—Porque Devlin no está aquí. Si queremos cogerlo, tal vez sea mejor que no sepa que su socio ha sido arrestado por delitos contra la Corona. —Se permitió un rápido vistazo por encima del hombro. Cruzado de brazos, Tristan la fulminaba con la mirada—. Llévatelo sin llamar la atención, deja que le diga a su familia que debe ausentarse por un asunto de negocios para así protegerlos de la verdad. Podemos valorar la información que posee sobre Devlin y su grupo sin que todo el mundo sepa de su arresto.

—¿Y por qué habría de darnos información acerca de otros criminales un traidor como él? —preguntó Charlie mirando a Tristan con cara de pocos amigos—. En cualquier caso, Meredith, esto terminará sabiéndose. Ya sea esta noche, la semana que viene o el mes que viene. No podemos mantenerlo en secreto eternamente.

Ella tocó a Charlie en el brazo.

—Por favor, nunca te he pedido algo así. Por favor.

El hombre retrocedió, sorprendido. Entonces miró de nuevo a Tristan, pero esta vez lo sometió a un intenso escrutinio. Probablemente se estuviera preguntando qué extraña suerte de embrujo había lanzado aquel sospechoso sobre su espía.

Meredith también se lo preguntaba.

—¿Estás involucrada con estos hombres? —preguntó Tristan detrás de ella con horrorizada incredulidad—. ¿Tú has hecho esto?

Ella se volvió, y se topó con los ojos de él penetrándole el alma, exigiéndole la verdad. Hizo ademán de ir a cogerla, pero los dos agentes que lo escoltaban lo sujetaron de los codos para impedírselo. Meredith se sorprendió deseando que la tocara a pesar de exclamar:

—¡No, lo has hecho tú!

Tristan retrocedió, apartándose de los hombres que lo retenían.

Charlie la cogió por el codo.

—Está bien, tal vez tengas razón. Haré lo que me pides y mantendré el arresto en secreto todo lo que pueda. —El tono de su voz se endureció al dirigirse a Tristan—: Supongo que es lo desea usted, lord Carmichael, que se guarde el secreto.

Por un momento, él no hizo otra cosa que mirar a Meredith. Entonces apartó la vista.

—¿Por qué iba a desear que se guarde el secreto cuando ni siquiera sé por qué se me arresta?

Ella hizo una mueca de dolor. ¿Cómo podía seguir negando la evidencia? Pues bien, no iba a permitírselo más. Con paso lento se dirigió hacia el retrato de Edmund Archer. Levantó los brazos y buscó las abrazaderas ocultas tras el marco, las soltó y el retrato se separó del cuadro que se ocultaba detrás, el del paisaje robado.

Entonces se volvió e hizo un gesto con una mano hacia la odiosa pintura.

—Éste es el motivo, Tristan.

Él se había puesto pálido, y las negaciones que parecía estar preparando se vinieron abajo. En el tiempo que se tarda en respirar, murmuró:

—Sí. Agradecería la máxima discreción posible en este asunto.

Charlie asintió y se llevó a un lado a sus hombres para hablar con ellos. Meredith se colocó cerca de la puerta, por si Tristan hiciera algún intento de escapar. No hizo tal cosa. Sólo la miró. Largamente.

—Tristan —murmuró ella, como si de algún modo tuviese que darle una explicación, como si hubiera estado equivocada todo el tiempo, cuando lo único que había hecho era cumplir con su deber.

Él negó con la cabeza.

—No hay nada que decir, ¿no te parece? Tú has decidido cuál es la verdad en este asunto.

Ella apretó los puños a lo largo de los costados.

—Tengo delante de mí la prueba. —Se dirigió hacia el cuadro, pero él no lo miró—. ¿Qué es lo que debo creer?

Él se encogió de hombros.

—Que no todo es lo que parece.

Antes de que pudiera replicarle, Charlie regresó donde estaban ellos.

—Debemos irnos cuanto antes y tratar de evitar levantar sospechas. Si somos capaces de salir sin que se hagan demasiadas preguntas, dejaré que envíe a su familia un mensaje para explicarles que ha tenido que salir urgentemente para atender un asunto. ¿Servirá para tranquilizar las posibles dudas?

Tristan apartó la vista de Meredith.

—Sí, mi madre tendrá preguntas, pero no desatenderá a sus invitados para venir detrás de mí, si es a eso a lo que se refiere. Después tiene previsto ir a Bath a visitar a mi hermana y a su familia. No va a cancelar el viaje. Mi hermana acaba de tener un hijo.

—Bien. —Charlie se dirigió hacia la puerta—. En caso de que alguno de sus invitados quiera saber algo, le dará la misma versión: que se requiere su presencia en Londres para atender un asunto urgente. Si hace el más mínimo intento de escapatoria o trata de enviar algún tipo de mensaje secreto, lo esposaré y me lo llevaré a rastras. ¿Me ha entendido?

Tristan entrecerró los ojos. Igual que cuando hacían el amor, Meredith vio al rebelde que tenía dentro emerger a la superficie. No era un hombre acostumbrado a que le dieran órdenes.

Apretó los labios convirtiéndolos en una delgada línea.

—No tengo alternativa.

—En efecto. Meredith le ha conseguido un respiro ante la censura pública, que es más de lo que yo habría hecho. —Charlie se acercó a la puerta—. En cuanto lleguemos a

Londres, lo tendremos en alguna parte donde no despierte excesiva atención.

—Gracias —consiguió decir él con los dientes apretados.

Se dejó escoltar por los agentes hasta la puerta. Meredith los observó, y se sorprendió cuando Tristan se volvió para clavar en ella la vista. Ya no era el hombre que la había cortejado, le había hecho el amor y después le había propuesto matrimonio. El duro brillo de sus ojos le dejó bien claro que lo que hubiera podido sentir por ella había desaparecido por completo.

—No olvides lo que te he dicho, Meredith. No todo es lo que parece. —La miró de arriba abajo dejando claro el desprecio que sentía, y finalmente añadió—: Tú eres prueba de ello.

—Debes comer algo.

Meredith dio un respingo y apartó la vista de la ventana surcada por hilos de agua de lluvia de la casa londinense de Emily. Estaba tan sumida en sus pensamientos que se había olvidado de la presencia de sus amigas.

Estaban sentadas tomando el té, y ambas la miraban con obvia preocupación, tan obvia como sus embrolladas emociones. Al parecer, ya no era capaz de ocultar sus pensamientos. Lo que podía ser fatal para un espía.

—No —contestó ella—. No tengo hambre. Gracias.

Emily se levantó y fue hacia la ventana. La cogió de los hombros y la guió por la fuerza hacia la mesa, donde la «ayudó» a sentarse. Ana colocó ante ella una humeante taza de té.

—Estás muy alicaída desde que volviste a Londres, hace dos días —comentó Emily sentándose con los brazos cruzados.

Meredith supuso que esa intensa mirada era la que utilizaba cuando interrogaba a un sospechoso. No era de extrañar que se le diera tan bien sonsacar información.

—Sí —convino Ana—. Nos tienes preocupadas.

Meredith negó con la cabeza. No quería hablar de su corazón herido, no con ellas. Con nadie en realidad. Lo único que quería era olvidar lo ocurrido en Carmichael. Lo había intentado, pero los recuerdos se empeñaban en acosarla. Igual que las palabras finales de Tristan cuando se lo llevaban arrestado.

—No digas tonterías —consiguió decir con un tembloroso hilo de voz—. Estoy perfectamente. Sólo un poco baja de energía después de terminar el caso. Ya sabéis cómo es eso. Ha sido casi un mes de emociones, y ahora me resulta difícil recuperar la vida normal. Londres es... —Vaciló antes de contestar—: No es lo mismo.

Nada lo era.

Ana frunció los labios y se subió las gafas de montura metálica. Eran las que se ponía cuando trabajaba en el sótano de la casa, y se le había olvidado quitárselas, algo que le pasaba a menudo.

—Es más que eso —insistió ésta—. Te pasó algo mientras trabajabas en el caso. Has estado distraída y preocupada desde que te dijeron que tenías que investigar a Tristan Archer. Y la cosa ha empeorado desde tu regreso. Estás muy callada.

—No eres tú —convino Emily asintiendo con la cabeza—. No nos has contado casi nada de lo sucedido. Y no pareces muy contenta con la resolución.

Meredith cogió una galleta de la bandeja.

—¿Y qué motivos habría para alegrarse?

Suspiró pensando en el informe que se había encontrado a su llegada a Londres.

—La prueba que pudiera estar oculta en el cuadro ya había sido entregada. Ahora no podemos encontrarla. Por lo que sabemos, le fue entregada a Devlin antes de que partiera de Carmichael.

—Sí, pero... —comenzó a decir Ana.

Meredith la interrumpió con un gesto de la mano.

—Por culpa de mi estupidez y mi distracción, ahora tampoco sabemos dónde está Devlin. Y Tristan...

Se detuvo. No había necesidad de regodearse en su pesar en público. Bastante lo hacía ya en la soledad de su alcoba, reviviendo una y otra vez los momentos robados que habían pasado juntos.

Emily se levantó y se colocó a su lado. Levantó una mano y le acarició el pelo.

Meredith miró a su amiga sorprendida ante la ternura del gesto. Normalmente, era Ana la cariñosa y Emily la adusta. Había tenido que serlo.

—¿Qué ocurrió? —le preguntó en un susurro—. ¿Qué nos ocultas?

Meredith suspiró. Era una carga demasiado pesada. Tenía tanto que contar a sus mejores amigas, sus hermanas en espíritu...

Ana sonrió con dulzura.

—Quizá te fuese bien contárnoslo.

Ella asintió. No podía negarse cuando trabajaban juntas. Inspiró varias veces para relajarse.

—Yo... yo... —balbuceó, buscando las palabras adecuadas, pero sólo había una manera—. Me he enamorado de él. —Oírselo decir por primera vez la hizo llorar. Lágrimas que había estado reprimiendo, negándose, empezaron a rodar libremente por sus mejillas—. Me he enamorado de un traidor.

Emily esbozó una sonrisa y miró a Ana.

—Me debes una libra.

Meredith miró a su amiga con el cejo fruncido.

—¿Una libra? Espera. ¿Quieres decir que habíais hecho apuestas sobre mis sentimientos hacia Tristan? —Se soltó de las cariñosas manos de Emily y se levantó para acercarse a la chimenea a grandes zancadas, cruzada de brazos—. No me extraña que tuvierais tantas ganas de que os lo contara.

—Vamos —la tranquilizó Emily—. Sabes que no es ése el motivo.

—¡Sí, la verdad es que estábamos preocupadas por ti! —exclamó Ana corriendo al lado de Meredith para rodearle la cintura con los brazos—. Supusimos que sentías algo por él, sobre todo por el tono de las cartas que nos enviabas, pero no nos alegrábamos de tu sufrimiento. Eso lo sabes, ¿verdad?

Meredith la miró, y no pudo mantener el cejo mucho tiempo.

No, cuando Ana la miraba con tan sincera preocupación en los ojos.

—Lo sé.

—Y ahora cuéntanoslo todo —la animó Emily con un suspiro.

Meredith se frotó los ojos con los dedos. ¿Cómo explicar lo que ni ella misma comprendía?

—No sé cómo ocurrió —comenzó—. Sentía algo por él cuando era pequeña, algo más profundo que la amistad que él me profesaba, pero nunca pensé que fuera a sentirlo otra vez; no con mi adiestramiento y lo que sabía de él.

—Pero ocurrió —dijo Ana con un pequeño suspiro.

Meredith sabía que ésta, con lo romántica que era, comprendía perfectamente la pasión que había vivido, aunque no el dolor.

—Sí —admitió—. Ocurrió. La atracción entre los dos fue casi inmediata, y fue mucho más allá de un leve destello de deseo. A mí... seguía gustándome Tristan. Me gustaba hablar con él, me sorprendí contándole cosas que no le había contado a nadie.

—¿Ni siquiera a nosotras? —preguntó Emily arqueando las cejas.

—Lo creas o no, todavía guardo, guardaba, algunos secretos, Emily —contestó Meredith, negando con la cabeza—. Me di cuenta de que mis sentimientos se estaban descontrolando, especialmente cuando las pruebas que iba reuniendo no hacían más que demostrar su culpabilidad. Pero seguí jugando con fuego, seguí acercándome a él aunque la investigación ya no lo requiriese. Hicimos... hicimos el amor. Incluso me pidió que me casara con él.

Ana y Emily ahogaron un gemido de estupefacción. Meredith asintió.

—Lo sé. Y yo deseaba decirle que sí. Deseaba olvidar lo

que sabía y rendirme a la vida que me ofrecía, aunque fuera una imagen falsa.

Frunció el cejo. Seguía sin poder decirles a sus amigas toda la verdad. No podía contarles que había estado a punto de quemar sin leerla la carta que Ana le había enviado con la información descifrada, que había estado a punto de abandonar todo deber para seguir los dictados de su corazón.

—¿Y cómo te sientes ahora? —preguntó Emily con dulzura—. ¿Ahora que sabes que fue Tristan quien robó el cuadro? ¿Ahora que sabes que alguien, probablemente él, sacó de la pintura la información que buscamos, para ocultarla o algo peor, entregársela a Devlin y su grupo?

Meredith se acercó a la ventana y miró hacia la calle, reflexionando sobre las preguntas de Emily, algo que había estado evitando hacer. No quería enfrentarse a la verdad.

—Antes de que Charlie y sus hombres se lo llevaran, Tristan me dijo algo. Que las cosas no siempre son lo que parecen. Y yo lo creo. O quiero creerlo. —Se cubrió la cara con las manos—. ¡Ya no lo sé! No puedo fiarme de mí misma.

—¿Por qué? —insistió Emily.

Meredith apoyó la palma contra el frío cristal de la ventana.

—Porque las pruebas lo señalan a él, pero mi corazón y mis sentimientos me dicen lo contrario. No me parece la clase de hombre que comerciaría con las vidas de otros por un puñado de libras. No he dejado de darle vueltas en todo el tiempo que he estado en Carmichael. Y he seguido haciéndolo desde que llegué a Londres.

—Tal vez deberías ir a verlo —sugirió Ana.

—¿Verlo? —repitió Meredith con el corazón en la garganta.

¿Cuántas veces había pensado en hacerlo, pero se resistía porque sabía lo doloroso que iba a ser?

—No es mala idea —convino Emily, dándose unos golpecitos con el índice en la barbilla en actitud reflexiva.

Meredith abrió mucho los ojos.

—¿Tú también?

Ana asintió.

—Si lo vieras, tal vez pudieras comprobar si sigues sintiendo algo por él y qué es lo que sientes.

Emily añadió su propio comentario.

—Y lo que es aún más importante, tal vez puedas conseguir lo que Charlie y sus hombres no han logrado desde que llegaron a Londres: que lord Carmichael te cuente dónde está la prueba que sacó del cuadro.

Ella cerró los ojos. Enfrentarse a Tristan era una perspectiva aterradora, aunque sabía que sus amigas tenían razón, cada una a su manera.

Tenía que verlo para librarse del amor que la atormentaba. Verlo encerrado en un calabozo podría hacer que viera las cosas tal como eran.

Y, desde luego, quería saber dónde estaba oculta la prueba. Sin ésta, era como si todo lo que había hecho hubiese sido en vano.

—¿Dónde lo tienen? —preguntó con un hilo de voz.

Ana sonrió.

—En la pequeña celda que tiene Charlie en su casa. Le pareció que así retrasaría las sospechas lo máximo posible.

Meredith suspiró.

—Iré esta tarde.

—¿Quieres que te acompañemos? —preguntó Emily, frunciendo el cejo con preocupación.

—No —contestó Meredith—. Esto lo empecé yo sola y yo sola debo terminarlo.

18

—Lord Carmichael, su cooperación en este asunto ayudaría a su causa enormemente. Para usted, podría significar la diferencia entre la deportación y la muerte.

Tristan miró a Charles Isley con expresión cuidadosamente neutra. No odiaba al hombre tanto como había creído que lo haría cuando entró por la fuerza en su casa, hacía una semana, arrebatándole toda posibilidad de venganza, toda posibilidad de un futuro. Desde que llegaron a la residencia de Isley en Londres, había visto que era un carcelero justo y caballeroso.

Pero no podía darle lo que quería. Tristan deseaba llevar a cabo su propia justicia, de una clase que el gobierno no podía proporcionarle con un juicio.

—Para mí, no hay mucha diferencia entre las dos —contestó, mirándolo a los ojos—. En cuanto se haga público mi arresto, estaré muerto en todos los sentidos de la palabra. Y eso también acabará con mi familia.

Hizo una mueca de dolor ante la verdad de sus dramáticas palabras. En cuanto su nombre se relacionara con la palabra «traidor», su fortuna sería diezmada y su familia quedaría destrozada. Significaría que todas las posesiones Carmichael pasarían a manos de su primo más cercano y su madre sería arrojada a la calle. Sus hermanas la acogerían, pero ya nunca sería aceptada en sociedad.

Y, lo que era aún peor, nadie entendería por qué había obrado como lo había hecho. La buena sociedad siempre tendía a creer lo peor de los demás. Un chismorreo tan jugoso sobre un hombre como él, que se había pasado toda la vida evitando el escándalo, sería algo extraordinario. Hablarían sobre su desgracia durante años.

Le dolía la cabeza.

Isley entrecerró los ojos.

—Meredith me pidió que lo protegiera. ¿Se da cuenta del enorme regalo que le hizo? No comprendo que nos lo pague de esta forma, negándose a decirnos dónde está la prueba que necesitamos o siquiera qué es lo que estamos buscando.

Tristan se sentó en la pequeña cama situada en el centro de la habitación y se quedó mirando los irregulares tablones del suelo. Meredith. Había intentado no pensar en ella desde que abandonaron Carmichael. Cuando lo hacía, la ira, el dolor y la traición que sentía le resultaban insoportables.

Le había mentido. Lo había utilizado a él y sus sentimientos hacia ella. Y todo para hacerlo caer, para llevarlo donde ahora estaba. Nada de lo que había habido entre ellos era verdad. Sus besos, los sentimientos que veía en sus ojos, no eran más que armas de su arsenal.

La cólera empezó a bullir dentro de él, pero la controló. Mostrar tan poderosas emociones no serviría más que para llevarlo a Newgate más rápido. Aparte de que dar rienda suelta a su rabia no cambiaría nada.

—Yo no le pedí a Meredith que me protegiera, ni tampoco a usted, señor Isley —dijo él, tumbándose de nuevo en la cama y mirando al techo—. Y ya les he contado todo lo que tengo intención de contarles. Lo que ustedes creen no es cierto. He intentado explicarles lo ocurrido con mi hermano...

Isley puso los ojos en blanco.

—Por favor, no me haga perder el tiempo hablándome de su búsqueda de venganza, milord. Las pruebas van por otro lado. Sería mejor para usted que nos dijera la verdad en vez de justificar su comportamiento con elaboradas explicaciones.

Tristan apretó los puños. Isley era un hombre pragmático. Estaba claro que no comprendía el calor de las emociones o el poder del odio.

—No veo qué sentido tiene continuar si no está dispuesto a oír la verdad.

Isley soltó un rosario de imprecaciones y se dirigió a la puerta hecho una furia, pero vaciló antes de salir.

—Si, por su propio bien, no quiere colaborar, entonces no me quedará más remedio que sacarlo de este cómodo alojamiento y llevarlo a una cárcel de verdad. Nadie podrá evitar entonces que la cosa se haga pública. Lo entiende, ¿verdad?

Tristan apretó los ojos y trató de bloquear la pena.

—Lo entiendo perfectamente.

A continuación oyó cómo cerraban la puerta y corrían el cerrojo.

Miró a su alrededor con un suspiro. Aquella habitación parecía el dormitorio de un caballero de pocos recursos, pero en realidad era su celda. Estaba en el sótano de la casa de Isley, sin ventanas por las que poder escapar y cerrada con llave por fuera. Era cómoda... o por lo menos más cómoda de lo que imaginaba que sería Newgate. Pronto podría comprobarlo.

¿Qué pensaría su familia de él cuando se enterara?

Oyó voces en el estrecho corredor al otro lado de la puerta. Reconoció el sonido de los guardias, que lo trataban con tanto respeto como el propio Isley, otra atención que suponía que perdería en cuanto lo llevaran a una auténtica prisión. Pero entonces oyó otra voz. Una voz de mujer.

Meredith.

Isley podía ser pragmático, pero también era inteligente. Por supuesto que enviaría a Meredith. El hombre estaba al tanto de las debilidades de Tristan, aquellas a las que ahora tendría que hacer frente, igual que a la rabia que se había apoderado de él. Se imaginó que le sería mucho más difícil ocultar ésta cuando tuviera delante a la mujer que lo había traicionado.

Se puso tenso al oír los murmullos. Las palabras de ellas eran ininteligibles, pero reconocería aquel tono y timbre en cualquier parte. Necesitó de toda su fuerza de voluntad para no moverse de la estrecha cama.

La puerta se abrió y Meredith vaciló al verlo. Él no volvió la cabeza. Por el rabillo del ojo la vio quieta, mirándolo, y tomó aire. Santo Dios, qué hermosa era. Había confiado olvidar ese hecho, pero éste lo golpeó cuando ella se apartó un mechón de pelo de la mejilla.

Meredith miró a su alrededor y después le susurró algo a los guardias. Lo sorprendió ver que los hombres salían de la habitación cerrando la puerta tras de sí y dejándolos a solas.

—Hola, Tristan.

Su cuerpo reaccionó a su voz como por voluntad propia. La sangre se precipitó como un río caliente a cada lugar donde ella lo había tocado. Su reacción lo dejó atónito. Estaba ansioso por poseerla. ¿Qué demonios le ocurría?

Con todas sus fuerzas, hizo a un lado el deseo. Aquella mujer lo había engañado. No podía permitir que sus instintos más primarios y sus emociones más profundas tomasen el control. Era demasiado peligroso.

Con gran dificultad, permaneció callado mientras ella se adentraba más en la habitación. Echó un vistazo a los libros apilados sobre la pequeña cómoda y luego se volvió hacia él.

Tristan giró la cabeza para mirarla. Meredith vaciló un poco bajo su intensa mirada.

—Pareces... pareces cansado —dijo en voz muy baja—. ¿Comes bien?

Él apretó los labios convirtiéndolos en una dura línea.

—¿Acaso te importa?

Tristan ahogó una imprecación por haber respondido, y encima con tanta vehemencia.

—Por supuesto que me importa.

El dolor se reflejó en sus ojos, pero ¿era real o sólo un truco más?, se preguntó él.

—¿De veras? —dijo en voz baja, sentándose a continuación en la cama. Con un rápido movimiento se puso en pie y avanzó hacia ella. Para su sorpresa, Meredith no retrocedió ante su furioso avance, sino que se limitó a seguir mirándolo. Con cautela, pero sin miedo.

Tristan se detuvo en seco. No. No le daría la satisfacción de verlo perder el control una vez más. Se mostraría tan sereno y despreocupado como ella. Meredith era ahora su enemigo, por mucho que la sangre le hirviera de deseo en las venas.

Se cruzó de brazos.

—Dime, ¿cómo dejaste Carmichael al irte?

Ella se sobresaltó ante lo directo de la pregunta.

—Todo estaba bien.

Tristan resopló con desdén y miró hacia otro lado.

—¿A nadie le sorprendió entonces mi súbita marcha?

Ella vaciló antes de contestar.

—La mayoría de los invitados estaban decepcionados, pero nadie sospechó nada.

—¿Ni siquiera Philip? —quiso saber. Pese a la carta que le había dejado, Tristan sabía que su mejor amigo no se creería que le hubiera surgido un asunto urgente que atender. Un asunto del que él, su administrador, no sabía nada.

Se puso pálida, pero no respondió. Tristan sintió que se le caía el alma a los pies cuando el silencio se alargó entre ambos.

—¿Meredith?

Ésta suspiró.

—Philip nos dio algunos problemas tras tu marcha. No se creyó lo que le decías en tu carta y empezó a hacer preguntas. Para proteger tu privacidad y la posibilidad de cazar a Devlin, tuvimos... tuvimos que detenerlo.

Tristan retrocedió, horrorizado.

—¿Lo habéis arrestado?

Ella asintió sin decir palabra.

—Pero ¡si no ha hecho nada! —protestó él, indignado.

Meredith frunció los labios.

—Estaba al corriente de tus actividades. Te ayudó. Charles y los otros agentes pensaron que podría darnos la información que tú te negabas a proporcionar.

Tristan se pasó una mano por la cara. Le entraron náuseas al imaginar a su amigo en prisión por culpa de sus transgresiones.

—¿Y lo ha hecho?

Meredith frunció el cejo.

—No.

—¡Idiota! —bramó. Philip preferiría sacrificarse antes que traicionarlo. Tenía que encontrar la manera de ayudarlo.

Pero antes...

—Dime una cosa, ¿cómo está mi madre? ¿La habéis arrestado a ella también?

Meredith palideció.

—¡Por supuesto que no! Estaba perfectamente cuando me fui. Confusa por tu súbita marcha, pero creyó que lo hiciste porque rechacé tu proposición por segunda vez. Dejé que lo creyera así. —La expresión de su rostro cambió, como si estuviera recordando algo doloroso—. Se ha ido a Bath y espera que te reúnas allí con ella cuando acabes con tus asuntos. Incluso me invitó a pasar dos semanas con vosotros.

Él frunció el cejo, furioso.

—No sabe que está metiendo a la zorra en el gallinero. —Abrió y cerró los puños a los costados—. Estoy seguro de que la tranquilizaste, como si realmente te importara. Qué doloroso será para ella enterarse de lo que eres en realidad.

Meredith retrocedió como si hubiera recibido un golpe físico, pero en seguida borró las emociones de su rostro.

—Tu madre me importa, Tristan. No le mentí en eso.

Él resopló con incredulidad.

—Te importa mi madre, te importo yo. Es interesante ver cómo eres capaz de decir eso y destruirnos a continuación, a nosotros y al resto de mi familia.

Ahora fue Meredith la que frunció el cejo. La furia brilló en sus ojos, recordándole a Tristan el aspecto que tenía cuando alcanzaba la cima del placer. Tuvo que apartar de su mente tan traicioneros pensamientos. Eso se había terminado.

—Si alguien ha destruido a tu familia has sido tú, Tristan —le espetó ella—. Estás aquí por tus acciones, no por las mías.

Se calló. Meredith tenía razón. Mucha razón. Él llevaba mucho tiempo preparándose para cuando llegara el día en que se encontrara en aquella situación. Siempre había sabido que podían cogerlo, encarcelarlo.

Pero para lo que no se había preparado era para que alguien a quien amaba —o creyó amar— fuera la causa de su captura. Que alguien que le importaba realmente hiciera todo lo posible por destruirlo.

La falta de fe de Meredith le dolía tanto como lo enfurecían sus mentiras. Para ella, él era culpable desde el principio. Sólo importaban las pruebas, lo que habían compartido no tenía ninguna importancia. ¿Merecía la pena intentar defenderse siquiera?

La merecía, aunque sólo fuera por su familia, de modo que inspiró profundamente, la miró a los ojos y dijo:

—Dime la verdad. —Tristan apartó la vista y se dirigió hacia el fuego moribundo de la chimenea que estaba cerca de su cama. Se habían llevado de allí los atizadores, por si se le ocurría utilizarlos como armas, así que no pudo remover las ascuas—. Es evidente que formas parte todo esto. Dime exactamente cómo y por qué.

Meredith se quedó sin aliento cuando él la miró por encima del hombro. Le sostuvo la mirada un rato, en silencio, mientras consideraba qué respuesta darle.

Al final asintió y se sentó en uno de los incómodos taburetes de madera.

—Es cierto que te debo una explicación —admitió. Lo dijo en voz baja pero firme—. Tras la muerte de mi esposo, pasé momentos difíciles tratando de encontrar mi lugar en el mundo. No deseaba volver a casarme...

Él frunció el cejo al recordar su rechazo a su proposición. Ahora comprendía perfectamente sus motivos.

—Pero una mujer de mi posición tiene poco en que ocupar su tiempo, sin esposo e hijos —continuó—. Estaba considerando la posibilidad de dedicarme a las causas benéficas cuando Charlie vino a hablar conmigo.

—¿El señor Isley? —preguntó Tristan.

Ella asintió.

—Sí. Me explicó que una dama de alto rango quería formar un grupo que la ayudara a recaudar fondos en beneficio de viudas y huérfanos con escasos recursos. Me dijo que la dama en cuestión quería mantener el anonimato, pero que creía que yo podría ser muy útil para su organización. Yo acepté, puesto que había sido huérfana y era viuda. Sabía lo afortunada que era al no tener problemas económicos debido a ninguna de las dos situaciones. —Apartó la vista—. Una vez dentro, me di cuenta de que la organización era algo más que lo que Charlie me había contado. Éste me explicó entonces que la misteriosa dama no sólo quería reunir a una serie de damas para que colaboraran en su causa benéfica, sino que, además, quería formar un grupo de mujeres espía.

La sorpresa atenuó la furia y la decepción de Tristan momentáneamente. Mujeres espía. Cuanto más pensaba en ello, más claros le parecían los beneficios de un grupo semejante.

—Las mujeres tienen acceso a más cosas que los hombres —razonó él, más para sí que para ella—. Se enteran de chismorreos y secretos que a un hombre poderoso le serían ocultados. Y, claro está, nadie sospecharía de que una dama se dedicara a algo tan peligroso.

Meredith asintió y, por un momento, pareció complacida al ver que Tristan comprendía la razón de la existencia del grupo del que ella formaba parte. Pero entonces recordó la situación en que se encontraban y su sonrisa desapareció.

—Así es. Ésas fueron exactamente las razones de Lady M. Yo me mostré dubitativa al principio. La vida de una espía es peligrosa e impredecible, pero conforme avanzaba mi adiestramiento, la perspectiva de ayudar a mi país, de hacer algo emocionante y real, me dio fuerzas.

Sus ojos se iluminaban cuando hablaba, y resplandecían como zafiros. El cuerpo de Tristan reaccionó. Todo él notaba cómo se caldeaba al tiempo que se obligaba a no dejarse impresionar por su belleza. La pasión con que hablaba. Por todo eso que lo había llevado a aquella celda.

—Hace poco menos de un mes, Charles llegó con un nuevo caso. —Su excitación se desvaneció—. Me habló del robo en la casa de subastas Genevieve, de que era posible que hubieran usado el cuadro para pasar información relevante a las personas equivocadas. —Tomó aire, como si lo que venía a continuación le provocara un dolor insoportable—. Y entonces me dijo que tú eras el principal sospechoso de la investigación. Yo tenía que vigilarte y buscar pruebas que determinaran si eras culpable o inocente y hacer lo posible por encontrar el cuadro antes de que lo que se ocultaba en su interior cayera en manos que no debía.

Tristan se estremeció al ver con qué calma y concisión le estaba explicando el papel que había desempeñado en aquel asunto. Como si para ella hubiera resultado fácil. Algo rutinario. Y odió profundamente todo aquello.

—Bueno, supongo que eso es mejor que lo que Philip sospechaba —le espetó con desdén—. Tenías intención de destruirme, sí, pero al menos no estabas compinchada con Devlin.

Ella retrocedió, ofendida.

Tristan intentó calmarse un poco antes de continuar.

—Sólo tengo una pregunta: ¿por qué te escogieron a ti para esta misión en vez de a algún otro espía, hombre o mujer?

Ella tragó con dificultad.

—Porque ya nos conocíamos.

—¿Porque éramos amigos cuando niños? —preguntó, incapaz de contener el tono ácido de su voz—. ¿Porque te salvé la vida?

Meredith lo miró. Su expresión cambió, pero él no vio en su semblante tristeza ni arrepentimiento. Esta vez, era furia lo que iluminó sus ojos.

—Sí, Tristan, exactamente por eso. —El tono que empleó era tan duro como el suyo—. ¿Estás enfadado porque utilicé nuestra antigua amistad para avanzar en mi investigación?

—¡Sí, maldita sea! —exclamó él, liberando por fin sus emociones, al tiempo que daba un golpe con la mano sobre la repisa de la chimenea. Quería romper la piedra en pedazos, mostrarle hasta qué punto estaba furioso con ella, con la situación, consigo mismo.

Meredith apretó los puños a los costados al tiempo que se ponía en pie de un salto.

—¡Pues yo también! Estoy furiosa contigo por haberme obligado a actuar así. Odio que me hayas puesto en esta situación, que le volvieras la espalda a todo lo que eras, a todo aquello en lo que yo creo. ¿Y para qué?

Sin darse cuenta, Tristan se sorprendió yendo hacia ella, pero esta vez no pudo contenerse para no tocarla. En cuanto la tomó entre sus brazos y la estrechó contra su pecho, toda su rabia se evaporó. Pese a todo, seguía siendo la misma mujer apasionada, y Tristan reaccionó como de costumbre. Meredith había utilizado su propio cuerpo contra él, pero aun así seguía deseando besarla hasta que le suplicara que no parase.

—¡Yo no he hecho tal cosa! —insistió soltándola. Lo que le provocaba tocarla era demasiado intenso. Lo incendiaba, le hacía desear cosas que sabía que jamás volvería a disfrutar—. No lo he hecho.

Ella retrocedió, pálida. Se frotó con las manos la parte superior de los brazos con un escalofrío prácticamente imperceptible.

—¿No? —preguntó con voz temblorosa—. ¿Y cómo explicas que la pintura robada estuviera en tu casa?

Tristan inspiró sin dejar de mirarla. Había intentado contarle a Isley la verdad y éste no la había creído. Pero Meredith había estado en su cama. Ella admitía que, en parte, le habían asignado el caso porque lo conocía de antes. Tal vez, sólo tal vez, pudiera convencerla de que estaba diciendo la verdad.

Pero eso significaba abrirle su corazón. Y se sentía reticente a compartir algo tan personal con una mujer que ya le había demostrado que era una mentirosa. ¿Cómo sabía que no utilizaría su confesión contra él?

No podía saberlo. Esa vez, tendría que optar por la fe. Una última vez. Las cosas habían llegado a un punto en que no tenía nada que perder.

Cerró los ojos y exhaló profundamente para calmar su pulso, de repente acelerado.

—Todo empezó cuando murió mi hermano.

19

Tristan inspiró hondo nuevamente. No se había dado cuenta de lo difícil que le resultaría confesar la verdad. Meredith lo conocía lo bastante bien como para que no pudiese pasar de puntillas por los detalles. Con ella era todo o nada.

—Estoy seguro de que sabes que yo no quería que Edmund se uniera al ejército y fuera al continente a luchar. —Tristan no pudo evitar recordar las discusiones que había tenido con su hermano. Edmund no quería vivir una vida de holganza, y Tristan no quería perderlo. Casi habían echado abajo la casa con los gritos.

Ella asintió.

—Querías protegerlo.

—Sí, pero de algún modo, olvidaba que era un hombre adulto, capaz de tomar sus propias decisiones. Antes de que se marchara, tuvimos una horrible discusión. Casi llegamos a las manos. Siempre he lamentado que dejásemos que las cosas terminaran así.

Recobró la compostura antes de continuar, y Meredith esperó.

Al echarle un vistazo, se encontró con su apreciativa mirada, pero nada en su rostro revelaba que sus palabras la hubiesen conmovido.

—Cuando nos informaron de su muerte, mi mundo se

derrumbó. —Hizo una mueca de dolor al recordar—. Sólo quería encerrarme en mí mismo y alejarme de todos. Quería emborracharme hasta perder la conciencia, pero tenía responsabilidades, obligaciones que llevaba sobre mis hombros desde la muerte de mi padre. Mi madre y mis hermanas estaban destrozadas. Yo tenía que atender sus necesidades. En vez de llorar la pérdida, sucumbí a la furia. —Miró el fuego crepitar en el hogar—. Una furia que puedo controlar. Una furia que domino.

Ella asintió como si lo comprendiera. Tristan recordó su infancia y pensó que tal vez sí pudiera comprenderlo. También ella se había encontrado impotente para controlar su destino. Seguramente eso había influido en su decisión de empezar una peligrosa vida al servicio del rey.

Los recuerdos se apoderaron nuevamente de él. Imágenes y sentimientos que hacía tiempo que había arrinconado en el fondo de su corazón. Ahora que estaba con alguien que lo conocía y que sabía algunos de sus más delicados secretos, sentía como si estuviese a punto de ahogarse por el peso de esos recuerdos.

—Quise saber cómo había muerto mi hermano —continuó, apretando los puños—. Pedí favores, escribí a todos los oficiales que se me ocurrieron. Llegué a ir al Ministerio de Guerra, donde esperé dos horas para hablar con alguien que estuviera dispuesto a darme una explicación. Nadie pudo decirme nada, excepto que el regimiento de Edmund fue atacado, que les tendieron una emboscada. Pero había algo en el tono de quienes me lo decían, en la forma de mirarme. Sabía que me ocultaban parte de la historia.

Meredith le dirigió una breve y triste sonrisa.

—Y tú no pudiste dejarlo estar, claro.

—No hasta que averiguara la verdad. Aunque sólo fuera para comprender por qué mi hermano nos había sido arrebatado. —Flexionó los dedos—. Al final, uno de sus superiores quiso recibirme. Admitió que había sido una trampa. Los soldados franceses que llevaron a cabo el ataque no podían saber la situación del regimiento de mi hermano sin información secreta. Sólo un traidor podría haber proporcionado esa información a los enemigos.

Soltó la palabra «traidor» con repulsión. Una palabra que odiaba por encima de todas las cosas, y que ahora se asociaba a su propio nombre. O terminaría siendo así si no lograba convencer a Meredith de que lo ayudara. De que creyera en él.

Ella se encogió un poco, pero no pareció sorprendida. Lo sabía, claro. La información que él llevaba meses persiguiendo era probable que hubiera estado al alcance de ella cuando comenzó la investigación. Formaba parte de las pruebas contra él que había estado reuniendo.

Seguramente la había llevado a creer que se había vuelto un hombre rencoroso, dominado por el odio; que buscaba vengarse del gobierno por no haber sido capaz de proteger a su hermano.

A fin de cuentas, ésa era la excusa que había utilizado para convencer a Devlin de que lo aceptara.

Ella ladeó la cabeza para mirarlo.

—¿Y?

Tristan se dio cuenta de que llevaba un rato cavilando.

—Me puse furioso. Quería encontrar al responsable de la muerte de Edmund y arrancarle el corazón con mis propias manos. Pero en vez de eso, canalicé mi furia hacia una investigación de los potenciales sospechosos. Una y otra vez todas mis pesquisas me llevaban hasta Augustine Devlin. Consideré simplemente matarlo, pero entonces averigüé que Devlin no era el líder de su grupo, sólo un puente hacia el hombre en cuestión. Y ese hombre es al que quiero.

—¿Para qué? —preguntó ella con un susurro, con los ojos muy abiertos.

Tristan hizo caso omiso de la pregunta.

—Me hice amigo de Devlin, le proporcioné capital para algunos de sus negocios ilícitos, le presenté a gente influyente. Me gané su confianza y después empecé a mostrar interés por su grupo. Como cabe imaginar, al principio se mostró reticente, pero poco a poco, me fue introduciendo en su círculo. Me contó algunos de sus secretos y me pidió favores... pruebas de confianza lo llamaba él.

En la cara de Meredith se reflejó el horror, y él se dio cuenta de que estaba pensando en las atrocidades que Devlin y sus socios habrían cometido.

—Saboteaba sus planes siempre que me era posible. Ahora tengo en mi poder información sobre aquellos planes en los que me hizo tomar parte.

Meredith abrió la boca, pero él la interrumpió con un gesto de la mano.

Aún no estaba preparado para responder a preguntas, a que ella le pidiera que le entregase esas pruebas. No hasta que hubiera oído toda la historia.

—Seguí así durante un año. Me fui metiendo más y más en la organización, pero Devlin no quería decirme quién era su líder. Sin embargo, cuando me habló de robar el cuadro de la casa de subastas, me dijo que ésa sería mi última prueba. Si llevaba a cabo con éxito el encargo, tendría acceso a la organización.

Meredith abrió mucho los ojos, incapaz ya de seguir controlando sus emociones. Sorpresa, empatía, pero sobre todo, esperanza.

Quería creerlo. Quería que Tristan fuera inocente, que hubiera hecho todo lo que había hecho no porque fuera un conspirador, sino porque quería detener a un traidor. La rabia que hervía dentro de él se atenuó un poco al darse cuenta de ello.

—Por eso tenía la pintura, Meredith. —Avanzó un paso hacia ella, no sabiendo si zarandearla o besarla hasta obligarla a confiar en él.

—¿Quieres que crea que has hecho todas esas cosas para llegar a saber quién es el líder del grupo de Devlin? —preguntó.

Él asintió sin decir palabra.

Ella cruzó los brazos, en su rostro se reflejaba la dura batalla que se estaba librando en su interior.

—¿Y qué harás cuando lo sepas?

Él se irguió cuan alto era. Le había contado ya gran parte de la verdad. Si tenía alguna esperanza de escapar de aquella prisión, tenía que contárselo todo.

—Matarlo.

Meredith ahogó un gemido al oír el gélido tono de Tristan y retrocedió ante su clara e indiscutible intención de quitar una vida.

Sus palabras la tenían sobrecogida. Si había dicho la verdad, significaba que no era ningún traidor. De hecho, estaba yendo en pos del mismo objetivo que perseguían ella y sus superiores. Destruir la organización de Devlin, detener sus traiciones contra las tropas del imperio, sus suministros e incluso sus líderes.

Pero eso también significaba que la fuerza que impulsaba la vida de Tristan era la venganza. Era un hombre calculador, paciente, dispuesto a pagar la violencia con más violencia. Llevaba un año desarrollando un plan para destruir a otro hombre.

—¿Me crees?

La miró con desesperada emoción, lo que dotaba a sus ojos de un profundo tono verde que la atraía sin remedio alguno.

Meredith tomó aire. Tenía el corazón dividido, no sabía qué responder.

—Yo... yo no estoy segura.

La furia se reflejó inequívoca en el semblante de Tristan, pero ella también pudo vislumbrar una emoción más profunda: derrota.

Meredith sintió que se le rompía el corazón. Deseaba tanto creerlo... Pero ése era el problema. Su deseo de exonerarlo provenía de su corazón, no de su cabeza. ¿Cómo podía estar segura de que no se estaba comportando como una tonta enamorada?

—Necesito saber algo más —dijo con un hilo de voz—. ¿Podrías decirme una cosa?

Él levantó la vista.

—Tal vez.

—¿Dónde está la prueba que creemos que estaba oculta en la pintura?

Charlie le había preguntado lo mismo sin éxito. Si ella consiguiera que se lo dijera, tal vez pudiera demostrar su honestidad. Era la única esperanza que le quedaba.

—La saqué de allí —explicó él de inmediato—. Le dije a Devlin que no tendría lo que codiciaba hasta que me presentara a su líder. Por eso abandonó Carmichael antes de que me arrestarais. Vino a Londres a prepararlo todo para el encuentro. Estaba previsto para mañana por la noche.

Eso animó a Meredith considerablemente, pero seguía teniendo dudas. Tal vez Tristan le estaba dando una muestra de confianza con la esperanza de recibir lo mismo de ella.

O quizá fuera perfectamente consciente de lo mucho que ella deseaba creer en su inocencia. Tal vez esa revelación de la «verdad» formara parte de una trampa mayor.

Así y todo, los detalles sonaban tan verosímiles...

Tristan tendió los brazos y le cogió las manos. Por segunda vez, el cuerpo de Meredith se caldeó con su contacto. Pero ahora no pudo mostrarse inmune. El tacto de sus manos le recordaba lo que habían compartido, lo mucho que anhelaba confiar en él.

Tristan le acarició con el pulgar la sensible zona entre el pulgar y el índice, y Meredith notó que su cuerpo se volvía lánguido de deseo.

—He intentado explicárselo a Isley, pero no ha querido escucharme.

Meredith negó con la cabeza. Claro que Charlie no lo había creído. Él sólo creía en pruebas sólidas, en hechos. Y todo eso decía que Tristan era culpable.

—Tengo que salir de aquí para poder cumplir con mi deber, Meredith —dijo en voz baja y ronca—. Me conoces. No me puedes creer capaz de desear que otros hombres mueran, como murió mi hermano. ¿Vas a ayudarme?

Ella vaciló. Las dudas seguían acosándola a pesar de que su alma le suplicaba que lo creyera. Que lo ayudara. Que convenciera a Charlie de su inocencia.

El desánimo fue evidente en Tristan al ver que Meredith no respondía y, acto seguido, sus ojos adoptaron un matiz duro al tiempo que le soltaba las manos.

—Si no me ayudas porque te lo pide el corazón, hazlo al menos para devolverme el favor.

—¿Devolverte el favor? —preguntó ella con el cejo fruncido.

—Sí. ¿Te acuerdas de la noche que te encontré en aquella taberna?

Meredith cerró los ojos. Habían pasado más de diez años, pero no había sido capaz de olvidarlo. Y el recuerdo se había agudizado desde que retomara el contacto con Tristan. Recordaba los silbidos y comentarios soeces de los hombres que había aquella noche en la taberna, el calor del aliento agrio de aquel extraño en la mejilla mientras ella luchaba en vano por liberarse de él.

Pero sobre todo recordaba el inmenso alivio que sintió cuando alguien la arrancó de los brazos de su atacante. Y la sorpresa mayúscula al ver que su salvador no era otro que Tristan Archer, el chico que le había robado el corazón.

También recordaba la ira que se apoderó de él al reconocer al hombre que la había agredido. Había estado a punto de matarlo en su necesidad de vengarla. Por eso le había resultado tan doloroso e incomprensible que no quisiera saber nada de ella después de aquello. Los sentimientos de él le habían parecido entonces tan intensos... Tan reales...

Igual que en aquellos momentos.

—Me acuerdo —dijo en voz baja—. Me acuerdo de todo.

Él asintió como si comprendiera. ¿Lo acosarían también los recuerdos?

—Entonces, recordarás que cuando volvíamos a casa en mi caballo me pediste que te hiciera una promesa.

Ella asintió.

—Te pedí que nunca le contaras la verdad a nadie. A mis tíos les había dicho que pasaría la noche en casa de una amiga. No quería que supieran que intentaba huir.

—Mantuve mi promesa.

Ella levantó los ojos y se perdió en los de color verde musgo.

—Lo hiciste, sí.

—Entonces hazme tú a mí una promesa esta noche. Ayúdame a escapar. Déjame en libertad. El tiempo suficiente para vengar a mi hermano.

Meredith retrocedió.

—¿Comparas esto con un voto infantil? Si hiciera lo que me pides, destruiría mi futuro en la Sociedad. Lo más probable es que me arrestaran incluso.

—No comparo ambas promesas —contestó él con suavidad—. Sólo te pido que consideres aquella promesa que te hice hace tantos años como prueba de que soy un hombre de palabra. Y, ahora, te doy mi palabra de que soy inocente. Si no me reúno con Devlin mañana por la noche, todo lo que he hecho habrá sido en vano.

Meredith sintió que le faltaba el aire y los ojos se le llenaban de lágrimas mientras consideraba sus palabras. Le estaba pidiendo que lo creyera a él en vez de a las pruebas. Que tuviera fe. No estaba segura de ser capaz de ello.

Dio media vuelta y se dirigió a la puerta, con la sangre martilleándole en las sienes. Entonces se volvió hacia él.

—Yo... no sé qué hacer.

Abrió y salió de prisa. No se atrevió a mirar atrás, pero sentía los ojos de Tristan puestos en ella hasta que la puerta se interpuso entre ambos.

Lo último que oyó fue su largo gemido de frustración.

Meredith se removió. Sentía bajo el trasero la dureza de las tablas de madera del suelo, casi tan incómodas como el encuentro que había tenido con Tristan. Pero lo único que podía hacer era recordar. Miró a su alrededor. Estaba rodeada de montones de papeles, notas y pruebas, todo lo que ella y otros espías habían reunido sobre lord Cormichael.

Todo demostraba que Tristan mentía, todo demostraba que, en efecto, era un traidor. Sin embargo, su corazón se resistía a creerlo. ¿Existirían esas mismas pruebas aunque él le estuviera diciendo la verdad? Estaba claro que para poder infiltrarse en el círculo íntimo de Devlin, Tristan tenía que haberse mostrado convincente. ¿No podían ser entonces prueba de eso y no de un verdadero intento de cometer traición?

Miró a su derecha. Ana revisaba algunos papeles. A su izquierda, Emily hacía lo mismo, anotando muy seria cosas en clave en una hoja de papel con una pluma. Meredith suponía que ella misma estaba tan seria como sus compañeras. Se podría decir que sentía el peso del mundo sobre sus hombros.

Emily suspiró al tiempo que levantaba la vista.

—Tienes razón. Todo señala a Tristan.

Ana se quitó las gafas y las dejó en el suelo para frotarse los ojos cansados.

—Por más que miro, no encuentro nada que corrobore la historia de lord Carmichael acerca de que robó el cuadro como una manera de infiltrarse en el grupo de Devlin. No hay pruebas que demuestren su inocencia.

Meredith asintió. Sabía que ése iba a ser el resultado de aquella última ronda de comprobaciones. Lo había revisado todo tantas veces que podía recitar cada documento de memoria.

El alma se le cayó a los pies. Ella quería creer a Tristan, pero tal vez fuera eso precisamente lo que éste quería. Si fuera en realidad un traidor, podría estar aprovechándose de sus sentimientos.

Pero cada vez que pensaba en el fuego, la desesperación y el deseo que había visto en sus ojos, le costaba más creer que hubiese fingido todo eso sólo para engañarla. Al fin y al cabo tampoco podía ignorar que Tristan no podía dejar pruebas de su inocencia porque entonces Devlin descubriría que lo estaba engañando.

Su mente giraba una y otra vez en torno a las afirmaciones del hombre que amaba y los hechos del caso.

Se levantó y se sacudió el polvo del vestido. Necesitaba moverse para olvidarse del dolor.

—Las pruebas siempre han estado en contra de él.

Ana y Emily intercambiaron una mirada. Ana permanecía sentada en el suelo, echada hacia atrás y apoyada en las palmas de las manos.

—Las pruebas físicas, sí, pero hay otras que aún no hemos examinado.

Meredith giró la cabeza para mirarla.

—¿Otras pruebas? No, aquí está todo lo que he adjuntado a mi informe, así como lo que han encontrado otros agentes ajenos a nuestra organización. —A través del caos de papeles desperdigados por el suelo, se dirigió hacia donde estaban Ana y Emily—. Si hubiera algo más, ya lo habría repasado.

Ana sonrió con dulzura.

—Me refiero a lo que tú sientes, Merry.

Emily dejó escapar una incrédula carcajada al tiempo que se ponía de pie.

Meredith se quedó inmóvil.

—Mis sentimientos —repitió, negando con la cabeza—. Eso no cuenta como prueba.

Ana se puso a su vez en pie y cogió a Meredith de las manos.

—No digas eso. Cuando nos estaban entrenando como espías, una de las primeras cosas de las que nos hablaron fue de la intuición. Charlie nos dijo que debíamos aprender a confiar en las voces interiores que nos decían que fuéramos a la derecha cuando se suponía que teníamos que ir a la izquierda. Que ellas nos avisarían de que alguien que parecía inofensivo en realidad era peligroso.

—¡Oh, por favor! —espetó Emily, dando un sorbo de la copa de jerez que se había servido—. Existe una gran diferencia entre la intuición que nos avisa de un peligro y los «sentimientos». —Se acercó a Meredith—. Meredith siente que Tristan es inocente porque es lo que quiere creer.

Ésta vaciló. ¿Era eso cierto? Era lo que se había estado repitiendo a sí misma incesantemente, pero oírlo en boca de otros hacía que le entraran las dudas. ¿Era ella la única que veía lo que quería ver, o verdaderamente había algo más bajo las apariencias?

Inspiró profundamente.

—Emily puede que tenga razón. El amor que siento hacia Tristan tal vez me esté nublando el juicio, evitando que vea la verdad.

Ana resopló al tiempo que fulminaba a Emily con la mirada.

—Pues yo no lo creo. Dime, ¿enamorarte es habitual en ti?

Meredith la miró y retrocedió.

—No, por supuesto que no.

—¿Has amado alguna vez a alguien que no sea Tristan?

Sintió que le clavaban un puñal y luego lo retorcían. Tragó con dificultad y trató de hablar con mesura, de no perder el control de sus emociones. Eso era precisamente lo que la había metido en ese lío.

—No —contestó ella con un hilo de voz—. Nunca antes había amado a ningún hombre.

La expresión de Ana se suavizó.

—Los sentimientos se basan en la intuición, Merry. Has bailado con otros sospechosos, has charlado con ellos, flirteado con ellos. Igual que Emily. A veces eran caballeros muy atractivos e inteligentes, como Tristan. Pero nunca te habías enamorado de ninguno, porque tu intuición te decía que no eran hombres decentes. No creo ni por un momento que fueras a enamorarte de alguien si sospecharas su maldad.

Meredith miró a Ana. Normalmente, su amiga no se involucraba en los casos más allá de lo que respectaba a su habilidad, es decir, inventar cachivaches y elaborar y descifrar códigos. Pero cuando quería, también sabía presentar un sólido argumento.

Aun así...

Meredith se encogió de hombros.

—Ya no lo sé.

—Si no estás segura de ti misma, dínoslo —dijo Ana—. Es obvio que Emily y yo pensamos de forma distinta la una de la otra. Juntas, somos totalmente neutrales.

Emily frunció el cejo y asintió, aunque con reticencia.

—Es cierto, Meredith. Con nosotras no tendrás que preocuparte de que las emociones no te dejen ver claro. Te ayudaremos a rescatar la verdad de lo que sea que tu corazón quiera creer.

Meredith asintió muy despacio. Tenía sentido. Si les explicaba por qué creía a Tristan, tal vez ellas pudieran aconsejarla.

Se sentó en el sillón más próximo al fuego. Cuando Emily se le acercó con el decantador de jerez, aceptó una copa. Le hacía falta.

—Dejando fuera al amor, porque me nubla el juicio, hay detalles en este caso que me parecieron extraños desde el principio.

—¿Por ejemplo? —preguntó Emily, entregándole su copa.

Meredith dio un sorbo y dejó que la quemazón del alcohol despertara sus sentidos.

—No veía por qué un hombre tan rico tenía que recurrir a actos tan desesperados. Todo el mundo dice de él que es un hombre callado, incluso reservado. Todas nosotras sabemos por experiencia que los traidores suelen disfrutar siendo el centro de atención. Les gusta sentir que son más inteligentes que los que los rodean, disfrutan tomándole el pelo a la sociedad o quebrantando las normas en las propias narices de las autoridades e incluso de sus amigos.

Emily frunció los labios.

—Eso es cierto. Pero los motivos de Tristan eran muy distintos de los de otros traidores. No lo hacía por dinero, sino por venganza.

—¿Por la muerte de su hermano? —preguntó Meredith—. Sí, eso es lo que creí al principio. Que lo único que Tristan sabía era que su hermano había muerto en combate y quería castigar al gobierno por su pérdida. Pero hoy me ha dicho que sabía lo de la emboscada. Sabía que ésta había sido fruto de una traición. —Contempló el fuego recordando la angustia que había visto en su rostro mientras le contaba la historia—. Se enteró de ello antes de empezar a relacionarse con Devlin. Lo he verificado con el Ministerio de Guerra. Si quería lo bastante a su hermano como para querer vengar su muerte, ¿por qué tendría que vengarse del gobierno cuando sabía que un grupo como el de Devlin, o incluso Devlin mismo, habían sido los responsables?

A Ana se le iluminaron los ojos.

—Un hombre que supiera que habían matado a su hermano por culpa de la información que unos traidores habían vendido al enemigo se resistiría a implicarse en las actividades de esos hombres.

Hasta Emily se vio obligada a asistir, renuente.

—¿Qué más?

—Ha intentado protegerme a toda costa de Devlin —susurró Meredith, sintiendo una estocada de dolor—. Siempre que éste estaba cerca, Tristan me apartaba de él sin contemplaciones y me reprendía. No quería decirme por qué creía que Devlin era un hombre peligroso, pero no quería que me acercara a él.

—Eso podía ser porque no quisiera que te enterases de sus fechorías —dijo Emily.

Meredith negó con la cabeza. A ella también se le había ocurrido.

—No lo creo. Tristan se quedó estupefacto al enterarse de que yo era una espía. Si no sospechaba que yo estaba investigando sus actividades, no tenía motivos para temer que una dama de la buena sociedad pudiese descubrir sus traiciones.

—Si fueras una dama normal y corriente, no, en efecto —dijo Ana—. ¿Te dijo que quería protegerte?

Recordó la tarde en la que Constance Archer los pilló a punto de hacer el amor en uno de los salones. Aquel día, Tristan le había confesado que le había contado a Devlin que tenían una relación amorosa para evitar que éste pudiera pretender lo mismo con ella. Y porque realmente quería que fuera cierto.

Se estremeció.

—Sí. Mintió a Devlin sobre nuestra relación. A pesar de que lo puse en peligro, a pesar de lo mucho que se habría enfurecido Devlin de haber descubierto su mentira.

Ana le cogió la mano.

—El dolor que veo en tu rostro me dice que no sólo quieres creer que Carmichael es inocente, crees que lo es. Lo que te ha dicho hoy acerca de querer destruir al grupo de Devlin desde dentro tiene sentido. Si para él el gobierno no estaba haciendo nada para vengar la muerte de su hermano, puede que pensara que infiltrarse entre los responsables fuera la única manera de hacer justicia.

Meredith levantó la vista hacia Emily, que apuraba su copa de jerez.

—¿Y qué me dices de ti? ¿Crees que mi intuición podría ser cierta o sigues pensando que me ciegan los sentimientos?

—Admito que hay algunos detalles que tienen sentido —contestó su amiga con un suspiro—. Y confío en tu integridad. No creo que quisieras que un traidor andara suelto sólo porque lo amases.

Ana sonrió, triunfal.

—Entonces, lo único que nos queda por saber es qué quieres hacer al respecto. ¿Vas a encararte con Charlie e intentar limpiar el buen nombre de Tristan?

Meredith consideró la pregunta. Convencer a Charlie y a los otros agentes del Ministerio de Guerra para que atendieran sus razones en favor de Tristan podría llevarle semanas. Muchos la ignorarían al considerarla una mujer emocional que se había involucrado en exceso con un sospechoso, cosa que, por otra parte, podría hacer peligrar la existencia de la Sociedad.

Aparte de eso, mientras ella defendía su inocencia, Tristan podría ser trasladado a Newgate. En este caso, los cargos contra él se harían públicos. Entonces, aunque consiguiera convencer al Ministerio de Guerra de que las pruebas estaban equivocadas, el nombre de él y el de su familia quedarían arruinados. Y Devlin volvería a escapárseles de nuevo entre los dedos.

No bastaba con eso, tenía que hacer algo más. Debía hacer lo que más la aterrorizaba; tener fe. En sí misma, y en él.

—Le voy a hacer caso a mi instinto. —Inspiró profundamente para darse ánimos—. Voy a ayudar a Tristan a escapar, e iré con él cuando vaya a entregar a Devlin lo que retiró de la pintura.

20

Una sensación de paz llenó a Meredith cuando dijo que iba a ayudar a Tristan. Era la decisión correcta. O al menos la que ella quería tomar. Sólo él podría demostrar si se equivocaba o no.

—Soy consciente de que va en contra del protocolo, en contra de todo lo que hacemos —dijo—. Pero debo hacerlo así. Comprendo que no podéis ayudarme. Y jamás os pediría que lo hicierais.

Ana abrió mucho los ojos.

—Pero necesitas nuestra ayuda. Es una plan bastante difícil para llevarlo a cabo entre tres, mucho más para una sola persona.

Meredith negó con la cabeza.

—No quiero obligaros a romper vuestros juramentos. Sea cual sea el resultado, mis actos de esta noche tendrán consecuencias. No permitiré que caigan sobre vuestras cabezas.

Emily se cruzó de brazos y, por un momento, el pánico se apoderó del corazón de Meredith. Normalmente, era Ana la que velaba por que se respetasen las normas, pero Emily había sido la que había argumentado más apasionadamente contra Tristan. A diferencia de la romántica Ana, Emily no creía que el amor lo pudiese todo. Además, Emily era capaz de detener a Meredith de maneras que Ana no podía ni imaginar.

—¿De verdad crees que puedes evitar que te ayudemos? —preguntó Emily con una risotada muy impropia de una dama—. Por favor. El juramento que yo pronuncié era para Ana y para ti. Somos hermanas y peleamos juntas. Por supuesto que te ayudaré.

Ana asintió.

—Y yo sé que siempre estoy dando la lata con las normas y las reglas, pero si tu corazón te dice que ese hombre es inocente y puede ayudarnos a terminar con el reinado de terror de Devlin, confío en ti. Te ayudaré en todo lo que pueda.

El alivio y el amor hacia sus compañeras y amigas llenaron a Meredith de la cabeza a los pies. No había querido ni pensar en irrumpir sola en la prisión en miniatura de Charlie. Ahora ya no tendría que hacerlo así. Sus amigas se habían ofrecido a ayudarla... igual que habían hecho siempre en el pasado. Y estaba convencida de que juntas lograrían llevar a cabo tan temeraria acción.

Las abrazó a ambas con fuerza para hacerles saber lo mucho que significaba para ella su sacrificio. Después se apartó y se secó las lágrimas.

—Dinos qué necesitas —dijo Emily, y a Meredith le pareció ver también lágrimas en sus ojos.

—Ana, el año pasado sugeriste que compráramos en secreto aquella casita cerca de Southwark —dijo Meredith—, un lugar que sólo nosotras conoceríamos y donde podríamos escondernos llegado el caso.

Su amiga asintió, divertida al ver que la brillante mente de Meredith trabajaba más de prisa que la suya.

—Me aseguraré de que esté lista para ti y para lord Carmichael. El Ministerio no está al corriente de la compra. Estaréis a salvo por esta noche.

—Muy bien —dijo Meredith—. Una vez eso, tendrás que estar preparada para ir en busca de la prueba que Tristan retiró del cuadro. Emily puede ayudarte en cuanto ella y yo terminemos.

Emily esbozó una sonrisita de suficiencia.

—¿Y qué se supone que vamos a hacer tú y yo? —preguntó parpadeando con fingida dulzura.

Meredith se echó a reír, feliz por primera vez desde su vuelta a Londres.

—Vamos a ir a casa de Charlie. Tenemos que escoltar a un prisionero.

—Había sólo un guardia cuando he ido allí esta mañana —explicó Meredith cuando terminó de recogerse el pelo—. Y Charlie me ha dicho que tenía una reunión con Lady M después de la sesión de control en el Ministerio. No volverá a casa hasta pasada la medianoche.

Emily asintió con la cabeza al tiempo que se colocaba un gorro de punto para cubrir su pelo rubio.

—Supongamos que los sirvientes de Charlie están en casa. A estas horas de la noche, probablemente estén todos arriba, acostados. Estamos hablando de un mayordomo, una ama de llaves y una doncella. No sería ningún problema reducirlos, llegado el caso.

Meredith hizo una mueca al pensarlo mientras señalaba la puerta del callejón.

—Debemos suponer que puede haber otro guardia.

Emily abrió el pestillo de la portezuela sin dificultad.

—Iremos primero a por el que vigila la puerta de la celda. Mientras tú sacas a Carmichael, yo haré un rápido barrido por la casa y despejaré la salida. Si me necesitas, hazme una señal y regresaré.

Abrió la puerta y ambas atravesaron el jardín a oscuras, corriendo y ocultándose entre las sombras siempre que les era posible. Se acercaron con cautela a la ventana del salón de la parte trasera. Ana había recordado que Charlie mencionó algo sobre una falleba que se había roto días atrás. Meredith confiaba en que siguiera rota, si no, tendrían que forzar la ventana, y eso podría acarrearles toda clase de problemas.

—Llevo el suero —susurró Meredith mientras Emily pasaba los dedos enguantados por el marco de las ventanas del salón, en busca de la que supuestamente estaba abierta—. Creo que, por lo menos, tendríamos que probarlo.

Emily se encogió de hombros.

—Sigo votando por utilizar la técnica del cuello, pero lo intentaremos primero a tu manera. ¡Ajá! —Se echó a reír al tiempo que daba un empujoncito y la ventana se abría—. Charlie debería seguir sus propias recomendaciones en cuanto a la seguridad. ¡He visto por lo menos cinco puntos flacos en la de este sitio!

Meredith puso los ojos en blanco mientras se inclinaba y metía una pierna por la ventana. Fue tanteando con la punta del pie hasta dar con el suelo.

—Haz un informe cuando acabemos... si es que aún conservamos nuestro trabajo.

Emily entró detrás de ella y cerró la ventana.

—¡No digas eso, Merry! Tienes que confiar en que va a salir bien. Yo así lo hago.

Ésta la miró por encima del hombro mientras avanzaba por el pasillo. Al llegar a la escalera de la bodega, susurró:

—¿Tú, optimista? ¿Es que no van a acabarse las sorpresas?

—Chis. Y prepárate —respondió Emily, sacándole la lengua.

Meredith enderezó los hombros y empezó a bajar la escalera. Elevó en silencio una plegaria y siguió bajando con Emily a su lado, como si tuvieran todo el derecho a andar por allí a aquellas horas.

El guardia apostado en la puerta de la celda de Tristan, que estaba apoyado en la pared con un libro en la mano, se puso derecho al verlas, sorprendido.

—Lady Northam, lady Allington, no me habían dicho que fueran a venir esta noche.

Meredith arqueó una ceja y miró al hombre a los ojos. Sintió descender una gota de sudor por su nuca.

—Habrá sido un descuido. El señor Isley nos ha dado permiso para ver al prisionero.

El guarda frunció el cejo.

—Lo lamento, milady, pero ya conocen el protocolo. Cuando Isley no está en casa, nadie puede ver al prisionero sin permiso explícito.

Meredith se cruzó de brazos.

—No estabas aquí antes, ¿verdad?

Él negó con la cabeza.

—No, señora.

—Isley nos ha dado permiso delante de... Wilson. ¿No es así como se llama?

—Wilson está todavía aquí, señora —dijo él, dejando el libro en una silla que había junto a la puerta—. Está en la cocina, tomando algo de cenar antes de irse a casa. No me importa ir a preguntarle...

Emily intercambió una breve mirada con Meredith antes de detener al guarda con un gesto de la mano.

—No puedes abandonar tu puesto, ya lo sabes. Yo iré a buscar a Wilson. Tú quédate aquí con lady Northam.

Mientras Emily se daba la vuelta para regresar a la escalera, a Meredith le pareció que le guiñaba un ojo. Por lo que parecía, Emily iba a poner en práctica el método del cuello para dejar inconsciente a un hombre esa noche después de todo. A su amiga le gustaba utilizar las técnicas de combate. Pero eso le dejaba a ella al joven que tenía delante.

Le sonrió y él le correspondió con idéntico gesto. Tenía que hacer que se sintiera cómodo.

Se sacó una petaca del pequeño bolso y la abrió. Su sonrisa se ensanchó al ver los ojos desmesuradamente abiertos del guardia.

—Hace un calor espantoso esta noche —dijo, entonces inclinó la petaca y fingió beber—. Pero aquí es aún peor. Imagino que tendrás sed.

Él asintió, todavía atónito ante su comportamiento.

—Bueno... pues sí, milady.

—¿Te apetece un trago? Es un whisky muy bueno.

El guarda pareció detenerse a considerar una oferta tan poco ortodoxa durante un momento antes de aceptar la petaca y dar un sorbo. Se la devolvió, pero ella negó con la cabeza.

—No, no. Ya he bebido bastante por esta noche. Debo

tener la cabeza despejada para el interrogatorio. Termínatelo tú. Has trabajado mucho, te lo has ganado.

—Gracias, milady.

Y dio cuenta de la petaca en un minuto. Cinco después, estaba despatarrado en el suelo.

Tristan estaba tumbado boca arriba, mirando el techo. En realidad no veía nada, porque la habitación estaba casi a oscuras, pero sabía que estaba ahí. Igual que el dolor que le había provocado el rechazo de Meredith, aunque él se negara a sentirlo.

Ella, sin embargo, no estaba. Hacía horas que se había ido, haciendo oídos sordos a su petición de ayuda, sin decirle si creía o no en su inocencia. Si no había regresado ya, era que no pensaba hacerlo.

Si después de todo lo que habían compartido, después de lo que sabía sobre él, no lo creía, sin duda sería declarado culpable, deportado o ahorcado.

Durante el cambio de guardia, había oído a los hombres hablar sobre su traslado a Newgate al día siguiente. Una vez eso sucediera, todo su trabajo habría sido en vano. Su familia quedaría destruida. El grupo controlado por Devlin y su misterioso líder tendría las manos libres para continuar con sus actos de traición. Otros hombres como Edmund morirían.

Sólo podía imaginar cuán devastada se quedaría su madre cuando se enterara. Y las noticias viajaban a la velocidad del rayo. Estaba seguro de que alguna «cariñosa amiga» se vería en la obligación moral de contárselo con todo tipo de morbosos detalles.

Apretó los puños. Su madre había confiado en Meredith tanto como él, y ahora tendría que sufrir por la traición que él había permitido con su falta de control. La maldijo por sus mentiras. La maldijo por haber hecho que la amara.

Soltó una queda carcajada desprovista de humor. Con todo lo que se le venía encima, no podía creer que lo que más lo atormentara fuera Meredith Sinclair. Pero así era. Ella lo había transformado de un hombre obsesionado con la venganza en alguien que tal vez tuviera un futuro que merecía la pena vivir. Meredith le había recordado que en el mundo había lugar para la luz y el amor.

Para arrebatárselo luego todo de un plumazo con su falsedad.

Oyó ruidos fuera y se apoyó en un codo para mirar su reloj de bolsillo. Era demasiado tarde para que fueran a verlo. Si Isley quería seguir con el interrogatorio, bien podía esperar a la mañana siguiente, cuando lo llevaran a prisión. Esa noche, no estaba con ánimo de defenderse.

Al oír el chirrido de la llave en la cerradura se puso de lado y fingió dormir. La puerta se abrió. Ralentizó la respiración, confiando en que quienquiera que fuera se largara. En vez de eso, alguien entró con paso ligero y se acercó hasta él. Se puso en tensión.

—¿Tristan?

Se dio la vuelta en la cama hacia la voz femenina. Vio a Meredith inclinada sobre él, vestida con ropas oscuras. Tenía las mejillas sonrosadas y los ojos brillantes.

Una vez más, la rabia que pudiera sentir hacia ella se mezcló con una perturbadora alegría. Había vuelto... pero ¿para qué?

Se sentó en la cama.

—¿Qué estás haciendo aquí?

Ella se llevó un dedo a los labios.

—Chis. Me he ocupado del guarda de la puerta, pero es probable que haya algún otro. Será mejor no despertar a los sirvientes ni a los demás agentes que pueda haber en la casa.

Tristan bajó la voz.

—¿De qué estás hablando? ¿Me estás diciendo que has venido a...?

Ella lo miró a los ojos y él se perdió en aquella profundidad azul.

—He venido a sacarte de aquí.

El miedo, la expectación... y la esperanza que vio en los ojos de la joven, avivaron un fuego extinguido hacía ya rato en su pecho. Y de las ascuas brotó su propia esperanza.

Se puso en pie de inmediato.

—¿Acabas de decir que te has ocupado del guarda? —le preguntó siguiendo sus instrucciones de que la siguiera—. ¿Cómo?

Ella lo miró por encima del hombro.

—Soy una espía, ¿recuerdas? Soy capaz de eliminar una amenaza cuando es necesario.

Él vaciló un momento.

—¿Lo has matado?

—¡No! —Su tono subió una octava, pero en seguida volvió a bajarlo—. Por supuesto que no. Son compañeros míos. No les haría daño... de forma permanente. He utilizado una droga especial inventada por Ana para dejarlo inconsciente. —Hizo un gesto con el brazo en dirección al hombre inmóvil en el suelo al pasar sobre él.

Tristan lo miró. El tipo estaba roncando.

Meredith sonrió.

—No te preocupes. Ana me ha asegurado que es totalmente inocuo. Cuando se despierte, dentro de unas horas, no le quedará más que un leve dolor de cabeza.

—Pero...

Ella esbozó una sonrisa nerviosa.

—Se acabaron las preguntas. Ya me las harás cuando estemos fuera de peligro.

Tristan la miró en silencio. Meredith le había contado a qué se dedicaba, y él había visto pruebas de ello, pero no había comprendido el alcance exacto de sus palabras hasta aquel momento. A juzgar por la relajada expresión de su rostro, aquello era habitual para ella. No estaba seguro de si sentirse impresionado u horrorizado ante el peligro que corría.

Pero esa noche lo había hecho por él. Cuando reparó en ello, dejó de preocuparse por el pasado de Meredith y el futuro de los dos, y la siguió a oscuras por la escalera que conducía al vestíbulo. Casi no se acordaba de haber pasado por allí en dirección contraria unos días antes. Entonces se movía en medio de una neblina imprecisa. Ahora deseaba haber prestado más atención, para poder estar atento a posibles peligros.

Meredith levantó una mano para indicarle que fuese más despacio a medida que se acercaban a la zona donde dormían los sirvientes. Abrió la puerta una rendija y miró a través de la misma. Tristan no podía ver lo que Meredith observaba, pero en cuestión de minutos le hizo señas de que la siguiera.

Salió tras ella y avanzaron por un corredor estrecho y sinuoso pasando delante de una serie de habitaciones. Cada vez que se detenían a escuchar ante una puerta, el corazón de Tristan latía más de prisa, temiendo que alguien apareciera y les impidiese la huida. Pero finalmente llegaron a la puerta trasera de la casa. Meredith la abrió en silencio y salieron al jardín.

La casa londinense de Isley no era muy grande, y el pequeño jardín trasero estaba en consonancia con ella. Una puerta bastante gastada quedaba oculta entre los espesos arbustos que trepaban a lo largo del muro que conducía a la calle.

Tristan sintió la necesidad imperiosa de echar a correr, dejar atrás a Meredith y no volver nunca la vista. Pero no lo hizo, aunque sólo fuera por satisfacer su curiosidad. ¿Por qué había vuelto a por él cuando horas atrás parecía tan claro que lo consideraba culpable de la peor de las traiciones? ¿Por qué lo había ayudado cuando ella había sido quien había hecho que lo metieran allí?

Meredith levantó el pestillo de la portezuela del jardín y salieron a un oscuro callejón. Allí los esperaba un carruaje con las ventanas oscurecidas por pesadas cortinas y unas sencillas puertas desprovistas de blasón o rasgo identificador alguno. Frunció los labios al pensar que ojalá él hubiera contado con un coche como aquél cuando robó la pintura. La identificación de su coche era uno de los motivos que había llevado a los agentes de la Corona hasta su puerta.

Que había llevado a Meredith a su vida.

Ésta estiró el brazo para abrir la portezuela del coche, pero él la cogió por la muñeca. No llevaba guantes y Tristan sintió su piel como raso caliente bajo sus ásperos dedos. Dios santo, qué tacto tan maravilloso tenía. Más de lo que recordaba en los sueños que había intentado bloquear desde que lo arrestaran. Ella tampoco fue inmune al contacto, y Tristan la oyó soltar el aliento entre los dientes al notar su mano. Lo miró a los ojos con cautela.

—Sigo siendo un caballero, milady —dijo en voz baja, alargando el brazo hacia la portezuela y abriéndola él—. Independientemente de lo que piensen los demás.

Meredith vaciló, como calibrando la imprudencia de entrar ella primero. Finalmente, se encaramó al escalón y entró en el coche. Tristan la siguió y se acomodó a su lado, cerrando la puerta tras de sí.

El interior estaba a oscuras, pero sintió cómo Meredith se removía en el asiento para dar unos golpecitos en la pared trasera, la señal para que el cochero se pusiera en marcha.

—¿Vas a explicármelo ahora? —le preguntó en medio de la oscuridad.

Se oyó el raspado del pedernal y, al momento, una tenue luz los iluminó. Sentada frente a él había otra mujer. También era rubia, como Meredith, y llevaba el pelo recogido en un moño suelto que le enmarcaba el precioso rostro ovalado. Tenía los ojos azules, pero de un tono claro y frío, no del profundo color zafiro de Meredith. Sin embargo, la principal diferencia entre ambas radicaba en que la expresión de la desconocida carecía de calidez. Miró a Tristan como dispuesta a matarlo al mínimo motivo que le diera.

Y, a juzgar por la pistola que apuntaba a su corazón, su expresión no mentía.

Meredith siguió la trayectoria de la mirada de Tristan y ahogó un gemido al ver la pequeña pistola que Emily apuntaba directamente a su pecho. La fulminó con la mirada.

—Por todos los santos, Emily, aparta eso.

Ésta frunció los labios, pero hizo lo que le pedía, aunque Meredith se fijó en que dejaba el arma a su alcance.

—¡Dime que no la has utilizado con el guarda de la planta de arriba!

Su amiga ahogó una exclamación de incredulidad.

—Pues claro que no. Sólo quiero que su señoría sea consciente de su situación.

Tristan se cruzó de brazos con actitud de indiferencia.

—No podría haberlo dejado más claro, señora. ¿Puedo saber cómo se llama la mujer que tan dispuesta está a quitarme la vida?

Meredith apartó la cortina de la ventana y miró para asegurarse de que no los seguía nadie; a continuación, hizo las presentaciones.

—Tristan, ésta es Emily Redgrave.

Él enarcó las cejas.

—¿La condesa viuda de Allington? —Apretó la boca un momento—. Perdone, milady, no la había reconocido.

—Para ser un hombre amenazado desde todos los flancos tiene descaro —dijo Emily ladeando la cabeza para echarle una mirada valorativa—. No estoy segura de si aplaudir o dispararle por sus agallas.

Tristan soltó una carcajada.

—Voto por lo primero.

—Estoy segura de que sí.

Meredith frunció el cejo mientras dejaba caer la cortina de nuevo.

—No era necesario que me ayudaras, Emily. Y agradecería que no amenazaras a mi... mi...

Él volvió la cabeza para mirarla.

—¿Tu qué, Meredith?

Una pregunta interesante, pero no tenía tiempo para responder mientras estaban huyendo, o tal vez no quisiera hacerlo bajo la mirada de una de sus amigas.

—Ana lo tendrá ya todo listo —dijo en vez de responder, tamborileando con los dedos sobre el asiento.

Era incómodamente consciente de la proximidad de Tristan. El calor que despedía su cuerpo penetraba a través de la seda de su vestido y su pierna rozó la suya cuando el coche dio la vuelta a la esquina. Estar tan cerca de él y no poder hacer nada era como para volverse loca.

No era el momento de hacer nada. Por lo menos hasta que hubieran resuelto algunas cosas. Después... Bueno, todavía no estaba preparada para afrontar el futuro.

A Tristan no parecía afectarle su cercanía, pues casi no la miró durante todo el trayecto. Igual le había sucedido antes, Meredith podía notar el enfado que latía bajo la superficie. Bastante parecido al suyo. También tendrían que resolver ese tema.

Se removió inquieta ante la tensión que había entre los dos. Miró de reojo a Emily, que la contemplaba con una ceja levantada.

—¿Crees que nos han visto? —preguntó Meredith para llenar el silencio.

Emily negó con la cabeza.

—No. Mi guarda estaba inconsciente antes siquiera de darse cuenta. Y estoy segura de que yo habría oído si el tuyo oponía resistencia.

—Se ha bebido el brebaje de Ana tan contento, y en cuestión de segundos estaba fuera de juego —respondió Meredith.

—Estoy seguro de que si Isley supiera que estoy libre, habría salido al galope tras de mí —apuntó Tristan—. No se tienen muchas oportunidades de atrapar a un noble en una red como ésta.

Meredith se volvió hacia él.

—¿Crees que a Charlie le gusta esto? Pues créeme, no es así. Cuando la aristocracia está implicada, nuestro trabajo se complica bastante.

—Pero tiene razón —dijo Emily, aunque ninguno de los dos la miró. Estaban ocupados mirándose mutuamente—. No habríamos llegado tan lejos si nos hubieran descubierto.

Meredith casi ni la oyó. Tras el fuego furioso y acusador que brillaba en los ojos de Tristan había algo más. Algo que la atraía. Algo que anhelaba desesperadamente.

El carruaje se detuvo y se obligó a apartar la vista mientras Emily abría la puerta. Tristan bajó primero y la sorprendió al volverse y ofrecerle la mano a ésta para ayudarla a bajar. Su amiga pareció también sorprendida con el gesto de caballerosidad, pero aceptó el ofrecimiento. Meredith salió detrás de ella.

Cuando las palmas de Tristan y ella se tocaron, Meredith sintió como si su piel chisporroteara. Era plenamente consciente de él, y su cuerpo entero notó los efectos. Lo que aquel hombre le provocaba...

Él pareció notar su reacción, pues la atrajo hacia sí un poco más de lo que había hecho con Emily. Meredith se esforzó por mantener a raya el nerviosismo que sentía y soltó una casi estridente carcajada.

—Me sorprende que te ofrezcas a ayudarnos, Tristan. ¿Se debe a la costumbre cortés?

Él se encogió de hombros y le soltó la mano.

—Puede que sea porque sé que lady Allington tiene una arma, y apuesto a que sabe cómo utilizarla. Cualquier hombre que no se mostrara cortés en estas circunstancias sería un estúpido. —Se dio la vuelta y añadió mirando hacia atrás por encima del hombro—: O puede que, después de todo, yo no sea la sabandija que tus amigas y tú pensáis que soy.

Meredith vaciló un momento, deseosa de decirle que le creía. Que quería creer lo que le había contado. Pero primero necesitaba algo. Una última prueba de confianza. Aunque aún no había llegado el momento.

Con un suspiro, levantó la vista hacia la casita en la que ya Tristan y Emily habían entrado. Era pequeña, bonita y bien cuidada, pero sin ostentación. Llamar la atención sería peligroso para ellas si tuvieran que ocultarse allí. Así que, cuando iban a aquel lugar, se vestían con ropas más sencillas, no dejaban que el cochero las ayudara y se aseguraban de que ningún vecino sospechara que no pertenecían a la clase media baja.

Dentro apenas había muebles. Meredith lo agradecía. En los últimos días había creído que iba a asfixiarse en la formalidad de su extravagante casa de St. James Street. La simplicidad del pequeño salón nada más pasar el diminuto vestíbulo se le antojaba un cambio agradable.

Si no fuera porque Tristan parecía llenar todo el espacio.

Apartando esos pensamientos, Meredith llamó en voz alta:

—¿Ana? Ya estamos aquí.

Anastasia llegó corriendo con una sonrisa. Se estaba secando las manos con un paño de cocina, y se olía a comida recién hecha.

—Me alegro de que todo haya salido bien —dijo, abrazando brevemente a sus amigas. Entonces se cruzó de brazos y miró a Tristan de arriba abajo—. Éste es él, ¿no es así?

Los labios de él temblaron, como si estuviera reprimiendo una carcajada.

—Sí, al parecer soy «él». Tristan Archer, lord Carmichael.

Ana le tendió la mano en seguida.

—Anastasia Whittig. Encantada de conocerlo.

—¿Lady Whittig? —preguntó él, abriendo mucho los ojos. Igual que Emily, aquélla era también una mujer de la nobleza.

Ana sonrió.

—Sí. Creía que ya nadie de la buena sociedad me recordaba.

Él se volvió hacia Meredith moviendo la cabeza.

—Por favor, no me digas que todas las damas de alcurnia están metidas en este grupo vuestro. ¿Estoy rodeado de espías a diario? ¿Mis hermanas también son agentes de la Corona?

Emily trataba de fruncir el cejo, pero Meredith vio que se reía con disimulo. Ella lo hizo abiertamente.

—Me temo que hay más espías de lo que la gente cree, sí, pero las mujeres espía no abundan tanto.

Él se le acercó un poco más.

—¿Y mis hermanas?

—Aunque pertenecieran a nuestro grupo, no podría decírtelo —contestó ella con una media risita al darse cuenta de que él estaba bromeando. Acababan de ayudarlo a huir de una celda, ella todavía no estaba muy segura de sus intenciones y, sin embargo, Tristan bromeaba como si estuvieran flirteando en un baile en vez de metidos en una situación bastante grave.

Ana y Emily parecían tan sorprendidas como ella, a juzgar por la forma en que los miraban, con expresión indescifrable. Finalmente, Ana dio un paso al frente y dijo:

—Hay abundante comida en la cocina. Las camas están hechas. En cuanto tengas la... —miró a Tristan con recelo— la información convenida, manda a Henderson a avisarnos. Estará esperando en el otro carruaje. Emily y yo nos ocuparemos de los últimos detalles y volveremos aquí mañana.

Tristan las miró fijamente mientras se despedían, y Ana y Emily se dirigían a la puerta. Meredith ignoró sus preguntas no formuladas y acompañó a sus amigas a la puerta. Ana la abrazó y salió hacia el carruaje. Después le tocó el turno a Emily, que la miró de arriba abajo.

—Ten cuidado.

—Sigues desconfiando de él, ¿verdad? —susurró Meredith, frunciendo el cejo con preocupación. ¿Y si su intuición se había equivocado?

Emily negó con la cabeza.

—De lo que no dudo es de que significa mucho para ti. Y hay más formas de hacer daño que las físicas.

Cuando sus amigas se hubieron marchado, Meredith cerró la puerta y se apoyó contra ella.

«Créeme, Emily. Lo sé muy bien. Tal vez mejor que nadie», pensó.

Finalmente, se apartó de la puerta y fue con Tristan, que la esperaba en el salón. Por delante tenía una noche a solas con él en la que no se ocultarían nada, en la que no habría secretos y todo sería un riesgo.

21

Meredith miraba a Tristan devorar una segunda porción de pastel. Casi no habían hablado desde que le ofreciera la comida que Ana les había llevado. La mesa de la cocina a la que estaban sentados era vieja, pero sólida y confortable. En aquella mesa pequeña, en la cocina asimismo pequeña, no había dónde ocultarse.

Como se ocupó de subrayar Tristan cuando la miró. Se sentía acorralada bajo su ardiente mirada y, a juzgar por la manera en que se limpió la boca, muy despacio, y después dobló la servilleta, parecía listo para la discusión pendiente.

—Disculpa mis horribles modales.

Ella negó con la cabeza quitándole importancia.

—Es obvio que tenías hambre. —Vaciló un momento al ocurrírsele algo terrible—. Te han dado de comer, ¿verdad?

Él levantó una ceja interrogativamente.

—¿Dudas de la amabilidad de tus empleadores?

Ella negó con la cabeza.

—No. Charles Isley es el mejor de los hombres.

Él la miró escéptico.

—Me han dado de comer. Pero yo no tenía mucho apetito.

—¿Y ahora sí?

—Es lo que produce en un hombre la perspectiva de la libertad. —Y diciendo esto, se levantó y fue a calentarse las manos ante el resplandeciente fuego que ardía en el hogar.

Ella observó su tensa espalda. A juzgar por la brusquedad con que se movía, se diría que todavía estaba enfadado.

Se volvió de repente, con el cejo fruncido.

—Ya hemos esquivado demasiado el tema. Tarde o temprano tendremos que enfrentarnos a ello: ¿por qué me has ayudado a escapar? Es evidente que tú y tus amigas tenéis un plan en mente. ¿De qué se trata?

Ella tomó aire, pero se obligó a quedarse donde estaba. Serena.

—Debe de ser obvio que te he ayudado a escapar porque una parte de mí cree lo que me contaste. O... o parte de mí desea creerlo.

Las fosas nasales de Tristan se expandieron en señal de enfado.

—¿Y cuál es tu plan?

—Eso depende de ti.

Él apretó los puños.

—Ah, entonces tengo que seguir demostrando que es verdad lo que digo, ¿no es así? Todavía necesitas más información, más explicaciones, mis disculpas. ¿Y qué me dices de ti, querida? ¿Dónde están tus explicaciones?

Lo dijo con tono burlón y los ojos brillantes de enojo. Todas sus palabras y sus gestos denotaban una cierta actitud acusadora. Meredith también estaba furiosa, y notó que ese sentimiento emergía a la superficie, empujándola como un resorte fuera de la silla.

—¿Y qué se supone que tengo que explicar? Se me asignó una misión para proteger a mi país. Tus actividades clandestinas te señalaban como sospechoso en una conspiración de alta traición. Yo sólo estaba haciendo mi trabajo.

Tristan se acercó a ella, llevando consigo una peligrosa tormenta de deseo y de rabia igualmente poderosa.

—Conque tu trabajo, ¿eh? No sólo te dedicaste a sonsacar detalles de mi vida, también me mentiste. Mentiste a mi madre.

Ella negó con la cabeza.

—Nunca mentí a lady Carmichael.

—Le hiciste creer que ibas a su fiesta en calidad de amiga, que incluso estabas empezando a sentir algo por mí. La animaste a que siguiera con sus triquiñuelas de celestina... ¿Por qué? ¿Para poder utilizar sus sentimientos contra mí?

—¡No! —protestó ella sintiendo un doloroso aguijonazo.

Él resopló desdeñoso.

—He pasado un montón de horas reflexionando sobre tus métodos de «investigación» en esa celda de Isley. ¿Le haces el amor a todos los sospechosos que investigas o deben cumplir ciertos requisitos? ¿Dónde pones los límites, milady?

Meredith se sonrojó violentamente, pero se forzó a no dar media vuelta.

—Sabes que lo que ocurrió en Carmichael fue mucho más que eso.

—¿De veras? —preguntó él soltando una áspera carcajada—. Cuando te acariciaba, me pareció sentir que había algo entre nosotros. Creí que tus sentimientos eran tan fuertes como los míos. Pero ahora que he visto lo mentirosa que eres, me pregunto cuáles de esos sentimientos eran reales.

Ella abrió la boca para protestar, pero él continuó como si no pudiera detener el imparable fluir de sus furiosas acusaciones.

—Tengo que aplaudirte. En ciertos aspectos, una mujer espía es mucho mejor. Tú pudiste hacer uso de tu cuerpo y de mi corazón de una manera que ningún hombre habría podido. Te metiste en mi cama y conseguiste que me rindiera a tus pies sin disparar un solo tiro.

—¡Meterme en tu cama no formaba parte de mi investigación! —Contuvo las lágrimas mientras apretaba los puños a los costados—. Sé que estás enfadado, pero estoy arriesgando mi vida, mi trabajo como espía y mi país por ayudarte. ¿No podrías tener un poco de fe en mí?

Él soltó una carcajada tan vacía y desprovista de humor como la de antes.

—¿Como la fe que tenías tú en mí mientras reunías pruebas en mi contra? ¿O cuando fingías que yo te importaba?

Meredith no pudo seguir conteniendo las lágrimas.

—Nunca fingí que me importabas. A pesar de las pruebas, a pesar de las sospechas, me enamoré de ti. Ésa es la única verdad.

Tristan calló la siguiente acusación que iba a hacer cuando oyó las palabras de Meredith. ¿Se había enamorado de él? ¿Incluso aunque había espiado todos y cada uno de sus movimientos? ¿Incluso aunque había reunido las pruebas que podían enviarlo a una muerte segura?

Si eso era cierto, significaba que Meredith había actuado contra su propio adiestramiento. Significaba que todo lo que habían compartido era real, no una retorcida fantasía para nublarle la razón.

Pero ¿era sincera? ¿O sólo se trataba de otro truco?

—¿Por qué habría de creerlo?

Meredith se limpió las lágrimas con el dorso de una mano temblorosa.

—No puedo decirte por qué, pero sí puedo decirte que cada día en Carmichael me esforzaba por encontrar algo que demostrara que eras inocente de los delitos de los que te acusaban. Busqué otros posibles sospechosos. Me pasé varios días rezando por dar con algo que señalara a Philip en vez de a ti...

Tristan dio un respingo al pensar en su amigo, también encarcelado.

—¿Philip? ¿Creíste que Philip podía ser el responsable?

Ella asintió.

—Confiaba en que lo fuera. Las piezas estaban ahí. Él tenía acceso a todo lo necesario para tenderte una trampa, actuar en tu nombre sin que tú lo supieras. —Suspiró—. Pero por mucho que lo intenté, las piezas no encajaban. Así que centré mis esfuerzos en buscar otra explicación de por qué te habías implicado en un asunto de traición. Traté de encontrar pruebas de que estabas siendo chantajeado, o víctima de algún tipo de engaño por parte de Devlin para que hicieras algo de lo que no eras consciente.

Tristan se cruzó de brazos, pero su armadura de enfado y furia empezaba a resquebrajarse al oír la explicación de Meredith.

—Me complace ver la confianza que tenías en mi inteligencia.

—Prefería pensar en ti como un hombre ingenuo en vez de como un mentiroso y un asesino —le espetó ella con los ojos brillantes de rabia—. Pero las pruebas se empeñaban en destruir mis esperanzas.

—Y entonces decidiste entregarme a las autoridades.

Ella asintió muy despacio.

—Por mi bien tanto como por el de la investigación. Mi corazón estaba demasiado implicado y yo... yo... —Se le quebró la voz y tuvo que darse la vuelta.

Él la cogió del brazo y la obligó suavemente a volverse y mirarlo. No podía dejar que se escabullese. Tenía que mirarla a los ojos y ver su expresión para poder juzgar si estaba siendo sincera.

—¿Tú, qué? —le preguntó, contento al comprobar cómo se estremecía a su contacto.

Empezaba a confiar de nuevo en que el estremecimiento fuera real, que Meredith lo deseara y sintiera algo por él.

Que lo amara.

Ella agachó la cabeza, y algo oscuro y alarmante llenó sus ojos.

—Mi corazón estaba demasiado implicado, y empecé a no querer ver las pruebas. Me importaba tanto protegerte de Devlin y de mis superiores, que intenté desoír lo que me decía lo que iba encontrando. Llegué al punto de... —se estremeció— querer destruirlas. Emily y Ana me enviaron una carta con información que te señalaba, yo estuve a punto de quemarla. Por un instante, consideré la posibilidad de fingir que aquello no existía y tratar de convencerte de que huyeras conmigo.

Tristan dio un paso atrás al cobrar conciencia del intenso

sentimiento que se reflejaba en el rostro de Meredith: vergüenza. El amor que sentía hacia él la había llevado al extremo de desdeñar todo aquello en lo que creía.

Dos emociones distintas se apoderaron de Tristan. La primera era horror al ver cómo su propia necesidad de venganza la había llevado a ella tan lejos. Que por culpa de sus mentiras, sus conspiraciones, Meredith hubiera estado a punto de desoír su conciencia.

Pero la segunda emoción subyacente tras el horror era una pura y muy poderosa, lo mejor que había sentido después de la muerte de su hermano: alegría.

Meredith había estado a punto de sacrificarlo todo por él. Había estado dispuesta a amarlo sin importar lo que hubiera hecho.

Carraspeó y se obligó a presionarla un poco más.

—¿Por qué no la quemaste?

Una lágrima rodó por la mejilla de ella y él la capturó con el pulgar. Meredith se estremeció y giró la cara buscando la palma de su mano.

—Sabía que no podía destruirla y dar así la espalda a mis amigas y a mi país. No, si quería ser feliz. La duda me habría atormentado y habría terminado matando mi amor.

Él asintió. Aunque tal vez hubiese preferido huir con ella, lo que decía era verdad. Los secretos que hubiera entre los dos se habrían hecho insoportables al cabo de un tiempo. Ahora las cartas estaban ya todas boca arriba, pero ¿podrían superar lo ocurrido?

—La noche antes de que te arrestaran, fui a tu despacho con la intención de decirte por qué había ido a Carmichael y pedirte explicaciones sobre las pruebas que había encontrado. Tenía intención de ofrecerte mi ayuda. —Se estremeció—. Pero entonces, antes de que me diera tiempo a avisarte de que estaba allí, te vi descubrir la pintura robada. Te oí decir que ibas a hacer la entrega.

Levantó la vista y lo miró suplicando comprensión, y Tristan se sorprendió al ver que lo comprendía. Y que la amaba todavía más por lo buena y honesta que era. Después de las compañías que había tenido últimamente, se le había olvidado que esas cosas todavía existían.

—Pensé en el dolor y la muerte que acarrearía el hecho de que entregaras la información al enemigo, y no podía dejar que lo hicieras —susurró—. Así que envié un mensaje urgente a Londres y llamé a Isley y a sus hombres para que te arrestasen antes de que el daño estuviera hecho. —Se llevó las manos al pecho, como si el mero recuerdo le provocara un dolor insoportable—. Me rompiste el corazón, Tristan.

Él asintió, incapaz de hablar dada la intensidad de sus propias emociones.

—Por eso le supliqué a Charlie que llevara el arresto en secreto. Y por eso ayudé a ocultar la verdad para que tu madre no se enterara. Quería protegerte a pesar de haber demostrado a mis superiores que eras el peor de los criminales. Algo en mí seguía diciéndome que no era así, y que no podía destruir al hombre que amaba.

—Y por eso me has ayudado esta noche —dijo él.

Era una afirmación, no una pregunta, pero Meredith asintió.

—La historia que me has contado hoy en tu celda... quería creerla.

Tristan frunció el cejo. Ella quería creer en él, y eso era

mucho, pero ¿le creía realmente? ¿O bien se estaba dejando llevar por su corazón cuando su cabeza decía que creyera en las pruebas?

Meredith prosiguió, apesadumbrada:

—Al liberarte, es probable que haya acabado con mi carrera como espía. Mis amigas también se han implicado, lo que significa que he puesto asimismo en peligro su futuro. Si me equivoco depositando en ti esa fe que afirmas que no tengo, estaría metiéndome en una trampa. Mi vida estaría también en juego. —Su rostro se endureció—. Así que, por favor, no me digas que no te he dado mi confianza. Es algo que desde muy joven aprendí a guardar para mí, y pese a todo, a ti te la he dado. Tanto si quieres reconocerlo como si no.

Por primera vez, Tristan se dio cuenta de la situación tan vulnerable en que se estaba poniendo a sí misma. Lo estaba arriesgando todo basándose tan sólo en la afirmación que le había hecho de que era inocente. ¿Y qué le había dado él a cambio?

—Lo entiendo, Meredith —dijo con un suspiro.

Ella sonrió y la esperanza se reflejó en su rostro. Pero aún vacilaba. Seguía guardándose algo.

—Pero ¿tú confías en mí como yo confío en ti?

Tristan meditó la respuesta. Meredith le había mentido, de acuerdo. Había utilizado sus sentimientos para obtener pruebas, pero lo había hecho sin maldad, para proteger aquello en lo que creía.

—Estoy aquí, ¿no? —contestó él, deseando estrecharla entre sus brazos y borrar los restos de sus dudas con un beso.

Meredith se estremeció, pero negó con la cabeza.

—Necesito más que eso. Necesito algo que me asegure que la fe y la confianza que he depositado en ti no han sido en vano.

Él ladeó la cabeza.

—¿Qué prueba necesitas?

—La información que has sacado del cuadro, Tristan —respondió ella con calma—. Dime de qué se trataba.

La calidez que empezaba a sentir volvió a congelarse y la miró con desconfianza. Dudó. La información oculta en el cuadro era lo único que le quedaba para ejercer presión, tanto con el Ministerio de Guerra como con Devlin. Si se lo entregaba, podría perderlo todo.

—Fe, Tristan —susurró ella tendiendo la mano hacia él.

Una chispa de deseo sacudió el cuerpo del hombre, anhelante.

—¿No es fe lo que tú me pides? —prosiguió Meredith—. Llevas demasiado tiempo luchando tú solo en esta batalla. Ten fe en mí y la seguridad de que mi único deseo es ayudarte.

Exhaló un profundo suspiro y se dio cuenta de que había estado conteniendo la respiración. Meredith se estaba ofreciendo para librar a su lado la batalla en la que él llevaba tanto tiempo combatiendo solo. Le había dado su confianza y su corazón. Y le pedía lo mismo a cambio.

No podía negárselo, ahora que la sombra de los secretos ya no se elevaba entre ellos.

—Se trata de una serie de planes bélicos, de misiones para las tropas y localización de arsenales —se sorprendió diciendo. Los dedos de Meredith se cerraron sobre la mano de él con más fuerza—. Saqué la información del cuadro y la envié a mi casa de la ciudad con instrucciones de que la ocultaran en un lugar secreto que hay en los establos. La cuadra de mi yegua favorita tiene un suelo falso en el rincón este. Allí está todo. Se pone nerviosa con los desconocidos, así que avisa a quien vayas a enviar.

—No sabes lo que esto significa —dijo ella con un aliviado susurro.

Él vaciló un momento antes de hablar.

—No, no lo sé. ¿Qué va a pasar ahora? ¿Tú y tus amigos decidiréis solos el destino de Devlin o me permitiréis que participe en lo que empezó la noche en que murió mi hermano?

El rostro de Meredith se suavizó y se llevó la mano de él a los labios.

—Sé lo importante que es esto para ti, Tristan. No se me ocurriría dejarte fuera de un final que llevas buscando desde hace tanto tiempo. Confía en mí, participarás. —Sonrió y lo soltó.

Tristan sintió un hormigueo en los dedos, allí donde habían estado en contacto con sus labios.

—Debo enviar un mensaje a Emily y a Ana —añadió Meredith—. Tardaré sólo un momento.

Él asintió, atontado después del intercambio emocional que acababan de mantener. Y extrañamente liviano, como si le hubieran quitado de encima el peso que llevaba cargando sobre los hombros desde hacía tanto tiempo. Contarle la verdad había sido como un bálsamo para las heridas de su alma.

Meredith salió de la cocina a toda prisa. Mientras, Tristan se pasó la mano por la cara y salió al corredor. Subió la escalera para explorar el resto de la casa, con el corazón martilleándole en el pecho.

Ella le había demostrado que confiaba en él al liberarlo de su celda. Él le había devuelto esa fe diciéndole dónde podían encontrar las pruebas que andaban buscando. Pero todavía quedaba un último muro entre ellos. A pesar de su declaración de amor, Meredith no se había entregado del todo. Tristan lo percibía. También lo había percibido en Carmichael, pero ahora comprendía el motivo. Y lo único que deseaba era derribar ese último muro, ladrillo a ladrillo. Deseaba ver su futuro sin impedimentos de ninguna clase.

En la galería en penumbra del piso superior, vio tres puertas. Abrió la primera y encontró una alcoba compuesta por un dormitorio grande y un salón. Tristan entró y abrió mucho los ojos. Sería una habitación normal y corriente de no ser porque alguien le había dado un toque romántico colocando velas a lo largo de la repisa de la chimenea, encima de cada mesa y hasta en el alféizar de las ventanas. Completaba el ambiente un fuego vivo ardiendo en el hogar y un cobertor de seda maravillosamente suave encima de la cama.

—¿Estás cansado? Si quieres puedo... —Meredith entró en la habitación y se quedó sin palabras.

—Parece que alguien se ha tomado muchas molestias por nosotros —comentó Tristan dándose la vuelta.

El rostro de ella se veía suavemente iluminado por las llamas del hogar y las velas, sus ojos brillaban. Él ardía en deseos de acariciarla y hacer buen uso de la cama.

—Ana —murmuró Meredith con una media sonrisa que caldeó la sangre de Tristan en las venas—. Siempre tan romántica.

—Entonces, ¿ella cree en mi inocencia? —preguntó, permitiéndose finalmente acercarse.

Meredith contuvo el aliento cuando él le tendió una mano.

—Ana cree en mi intuición. En el criterio de mi corazón.

Tristan le acarició los brazos con las yemas de los dedos y, al llegar a los codos, la sujetó y la atrajo hacia sí.

—¿Y tú?

—¿A qué te refieres? —preguntó, los ojos brillantes de puro deseo.

Tristan no tenía la menor duda de que no se resistiría si la llevaba a la cama. Pero esa vez quería algo más.

—Antes has dicho que te enamoraste de mí —susurró—. ¿Todavía me quieres?

Ella se quedó sin aliento, pero respondió sin pensárselo.

—Sí, todavía te quiero.

Él cerró los ojos y dejó que el placer de su confesión le llenara el cuerpo y el alma. Entonces los abrió y la miró de nuevo.

—También has dicho que quieres creer en mi inocencia. Pero ¿crees en ella? ¿Me consideras un traidor?

Meredith subió la mano hacia el pecho de él muy despacio, dejando un sendero de fuego a su paso, y a continuación ahuecó la palma contra su mejilla.

—Si lo creyera, no estaríamos aquí. Te habría dejado en la celda de Isley, aunque eso me hubiera roto el corazón. Creo en tu inocencia, Tristan.

La emoción que sintió al oírla casi lo hizo caer de rodillas, pero lo que hizo fue estrecharla con más fuerza. Aquélla era la respuesta de ella, su salto de fe en el vacío. Inspiró larga y profundamente dispuesto a dar el suyo.

—Te quiero, Meredith Sinclair. Te quiero desde la lejana noche en que te rescaté en aquella posada. Intenté negarlo, te evité para no sentirlo. Pero no pude. Igual que no puedo ahora, ni tampoco quiero. Te quiero, y esta noche voy a demostrarte cuánto.

22

Tristan capturó los labios de Meredith que sintió un millar de dardos de placer ante el contacto. Los besos de él eran como volver a casa, y llenaban un vacío de cuya existencia no había sido consciente. Se pegó a él, amoldando su cuerpo al suyo, en sus oídos aún presente el eco de su declaración de amor.

Era como si uno de los capullos de rosa del jardín que cuidaba Ana se hubiera abierto por fin a la luz del sol. Todo estaba ya al descubierto. No más mentiras, no más muros, sólo la sensación de estar en sus brazos. Y ahora podrían tener toda una vida de abrazos como aquél.

Meredith se abrió a él y la intensidad del beso fue aumentando poco a poco. Pasó de una apasionada expresión de amor a una profunda y sensual promesa de lo que estaba por venir. Por experiencia, sabía que sería una noche de pasión abrumadora, pero esa vez no serían horas robadas. Sería la primera de muchas noches por venir. Una vez llevaran a Devlin ante la justicia y limpiaran el nombre de Tristan, podrían encarar su futuro. Juntos.

Él retrocedió un paso y la miró a los ojos.

—Cuánto he echado de menos acariciarte.

Ella sonrió entre lágrimas de contento.

—Yo también te he echado de menos. Soñaba contigo todas las noches, estaba muerta de preocupación.

Tristan la llevó hacia la cama.

—Quizá tendrías que examinarme para comprobar que no he sufrido daños.

Ella se echó a reír mientras buscaba sus botones con dedos ávidos.

—Con mucho gusto, milord.

Le sacó la camisa de los pantalones y se la abrió. Seguía siendo tan hermoso como recordaba, y su cuerpo reaccionó como siempre lo hacía. La sangre se le caldeó, los pezones se le erizaron anticipándose al placer, y, bajo la ropa interior, notó que se humedecía allí donde sus muslos se unían.

Dejó escapar un suspiro de anhelo justo antes de posar los dedos en su torso desnudo. Tristan cerró los ojos de gusto y dejó escapar un gemido ronco que la dejó estremecida de deseo. Acarició la clavícula masculina para luego deslizar suavemente las yemas de los dedos por su espalda.

Tristan la estrechó con más fuerza, apretando contra su vientre la prueba de lo excitado que estaba. Ella avanzó las caderas, temblando al sentir su duro miembro, consciente de lo que haría con él en cuanto se libraran de aquellas molestas ropas.

Sentir a Meredith retorciéndose de deseo era más de lo que podía soportar. Tendió los brazos hacia su espalda para desabrocharle el vestido con dedos temblorosos. Uno de los botones saltó por los aires, pero no le importaba. Ya sería más delicado cuando la tuviera desnuda. Entonces se tomaría su tiempo.

Si a Meredith le preocupaba lo que había ocurrido con el botón, no lo mostró. Arqueó la espalda para facilitarle el acceso, y finalmente, Tristan pudo meter las manos por debajo del vestido. La camisola interior era de fina seda, pero no tan suave como su piel.

Dio un tirón y el vestido cayó hacia adelante. Dejó que se arremolinara alrededor de los hombros, aprisionándola con el tejido mientras bajaba la cabeza para posar los labios sobre su piel. El pulso de ella latía con violencia, y se aceleró aún más cuando con la lengua le recorrió el hueco de la garganta. Meredith forcejeaba con el vestido, respirando entrecortadamente, pero él la sujetaba con firmeza, deslizando los labios lentamente hacia el escote de la camisola.

Ella dejó escapar un suspiro cuando Tristan pasó el dedo por debajo del tirante y se lo bajó hasta el codo, descubriendo su pecho. Gozó por un momento de la perfección de Meredith, lo delicioso que era ver fruncirse su pezón de pura expectación, lo perfectamente que se adaptaba cada uno de sus pechos a sus manos, pero no pudo resistirlo mucho tiempo. Se agachó y capturó el delicado botón entre los labios.

Meredith soltó un gemido salvaje que resonó en toda la habitación mientras le clavaba las uñas en los hombros y arqueaba las caderas. Tristan siguió acariciándola con la lengua con parsimonia, haciendo girar el pezón en su boca hasta que se puso sonrosado por sus atenciones.

Le bajó el otro tirante de la camisola hasta el codo, de modo que el vestido y la prenda interior siguiesen limitando los movimientos de Meredith. Ella se estremeció, e intentó elevarse para alcanzar sus labios, pero el vestido se lo impedía.

Tristan bajó la cabeza y le proporcionó el alivio que le estaba exigiendo en silencio: le lamió el pezón hasta que los jadeos se convirtieron en gritos de placer. Pero no tenía bastante. Aún no la había hecho estremecer en la culminación, ni suplicar que le diera más.

De un tirón, consiguió que toda su ropa se amontonase a sus pies. Sin romper el contacto con su pezón endurecido, Tristan la aferró de las caderas y la colocó sobre la cama. Nada más caer sobre el lecho, ella le rodeó el cuerpo con sus largas y esbeltas piernas. Su húmedo centro se apretó contra el torso de él, dejándole claro cuánto deseaba tenerlo dentro, lo a punto que estaba.

Tristan subió hacia sus labios succionando suavemente su lengua mientras le separaba los muslos. Ella dejó escapar un grito apasionado dentro de su boca cuando lo notó ahuecar la palma contra su sexo, acariciando la húmeda entrada de acceso a su canal femenino y dejando que su pulgar jugueteara con el pequeño botón donde residía su placer.

Su cuerpo empezó a palpitar allí donde Tristan la tocaba, creando una espiral de gozo que iba en aumento, pero cada vez que se acercaba peligrosamente al borde del precipicio, Tristan se apartaba, dejándola a punto del clímax pero sin llegar a permitírselo.

Meredith se apoyó en los codos y dejó caer la cabeza hacia atrás con los ojos cerrados mientras él seguía jugando con ella, provocándola. Tristan comenzó a bajar la boca por su cuerpo, succionándola, dándole placer, hasta que sus labios y sus dedos se unieron.

En el momento en que notó su lengua lamer su centro femenino, Meredith explotó. Sus caderas se dispararon hacia arriba como movidas por un resorte, apretándose contra Tristan, cuya lengua la excitó sin piedad hasta que le sobrevinieron los espasmos del clímax y aun después de que éstos cesaran.

Temblando todavía tras el poderoso orgasmo, Meredith buscó con la vista los ojos de él.

—Por favor —suplicó.

Tristan asintió sin decir palabra y se quitó los pantalones. Meredith vio el ávido anhelo de su cuerpo y su tremenda erección. Pronto lo tendría dentro.

Retrocedió en la cama para dejarle sitio, y él se arrodilló entre sus piernas. Tanteó la entrada al cuerpo de Meredith con la punta de su miembro, elevándola un poco un momento antes de hundirse en su interior.

Meredith aferró las sábanas de raso al sentir que la arrollaba una oleada de sensaciones. Tendió los brazos hacia Tristan para impedir que éste saliera de ella, pero él la sorprendió con una firme embestida. Se sujetó con fuerza a sus brazos, mientras la poseía.

Las arremetidas habían comenzado con penetraciones largas, seguras y controladas, concebidas para llevarla hasta la locura, una forma de reclamarla. Meredith las recibía con agrado, elevando las caderas para salirle al encuentro, acariciándole la espalda. La palpitación previa al clímax fue creciendo en su interior, extendiéndose por todo su cuerpo cada vez que él embestía.

Poco a poco, los ojos de Tristan empezaron a entrecerrarse y una fina capa de sudor perló su frente. Meredith observaba su lucha por mantener el control. Vio cómo se le hinchaban las venas del cuello en su intento de alcanzar el placer y le sostuvo la mirada mientras la tomaba una y otra vez, llevándola al borde del orgasmo.

El placer de él fue aumentando mientras Meredith se lanzaba al abismo del placer por segunda vez, dejando ardientes besos en su piel mientras cabalgaba las olas del clímax.

—Ahora, Tristan —gimió—. ¡Ahora!

Él aulló de placer, estirando al máximo los brazos y arqueándose mientras se vaciaba en su interior. Sus gritos se mezclaron con los de ella cuando Meredith lanzó un último gemido en la culminación del orgasmo para luego dejarse caer, lánguida y satisfecha, sobre las almohadas.

Los codos de Tristan cedieron y se derrumbó sobre su cuerpo. Ella lo abrazó, sintiendo que con él lo podía todo, dichosa de que fuera suyo al fin.

Al menos hasta el día siguiente, cuando sus vidas volvieran a estar en peligro.

Tristan cerró los ojos. Fuera empezaba a oscurecer. Los que encendían las farolas habían empezado a hacer su trabajo.

Y eso significaba que él tenía que hacer el suyo.

Llevaba dos años esperando a que llegara aquel momento. Iba a encontrarse cara a cara con el responsable de que su hermano hubiese muerto. Dos años viviendo y respirando para descubrir al asesino de Edmund; una búsqueda que lo había llevado al borde de la locura y la ruina: que había estado a punto de costarle todo... y todavía podía costárselo. Pero vengar a su hermano era lo que importaba. Había imaginado muchas veces cómo sería el encuentro. Con todo detalle. Y había esperado impaciente que éste se produjese.

Pero ahora, cuando estaba a punto de obtener lo que más deseaba, sentía cierta reticencia.

Rodó hacia un lado de la cama y miró a Meredith. Estaba enredada entre las sábanas de tal forma que éstas apenas le cubrían los cautivadores pechos. Tenía una de sus bien torneadas piernas sobre el cobertor, y Tristan sintió deseos de reseguir con los labios la curva que formaba.

Ella era la razón de su reticencia. Habían pasado la noche anterior y la mayor parte del día haciendo el amor, excepto en los momentos en que Meredith había tenido que salir a ocuparse de los detalles del encuentro. Insistía en acompañarlo esa noche a pesar de sus protestas. Pero la conocía demasiado bien. Aunque le dijera que no, iría de todos modos.

Ello lo miró.

—Estás muy serio. Muy parecido al hombre atribulado que vi en aquel baile antes de partir hacia Carmichael.

Él asintió. De nada servía ocultar sus emociones.

—Se está haciendo tarde. Falta poco para que nos reunamos con Devlin.

Meredith se puso tensa y la lumbre iluminó su frente, arrugada por la preocupación.

—Sí.

—Va a ser peligroso —continuó Tristan—. No quiero que vengas.

El rostro de ella se puso aún más tenso al tiempo que negaba con la cabeza.

—Ya te he dicho las diez primeras veces que hemos tenido esta conversación que eso no es discutible.

—¿Seguro que no es porque no te fías de mí?

Ella se inclinó y le tomó la barbilla en una mano antes de

darle un beso. Se quedó allí un momento, presionando los labios contra los suyos, luego se apartó.

—Confío totalmente en ti, pero Devlin es peligroso. Imagino que el líder de su banda será todavía peor. Necesitarás la ayuda de alguien entrenado. Y no estaremos solos. Emily y Ana vendrán como refuerzo. Todo está arreglado. Sólo nos queda encontrar el modo de justificar mi presencia.

Tristan suspiró ante su insistencia.

—Lo cierto es que llevo un rato pensando en ello y se me ha ocurrido un plan.

Ella se echó hacia atrás, sorprendida.

—¿De verdad? Cuéntamelo.

—Requiere un poco más de fe —contestó él mirándola a los ojos.

Meredith no vaciló.

—La tienes.

El calor de su amor lo invadió.

—Serás mi prisionera. Le diré a Devlin que por eso he tenido que venir a Londres tan repentinamente. Que en tu fervoroso deseo de casarte con un marqués, estabas hurgando en secretos que más valía dejar enterrados.

Ella se echó a reír.

—Oh, sí. Todo el mundo sabe que puedo ser terriblemente materialista cuando hablamos de matrimonio.

—Y todo el mundo sabe que yo soy un muy buen partido, amor mío —respondió él dándole un leve beso en la punta de la nariz—. Que una mujer se entrometiera en mis negocios para calcular a cuánto asciende mi valor no sería algo tan difícil de creer.

—Yo me lo creo absolutamente —bromeó ella.

La sonrisa de Tristan se evaporó cuando pensó de nuevo en el peligro que iba a correr, en especial en lo que se refería a fingir que era su rehén.

—Devlin considerará que he pasado otra prueba más llevándote conmigo. Ver que he eliminado un peligro para su organización le dará más motivos para confiar.

Meredith lo miró a los ojos con serenidad, reconfortándolo. No parecía asustada. Si fuera una dama de sociedad normal y corriente Tristan no aceptaría su ayuda, pero Meredith Sinclair no era normal y corriente, era una espía. Y sus habilidades de campo la protegerían, aunque él por su parte también haría todo lo posible por hacerlo.

—¿Sabes? —dijo ella con una suave sonrisa llena de amor—, me parece que es un plan magnífico. Creo que todavía podríamos hacer de ti un buen espía.

—Si sobrevivimos a esta noche, ya hablaremos de ello —contestó él levantándose para prepararse.

Meredith le cogió la mano y se la llevó a la mejilla.

—No te preocupes, Tristan. Todo va a salir bien.

Él sonrió por ella, pero en su corazón seguía teniendo dudas. Esa noche iba a ser la más peligrosa de su vida. Únicamente podía rezar para sobrevivir y poder proteger a Meredith. Sólo entonces podría albergar esperanzas de un futuro en sus brazos.

23

Aunque estaban en verano, cerca del Támesis soplaba una brisa fresca. Meredith sintió un escalofrío cuando Tristan y ella descendieron del carruaje en los muelles de Southwark. El deteriorado puerto, situado en una zona pobre y bastante violenta de Londres, era el lugar que Devlin había designado para llevar a cabo el encuentro.

El frío que Meredith sentía no se debía sólo a la temperatura. Le había asegurado a Tristan que estarían a salvo para tranquilizarlo respecto a ella, pero la verdad era que no estaba muy segura de nada. En un caso como aquél, acudiendo a un encuentro que no había organizado ella, sabía perfectamente que podían estar metiéndose en una trampa.

Tristan la agarró del brazo sin mirarla. Meredith ansiaba una sonrisa tranquilizadora, pero no era posible. Podía ser que los estuvieran observando, y habían convenido que la trataría como a una «rehén» desde que salieran del carruaje. Era la única forma de dar verosimilitud a su tapadera.

Conforme avanzaban por los muelles, Meredith divisó a una mujer, una vendedora ambulante que pregonaba sus mercancías delante de una taberna con bastante mala pinta. Al pasar delante de ella, la mujer se llevó una mano a los labios. Era la señal que utilizaba Emily para identificarse con sus compañeras cuando iba de incógnito.

Eso significaba que Ana estaría también cerca, probablemente oculta y temblando de miedo, puesto que ella rara vez trabajaba sobre el terreno, pero Meredith sabía que, en caso de necesidad, Ana defendería a sus amigas con todas sus fuerzas.

Meredith movió la cabeza, maravillada. Ana era brillante y Emily una maestra del disfraz. Trabajaba con dos de las mujeres más geniales del imperio. Y se alegraba de tenerlas a su lado esa noche.

Fingió forcejear con Tristan y él respondió tal como habían ensayado, tirando de ella.

—La vendedora ambulante que está delante de la taberna es Emily —susurró, haciendo una mueca como si estuvieran discutiendo.

En favor de Tristan había que decir que no la miró ni se volvió para mirar a la mujer en cuestión, pero al oír su brusca inspiración, Meredith supo que se había quedado de piedra.

—¿De verdad? Es increíble. Jamás la habría reconocido.

Meredith ocultó una sonrisa.

—Pues lo es. Y tú lo estás haciendo muy bien.

Tristan asintió sin abandonar en ningún momento su gesto duro y áspero.

—Eso espero. No me gustaría que un gesto fuera de lugar nos impidiera conseguir nuestro objetivo en caso de que nos estén vigilando.

Meredith se estremeció y esta vez no fue fingido. Ambos eran su objetivo.

El objetivo de ella era llevar a Devlin y a su organización ante la justicia para asegurarse de que no traicionaran a su país nunca más. Consistía también en obtener de aquel encuentro las pruebas suficientes para exonerar a Tristan de los delitos que éste hubiera podido cometer.

El objetivo de él era mucho más simple y, en cierto sentido, no coincidía con el de ella. Quería arrebatarle la vida a un hombre en pago de una vida que ya se había perdido. Y Meredith no estaba muy segura de poderlo detener cuando llegara el momento. No estaba segura de querer negarle la posibilidad de vengarse después de todo lo que había sacrificado.

Se acercaron a la zona del muelle donde Devlin había quedado en encontrarse con Tristan. Se trataba de un lugar oscuro al final de la hilera de los amarres de las embarcaciones. Los almacenes estaban en absoluto silencio. Algunos parecían abandonados o bien poco utilizados. El lugar perfecto para una reunión clandestina.

O para una emboscada.

En esa parte de Londres nadie veía nunca nada que no le afectara personalmente. Y nadie se entrometía cuando las cosas se ponían feas. Intentó centrarse únicamente en la situación que tenían entre manos.

Tristan aminoró el paso y apretó la presa que ejercía sobre su brazo. Esta vez era un gesto tranquilizador y protector, no estaba fingiendo. Debía de haber percibido sus temores. Meredith tenía que admitir que agradecía sentirlo a su lado, dispuesto a protegerla.

—¡Devlin! —llamó, mostrándose como un gallito seguro de sí mismo.

Silencio. La tensión empezó a crecer dentro del pecho de Meredith mientras esperaban a que Devlin contestara. A juzgar por las arrugas del rostro de Tristan a la escasa luz de las pocas y trémulas farolas, diría que estaba tan nervioso como ella.

—¡Augustine Devlin!

—Lord Carmichael. —La voz con el conocido arrastrar de las palabras llegó desde detrás de una pila de cajones de madera. Por el olor que flotaba en el aire, era evidente que en ellos había habido pescado.

Meredith inspiró cuando Devlin apareció. Parecía sereno y despreocupado incluso en aquellos muelles. No tenía ni un solo cabello fuera de lugar y vestía ropa llamativa. Parecía una ave del paraíso que se hubiera desviado demasiado hacia el sur y hubiera terminado en el infierno. Pero bajo aquel exterior perfecto y atractivo se ocultaba el mismísimo diablo.

—¿Qué está haciendo ella aquí? —bramó cuando reparó en Meredith—. ¿Te digo que vengas tú solo y vas y te traes a tu puta?

Tristan se puso rígido al oír el insulto, y Meredith se apresuró a hablar con la esperanza de que así él pudiera recuperar la calma y recordar el plan.

—Disculpe —le espetó con su mejor tono de ofendida señorita londinense—, pero yo no pedí que me trajera. En un momento estaba tomando el té en mi casa, ¡y al siguiente este... bruto me ha metido en su carruaje por la fuerza!

—Calla la boca —replicó Tristan con un tono frío como el hielo.

Si ella no supiera que estaba actuando, le habría dado miedo.

Obedeció por instinto.

—Contéstame, Carmichael —insistió Devlin—. O tendré que dispararle aquí mismo.

Conforme hablaba, salieron cuatro hombres del mismo sitio donde Devlin estaba escondido. Meredith se puso tensa. Cinco contra dos; cinco contra cuatro, contando a Ana y Emily. No era una proporción mala, pero sí peligrosa. A tan corta distancia, hasta el peor tirador tendría suerte.

El ritmo de la respiración de Tristan cambió en cuanto vio aparecer a los otros hombres, y Meredith se dio cuenta de que estaba evaluando a cada uno de ellos, preguntándose quién estaría al mando de la organización, quién era el culpable de la muerte de su hermano.

Ella también los estudió. Dos eran grandes y tenían la estulticia pintada en los ojos. Matones. No tenían aspecto de liderar, sino de obedecer órdenes.

Pero los otros dos eran otra cosa. Tenían un rostro inteligente y mirada amenazadora. Y, a juzgar por la forma en que uno de ellos sacó una pistola de la chaqueta y le apuntó directamente al pecho, habían matado antes, y no dudarían en hacerlo de nuevo. Aunque su víctima fuera una mujer indefensa.

Tristan vaciló cuando vio el arma y Meredith rezó para que fuera capaz de seguir con el plan aunque la estuvieran amenazando.

—¿Quieres matarla? —preguntó, y ella percibió la tensión en su voz—. Adelante. Pero yo la interrogaría primero.

Los ojos de Devlin volaron hacia Meredith y de vuelta a Tristan, y entonces los entornó con suspicacia.

—¿Por qué?

—Me vi obligado a regresar a Londres cuando descubrí que alguien estaba husmeando en mis asuntos. Era lady Northam.

Ella comenzó a forcejear de nuevo.

—¿En serio? —Devlin dirigió una vez más su tranquila mirada hacia ella—. ¿Y con qué fin habría de hacer usted algo así, milady?

—Al parecer, deseaba algo más que un revolcón en mi cama —respondió Tristan con desdén—. Estaba obsesionada con casarse y quería asegurarse de que mi fortuna era tan grande como se rumoreaba. Pero descubrió demasiadas cosas.

—¡Mentira! —protestó Meredith, fingiendo estar aterrorizada, algo que le resultó más fácil de lo que habría querido admitir—. ¡Señor Devlin, no creerá que soy tan materialista! ¡Tiene que ayudarme!

Éste soltó una suave carcajada.

—Oh, vamos, milady. Siempre supe que era algo más que una cara bonita, pero ¿investigar los negocios de un hombre para asegurarse un buen matrimonio? —Miró de nuevo a Tristan—. ¿Cuánto ha descubierto?

—Lo suficiente —replicó él.

Meredith negó con la cabeza.

—Se equivoca, no sé nada.

Devlin dio un paso al frente y ahuecó una mano contra su mejilla. Tristan se puso tenso, pero Meredith admiraba lo quieto y tranquilo que se mantenía, siguiendo el plan que habían elaborado. Devlin la miró a los ojos.

—Mentirosa —susurró entre dientes apartándola de Tristan para mandarla de un empujón hacia sus hombres—. En cuanto lord Carmichael y yo terminemos con el asunto que tenemos pendiente, me ocuparé de ti.

Meredith captó la mirada de Tristan. Éste la miró brevemente, lo justo para que ella viera el terror que sentía por su seguridad, pero en seguida la apartó, demasiado rápido para que cualquier otro se percatara de ello.

—Considérala un regalo —dijo, e hizo un gesto con la mano, como si Meredith no significara nada—. Una última prueba de que soy merecedor de tu confianza.

Devlin asintió con la cabeza, al parecer impresionado con su cruel actitud.

—Sí, me lo has demostrado. Y ahora lo harás una última vez. La información del cuadro, por favor.

Tristan se tocó el bolsillo de la chaqueta, donde guardaba lo que el otro codiciaba. Por mucho que detestaran hacerlo, Meredith sabía que no tenían más remedio que entregarles la verdadera información, por si a Devlin le daba por examinarla.

Pero en vez de entregársela, Tristan se cruzó de brazos.

—Esta vez no. Ya conoces los términos del intercambio, Devlin. Te lo dejé perfectamente claro en Carmichael. Estoy harto de ser tu lacayo, quiero conocer al hombre que dirige tu organización. Le entregaré la información a él y sólo a él. ¿Dónde está?

Devlin vaciló un momento, durante el cual lo miró de arriba abajo. Meredith se puso tensa mientras lo hacía, rezando por que no los matara y se llevara lo que deseaba. Un hombre como aquél era perfectamente capaz de ello.

—¿Quieres al responsable? —preguntó y una sonrisa brotó de sus labios—. Pues lo tienes delante, Carmichael. Has tenido acceso a él todo el tiempo. Yo soy el hombre que buscas.

Tristan necesitó de toda su fuerza de voluntad para no quedarse boquiabierto de la sorpresa. ¿Devlin era el hombre al mando? Había pasado tanto tiempo en su compañía, habían hecho tantas cosas... Todo el tiempo buscando lo que tenía delante de las narices. Podría haberlo matado cien veces.

Pero justo por eso mantenía su identidad en secreto. Era creencia general que Devlin era el subalterno de otro. Las autoridades lo vigilaban, pero no hacían ningún movimiento porque querían que los condujera a un pez más gordo y peligroso. Y aquellos que, como él, se pasaban al lado de Devlin y sus traiciones, no se enfurecían nunca con él porque creían que era el único puente a otra persona.

De no ser porque la cólera estaba empezando a crecer dentro de su pecho aplastando la razón y cualquier otra emoción, habría felicitado a Devlin por lo bien que había jugado su mano.

—Te has puesto pálido —comentó éste con su característica sonrisa de suficiencia—. ¿No te lo esperabas?

Tristan miró a Meredith. La retenía uno de los hombres, y lo miraba con ojos como platos. Por su expresión, era evidente que estaba tan atónita como él. Pero por mucho que deseara emprenderla a golpes, tenía que mostrarse indiferente. Si hiciera algo, ella podría salir herida.

—No —contestó con toda la calma que pudo—. No me lo esperaba. Me dijiste una y otra vez que me llevarías al responsable de las acciones del grupo. Supuse que sería otra persona.

Devlin asintió con engreimiento.

—El Augustine Devlin que muestro al mundo no se parece en nada al hombre que realmente soy. Comprenderás lo que te digo cuando pases una última prueba sin importancia.

Tristan se puso tenso.

—¿Otra prueba? ¿Te refieres a que te entregue la información?

La sonrisa del otro se ensanchó.

—No. Sé que eso lo harás. No habrías llegado hasta aquí, ni hecho todo lo que has hecho para negarte ahora a lo más sencillo. Quiero que la mates. —Hizo un gesto por encima del hombro hacia Meredith.

La cólera hizo que Tristan lo viera todo rojo sólo de pensarlo. No podía seguir controlando sus encarnizadas emociones. Amenazarlo a él era una cosa, pero dirigir las amenazas hacia la mujer que amaba, otra muy distinta.

Dio un paso al frente, dispuesto a encararse con Devlin, pero la voz de Meredith lo detuvo.

—¡No, Tristan!

Parecía que estuviese suplicando por su vida, pero cuando la miró vio el mensaje en sus ojos. Aquélla era su oportunidad. Meredith tenía pruebas más que suficientes para llevar a Devlin ante la justicia, y él motivos sobrados para buscar venganza.

Tristan se sacó la pistola del bolsillo y la levantó lentamente para apuntar a Meredith... o a un punto ligeramente a la izquierda de ella. Los hombres que la retenían retrocedieron para evitar que pudiera alcanzarlos una bala perdida. Y entonces Tristan se dio cuenta de que su amada era una mujer brillante: con ella fuera de la línea de fuego, él podría solucionar la situación fácilmente.

—Lo siento —dijo—. Pero ya sabes lo que tengo que hacer.

Con un rápido giro de muñeca, Tristan dirigió la pistola hacia el rufián que la había estado apuntando con su arma. Apretó el gatillo y el hombre se tambaleó hacia atrás, dejando caer la pistola sobre el suelo de madera cuando la bala le perforó el corazón.

De inmediato, Meredith se arrodilló y rodó hacia atrás, buscando la protección de las cajas apiladas que habían servido de escondite a Devlin y sus compinches. Tristan la vio coger el arma que había caído a sus pies antes de desaparecer. Santo Dios, era una espía de verdad, con el entrenamiento físico necesario para ello.

Entonces se concentró en su propia seguridad y se lanzó hacia la izquierda. Empezaron a volar disparos antes de que llegase al refugio que le proporcionaban las cajas, donde cargó su arma de nuevo. Asomó la cabeza y disparó, fallando por muy poco sobre otro de los hombres de Devlin, que corrían a ocultarse.

Avanzó por la línea defensiva que formaban los cajones de madera sin perder de vista a Meredith en ningún momento. Ésta se asomó y disparó. Tristan oyó el gruñido de un hombre al recibir el disparo y sonrió. Un tiro perfecto, cómo no. Al parecer, lo hacía bien todo.

Amartilló el arma con la eficiencia de un soldado en plena batalla, deteniéndose el tiempo justo para echar un vistazo en su dirección. Entonces se asomó y disparó de nuevo.

—Maldición, he fallado —dijo, al tiempo que se ocultaba de nuevo y echaba a Tristan un rápido vistazo—. Has estado fantástico.

—¡Casi te matan! —exclamó él antes de asomar la cabeza por encima de las cajas y disparar—. ¿Dónde demonios está Emily?

—Viene por detrás. La he visto antes. Debe tener cuidado para no meterse en el fuego cruzado.

—Y yo estoy aquí —dijo otra voz detrás de ellos.

Los dos se volvieron y vieron a Ana, que llegaba arrastrándose silenciosamente por el muelle. Tenía el arma a punto, pero no parecía tan suelta con ella como Meredith o Emily cuando lo había apuntado en el carruaje.

—Bien, porque nos vendrá bien toda la ayuda que podamos tener —contestó Meredith sonriendo a su amiga.

—Os he estado oyendo. —Ana sacudió la cabeza—. Todo el rato, Devlin ha estado jugando con todas las líneas de investigación abiertas por el gobierno.

—Podría haberlo matado cien veces —masculló Tristan—. Así no habría tenido que hacer nada de lo que me pedía. Podría haber terminado con esto hace un año.

Meredith se acercó y le cogió la mano justo cuando una bala perdida rebotaba cerca de ellos. Ana frunció los labios y asomó la cabeza para abrir fuego.

—Tristan, con todo lo que has hecho, con todas las pruebas que puedes proporcionarnos, harás mucho más para vengar a tu hermano que si lo hubieras matado hace un año. —Le dio un cariñoso apretón—. Soy consciente de que quieres derramar su sangre, pero eso no limpiará la sangre derramada de Edmund. No te devolverá a tu hermano.

Maldijo cuando les cayeron encima las astillas que otra bala acababa de arrancar de una de las cajas. Se asomó, abrió fuego y se oyó el grito de dolor de otro hombre.

—Ya no disparará más con ese brazo —masculló mientras amartillaba el arma. Sus ojos azules toparon con los de él y le sostuvo la mirada—. Tristan, ¿entiendes lo que te digo?

Él reflexionó sobre sus palabras. Meredith no quería que matara a Devlin para vengar a su hermano. Pero ése había sido su objetivo durante mucho tiempo. ¿Cómo podría descansar si no cumplía lo que se había propuesto? La miró de nuevo. Ella lo observaba atentamente, esperando... y con esperanza, como él pudo ver.

Antes de que pudiera decir nada, Ana susurró:

—Se acabaron los disparos.

Tristan levantó la cabeza.

Detrás de las cajas, una mujer apuntaba con su pistola a los hombres que quedaban que no estuvieran heridos o muertos. Era la vendedora que Meredith le había señalado cuando caminaban por el muelle: Emily disfrazada.

Ésta movió la cabeza, sin perder de vista a sus prisioneros en ningún momento.

—¿Vais a venir a ayudarme o pensáis quedaros a vivir detrás de esas cajas?

Meredith se levantó de un salto y corrió hacia su amiga. Tristan la vio alejarse, seguida por Ana. Suspiró y, momentos después, las siguió, alargando el cuello para ver quiénes habían resultado heridos o muertos.

Al que él había disparado estaba bien muerto, en la misma postura en que había caído. Uno de los hombres a los que había disparado Meredith también estaba muerto, pero el otro tenía un brazo herido y no dejaba de llorar como un niño.

Devlin y los otros estaban perfectamente, observando con el cejo fruncido a Meredith y a Emily. Devlin dirigió una rápida mirada a Tristan.

—Bastardo.

—¿Yo soy el bastardo? —preguntó, y sonrió al pensar en el destino que aguardaba a Devlin—. Me parece que no. Eres tú el que ha cometido traición. El responsable de la muerte de mi hermano.

El otro abrió mucho los ojos, sorprendido.

—Así es, Devlin. Me infiltré en tu organización, te hice creer que estaba de vuestro lado cuando siempre estuve contra ti. —Su sonrisa se ensanchó—. ¿Recuerdas aquel envío de armas que se hundió? Fui yo quien proporcionó a las personas adecuadas de forma anónima la información sobre dónde estaban esas armas. ¿Y qué me dices del correo que desapareció cuando iba a hacer un pago importante?

—¡Tú! —estalló Devlin, forcejeando para ponerse en pie.

Cuando Meredith le apuntó a la cara, Devlin volvió a sentarse contra las cajas.

—Y ahora vas a pagar por todos tus crímenes —dijo ella—. Ana, haz que vayan a buscar a Charlie. Estoy segura de que estará deseando llevarse a estos hombres a Newgate, el lugar que les corresponde.

—Será un placer —contestó ésta, echando a correr por el muelle.

Devlin miró a Meredith entrecerrando los ojos. Tristan lo habría matado de buena gana al ver la maldad que encerraba su mirada.

—¿Quién eres? —preguntó en tono bajo y peligroso.

—No eres el único que tiene secretos —replicó ella con

una sonrisita—. Yo soy la mujer que va a detenerte. Por crímenes contra el rey y el país. Por traición. Emily, espósalo.

—Será un placer —dijo ella mientras terminaba de atar al compinche de Devlin. Entonces se inclinó sobre éste.

Fue sólo un momento, pero la situación cambió por completo. Cuando Emily se dobló, Devlin se levantó de repente golpeándole la barbilla con la frente con suficiente fuerza como para que ella retrocediera tambaleándose. Entonces la agarró de un brazo, le arrebató la pistola y se puso de pie antes de que Tristan o Meredith pudieran hacer nada para impedirlo.

Meredith ahogó un grito horrorizado cuando Devlin se apartó de ellos. Emily parecía un muñeco en sus manos, incapaz de pelear o de huir. Meredith no sabría decir con exactitud hasta qué punto ésta estaba herida.

—Suéltala, Devlin —ordenó Tristan.

—Suéltala o te juro que te abro un agujero en la cabeza —añadió Meredith. Sujetaba el arma sin vacilar, pero le temblaba la voz.

—¿Y arriesgarte a que le dispare yo primero, o a que la utilice como escudo? —respondió Devlin otra vez con su sonrisita de suficiencia—. Me parece que no.

Tristan y Meredith intercambiaron una mirada, y ésta vio la empatía que inundaba los ojos del hombre que amaba. Devlin tenía razón, claro. Aunque estaban apuntándolo los dos, no podían arriesgarse a poner en peligro a Emily, que inconsciente como estaba no podía protegerse.

Devlin la arrastró por el muelle sin dejar de apuntarle a la cabeza. Meredith hizo ademán de seguirlo, pero entonces oyó un sonido metálico a su espalda. El abanico se le había salido de los pliegues de la falda donde lo llevaba oculto y se había abierto. Observó la cara de sorpresa de Tristan al ver la hoja de quince centímetros que sobresalía de su base.

Meredith se agachó a coger el arma y la ocultó en su palma confiando en que Devlin no se hubiera dado cuenta. Aunque parecía demasiado ocupado regodeándose mientras escapaba.

—Si das un paso más, la mato —amenazó.

Meredith levantó las manos.

—¡No! Mira, voy a soltar mi arma. —Mientras, le susurró a Tristan—: No sueltes tú la tuya.

Él asintió, bajando la pistola hacia el costado mientras ella dejaba la suya sobre el muelle, pero se quedaba con la navaja del abanico.

Cuando se incorporó, observó con impotencia que Devlin se había alejado todavía más.

—¿Cómo podemos detenerlo? —susurró.

Tristan observó la escena, valorando las posibilidades como si se tratara de un avezado espía.

—Devlin está a punto de llegar a aquel pilar de la derecha —dijo en voz baja, mirándola—. Cuando lo haga, dispararé.

—No —contestó ella negando con la cabeza—. ¡Si disparas, matará a Emily! O quizá podrías fallar.

Él se volvió para mirarla al tiempo que vigilaba a Devlin por el rabillo del ojo.

—Si continúa avanzando, pronto lo perderemos de vista, ¿y crees que vacilará en matarla una vez que se vea libre?

Meredith vaciló un momento y finalmente dijo:

—No, la matará en cuanto vea que no le sirve para nada.

Tristan levantó su arma.

—En cuanto lo distraiga con el disparo, lanza tu cuchillo. Apuesto a que tienes buena puntería con esa cosa.

Ella asintió sin dejar de mirarlo. Tristan apuntaba a Devlin con su pistola. Sintió como si se le parase el corazón. ¿Aprovecharía él aquella última oportunidad para vengarse aunque con ello pusiera en peligro la vida de Emily?

Exhaló entrecortadamente.

—Confío en ti.

Él la miró por el rabillo del ojo.

—Lo sé.

Y disparó.

24

Meredith soltó con alivio el aire que había estado conteniendo cuando se astilló el pilar de madera junto a la cabeza de Devlin. El hombre dio un grito, apartándose de la lluvia de astillas que volaban en todas direcciones. Ella rezó una breve oración y lanzó el cuchillo.

Observó los círculos que trazaba el arma en el aire antes de acertar en su objetivo. El cuello de Devlin.

La pistola se le resbaló de la mano mientras de su garganta salía un terrorífico gorgoteo.

Entonces cayó de rodillas y el cuerpo inerte de Emily golpeó el suelo del muelle con fuerza.

Meredith salió corriendo con Tristan pisándole los talones. Apartó de una patada la pistola de Devlin y se arrodilló, tomando con suavidad la cabeza de Emily y colocándosela en el regazo.

—Despierta —susurró, frunciendo el cejo al ver el horrible moretón que se le estaba formando en la barbilla y otro en la mejilla. ¿Estaría gravemente herida? Un golpe en la cabeza podía matar a una persona—. Por favor —murmuró, apartándole el pelo de la cara—. Por favor.

Tristan le puso las manos en los hombros mientras ella contemplaba a su amiga inmóvil entre sus brazos. Los ojos de Meredith se llenaron de lágrimas mientras aguardaba alguna señal, rezando por que ocurriera. Por fin, Emily abrió los ojos.

—¿Lo habéis detenido? —susurró, haciendo una mueca al intentar sentarse.

—Chis —la tranquilizó Meredith. Entonces miró a Tristan y contuvo el aliento. Él estaba mirando fijamente el cuerpo de Devlin. ¿Le serviría aquello para saldar la deuda que creía tener con Edmund?

—¿Meredith? —preguntó Emily con tono quejumbroso.

Ella asintió, mirando de nuevo a su amiga.

—Sí. Está muerto.

Emily sonrió y volvió a cerrar los ojos.

Al cabo de unos momentos, se oyó movimiento en el muelle. Olvidaron a Tristan cuando Ana regresó seguida por Charlie y sus hombres. Había preguntas que responder y cosas que discutir.

Al final, Meredith se acercó a Tristan, que permanecía de pie, al borde del muelle, observando el agua parduzca. Vaciló antes de tocarlo en el brazo.

—Lo lamento —susurró—. Espero que no tengas la sensación de que te he robado la oportunidad de vengarte.

Él se volvió y fijó en ella su intensa mirada.

—Tenías razón, Meredith. Su sangre no me devolverá a Edmund. Mi hermano descansa en paz hace mucho tiempo. Si he estado persiguiendo a Devlin para matarlo ha sido para poder descansar yo.

Ella se mordió el labio.

—¿Y crees que podrás encontrar la paz ahora?

La expresión de él se suavizó.

—Te he encontrado a ti. Tú eres quien me proporciona paz.

Los ojos de Meredith se llenaron de lágrimas.

—Te quiero —susurró, hundiendo los dedos en su pelo y tirando de él hacia ella para besarlo—. Te quiero.

Charlie dejó un montón de papeles sobre el escritorio y asintió con gesto de aprobación. Entonces levantó la vista, y miró a Meredith primero y seguidamente a Tristan.

—Creo que todo está en orden. Al parecer su historia es correcta, lord Carmichael. Y, aunque no apruebo que un caballero se involucre en asuntos que corresponden a los hombres de la ley, agradezco lo que ha hecho para ayudarnos. —Se levantó y le tendió la mano—. Espero que acepte las gracias y mis disculpas.

Meredith contuvo el aliento cuando Tristan se levantó. Tenía una expresión severa.

—Todavía queda pendiente el asunto de Philip Barclay. ¿Han anulado también los cargos contra él?

Charlie asintió.

—Su amigo ya ha sido puesto en libertad y escoltado hasta su casa, donde aguarda su regreso.

El rostro de Tristan se relajó y aceptó la mano que Isley le tendía.

—Gracias, señor Isley.

Éste miró entonces a Meredith y ella se levantó muy despacio. Habían pasado casi doce horas desde su encuentro con Devlin y sus hombres. Emily descansaba cómodamente sin más daños que un ojo morado y un tremendo dolor de cabeza. Sólo quedaba un obstáculo final que superar.

Charlie frunció el cejo.

—Que conste que ni Lady M ni yo aprobamos lo que hiciste. He tenido una seria conversación con Emily y con Ana también.

Ella asintió.

—Confío en que te darás cuenta de que fue todo idea mía, Charles. Si hay que sancionar a alguien, te pido que sea sólo a mí.

El hombre abrió el cajón de su escritorio y sacó una carta. Meredith notó que se le caía el alma a los pies. Seguro que era su carta de dimisión. Vio que Tristan observaba la escena en silencio, preocupado por ella. Pero aunque perdiera su trabajo, pensó Meredith, habría merecido la pena.

El gesto de Charlie se suavizó.

—Esto es de Lady M. Te da las gracias por un trabajo bien hecho.

Meredith cogió la carta con manos temblorosas y se la llevó al pecho.

—¿No... no me habéis echado? —susurró con lágrimas en los ojos.

—No. Tu instinto era acertado, después de todo. Por eso te elegimos para este trabajo. —Charlie le tocó la mano. A Meredith le pareció ver un brillo húmedo en los ojos del hombre momentos antes de regresar a su asiento con un breve carraspeo—. Las tres vais a estar muy ocupadas. Las pruebas obtenidas con la confesión de los compinches de Devlin, su casa de la ciudad y la información que lord Carmichael nos ha proporcionado muchos quehaceres durante meses. Espero que estés lista.

Ella asintió.

—Siempre lo estamos, Charlie.

El hombre miró de nuevo a Tristan.

—¿Puedo hacer algo más por usted, milord?

Él asintió.

—Sí, Isley, la verdad es que sí.

—Dígame.

—Quiero que dé a Meredith y a sus amigas unas pocas semanas de descanso antes de empezar a trabajar con las pruebas. Concédase un tiempo para usted también.

Meredith frunció el cejo, confusa. Charlie la imitó.

—¿Y eso por qué, lord Carmichael? —preguntó Charlie.

Tristan miró a Meredith, y el amor que ésta vio brillar en sus ojos la llenó de contento.

—Porque todos vamos a tener mucho que hacer organizando una boda. Si se leen las amonestaciones este domingo, podríamos casarnos antes de que termine el mes.

Ella ahogó una exclamación y se llevó la mano a los labios.

—¿Tú... nosotros...?

Él sonrió mientras hincaba una rodilla en el suelo y le decía:

—No he tenido suerte cuando te lo he pedido en circunstancias más románticas —empezó, riéndose alegremente—, pero el sentimiento está ahí. Quiero que seas mi esposa. Y esta vez no aceptaré un no por respuesta.

Meredith sintió que podría echar a volar de alegría. Todo lo que siempre había deseado, aunque había temido albergar esperanzas al respecto, estaba delante de ella, personificado en Tristan.

Se echó a reír con las mejillas húmedas de lágrimas.

—No oirás un no esta vez, milord. Sí, me casaré contigo.

El rostro de Tristan se iluminó y ella se volvió hacia Charlie.

—Supongo que esto significa que tendré que entregarte mi dimisión.

Tristan se levantó de un salto.

—¿Qué? —La cogió por los hombros y la obligó a mirarlo—. ¿Por qué?

—Voy a ser marquesa —respondió ella—. Eso significa que dejaré de ser viuda. Suponía que...

Él la interrumpió rodeándola con los brazos.

—Ninguna otra persona mejor que mi esposa para proteger a mi país. No puedes dejar tu trabajo, Meredith.

Ella se sintió henchida de felicidad.

—Sólo si te tengo a mi lado en la lucha, Tristan.

Éste sonrió.

—Siempre estaré a tu lado. —Bajó la cabeza para besarla—. Siempre.